À BEIRA DA LOUCURA

OBRAS DA AUTORA PUBLICADAS PELA EDITORA RECORD

À beira da loucura
Entre quatro paredes

B. A. PARIS

À BEIRA DA LOUCURA

Tradução de
Claudia Costa Guimarães

2ª edição

EDITORA RECORD
RIO DE JANEIRO • SÃO PAULO
2022

CIP-BRASIL. CATALOGAÇÃO NA PUBLICAÇÃO
SINDICATO NACIONAL DOS EDITORES DE LIVROS, RJ

P259b Paris, B. A., 1958-
2ª ed.   À beira da loucura / B. A. Paris; tradução de Claudia Costa Guimarães. –
2ª ed. – Rio de Janeiro: Record, 2022.

Tradução de: The Breakdown
ISBN 978-85-01-11383-2

1. Romance inglês. I. Guimarães, Claudia Costa. II. Título.

18-51021

CDD: 823
CDU: 82-31(410.1)

Título original
The Breakdown

Copyright © B A Paris 2017

Texto revisado segundo o novo Acordo Ortográfico da Língua Portuguesa.

Todos os direitos reservados. Proibida a reprodução, no todo ou em parte, através de quaisquer meios. Os direitos morais da autora foram assegurados.

Direitos exclusivos de publicação em língua portuguesa somente para o Brasil adquiridos pela
EDITORA RECORD LTDA.
Rua Argentina, 171 – Rio de Janeiro, RJ – 20921-380 – Tel.: (21) 2585-2000, que se reserva a propriedade literária desta tradução.

Impresso no Brasil

ISBN 978-85-01-11383-2

Seja um leitor preferencial Record.
Cadastre-se no site www.record.com.br
e receba informações sobre nossos
lançamentos e nossas promoções.

Atendimento e venda direta ao leitor:
sac@record.com.br

Para os meus pais

Sexta-feira, 17 de julho

Começa a trovejar quando estamos nos despedindo. É o último dia antes das férias de verão e tivemos hoje nosso jantar de fim de ano letivo. Um ruidoso estrondo ecoa pelo chão, fazendo Connie pular. John solta uma gargalhada; o ar quente está denso à nossa volta.

— Você precisa se apressar! — berra ele.

Com um aceno rápido, corro para meu carro. Meu celular começa a tocar assim que paro ao lado dele, o som sendo abafado pela bolsa. Pelo toque, sei que é Matthew.

— Estou a caminho — aviso, tateando no escuro à procura da maçaneta. — Estou entrando no carro nesse instante.

— Já? — Ouço sua voz do outro lado da linha. — Pensei que fosse voltar para a casa de Connie.

— Eu ia, mas pensar em você à minha espera foi tentador demais — brinco. E então percebo o tom desanimado em sua voz. — Está tudo bem?

— Sim, é que estou com uma enxaqueca horrível. Começou tem mais ou menos uma hora e só piorou. É por isso que estou ligando. Você se importa se eu subir para me deitar?

Sinto o ar pesado sobre minha pele e penso na tempestade iminente. A chuva ainda não começou, mas algo me diz que não deve demorar.

— É claro que não. Já tomou algum remédio?

— Já, mas até agora não fez efeito. Pensei em me deitar no quarto de hóspedes porque aí, se eu cair no sono, você não me acorda quando chegar.

— Boa ideia.

— Não gosto muito de ir para a cama sem saber se você chegou bem.

Sorrio com o comentário.

— Eu vou chegar direitinho, são só quarenta minutos. A não ser que eu cruze o bosque e volte pela Blackwater Lane.

— Nem pense nisso! — Eu quase consigo sentir uma descarga de dor atravessar sua cabeça como um foguete ao ouvi-lo erguer a voz.

— Ai, isso doeu — diz, e eu me encolho de pena. Ele baixa o tom a um nível mais tolerável. — Cass, me prometa que não vai voltar por lá. Primeiro, porque não é seguro dirigir pelo bosque sozinha à noite e, segundo, porque parece que vai cair uma tempestade.

— Ok, não vou voltar por lá — garanto, apressada, enquanto me acomodo no assento do motorista e largo a bolsa no banco ao lado.

— Promete?

— Prometo. — Viro a chave na ignição e dou a partida no motor, sentindo o telefone esquentar entre meu ombro e a orelha.

— Dirija com cuidado — pede ele.

— Pode deixar. Te amo.

— Te amo mais.

Guardo o celular na bolsa, sorrindo diante de sua insistência. Enquanto manobro para sair do estacionamento, grossos pingos de chuva colidem contra o para-brisa. *Lá vem ela*, penso.

Quando chego à rodovia, a chuva já cai pesada. Fico presa atrás de um imenso caminhão, e meus limpadores de para-brisa não dão conta dos jatos de água atirados pelos pneus. No momento em que desvio para fazer a ultrapassagem, um relâmpago atravessa o céu e começo uma lenta contagem mental, um hábito de infância. A resposta estrondosa do trovão vem quando chego ao número quatro. Talvez eu devesse ter ido para a casa de Connie com os outros, afinal. Poderia ter esperado com eles até a tempestade passar, me divertindo com as piadas e histórias de John. A culpa me atinge de repente ao recordar a expressão em seus olhos quando eu disse que não iria. Não devia ter mencionado Matthew. Devia ter dito que estava cansada, como Mary, a diretora da escola em que trabalhamos, havia feito.

A chuva se transforma numa torrente, e os carros na pista de alta velocidade são forçados a reduzir. Eles convergem ao redor do meu pequeno Mini e a súbita pressão me faz recuar para a pista lenta. Inclino o corpo para a frente, espiando pelo para-brisa e desejando que os limpadores fossem um pouco mais rápidos. Um caminhão dispara ao meu lado e, quando retorna para a minha faixa sem aviso, me fazendo frear bruscamente, eu me dou conta de que ficar nesta estrada é perigoso demais. Mais relâmpagos rasgam o céu e, em seu rastro, a placa de Nook's Corner, o vilarejo onde moro, surge diante dos meus olhos. As letras negras sobre o fundo branco, iluminadas pelas luzes do carro e brilhando como um farol na escuridão, parecem tão convidativas que, de repente, no último minuto, quando já é quase tarde demais, jogo o volante para a esquerda e pego o atalho que Matthew queria que eu evitasse. Uma buzina soa furiosa atrás de mim, e, enquanto o som me persegue pelo breu absoluto do caminho através do bosque, sinto como se aquilo fosse um presságio.

Mesmo com os faróis altos do carro, mal consigo enxergar aonde estou indo. No mesmo instante, me arrependo de ter saído da estrada bem iluminada. Embora este caminho seja lindo durante o dia — ele cruza um bosque de jacinto-dos-campos —, suas curvas são traiçoeiras numa noite como esta. A ansiedade faz meu estômago embrulhar quando penso na jornada que tenho pela frente. Mas o caminho até a minha casa dura apenas quinze minutos. Se eu mantiver a calma e não agir com imprudência, vou chegar logo. Ainda assim, deixo o pé pesar um pouco mais no acelerador.

Uma súbita rajada de vento corta a floresta, golpeando meu pequeno carro e, enquanto luto para estabilizar a direção, caio de repente num declive. Por alguns segundos assustadores, os pneus saem do chão, e sinto meu estômago despencar, provocando aquela sensação horrorosa de estar numa montanha-russa. Quando eles tocam a estrada novamente, a água jorra pelas laterais do carro e desce como uma cascata pelo para-brisa, me cegando por um instante.

— Não! — choramingo ao sentir o carro trepidar numa poça e então parar.

O medo de ficar presa naquele bosque gera uma descarga de adrenalina que me incita a agir. Dando a partida no carro com violência, enterro o pé na embreagem. O motor protesta com um rangido, mas o carro se desloca para a frente, passando pela água e tentando subir o declive. Meu coração segue o ritmo acelerado dos limpadores que se chocam enlouquecidamente para lá e para cá no para-brisa, batendo com tanta força que preciso de alguns segundos para recuperar o fôlego. Mas não ouso parar no acostamento com medo de não conseguir ligar o carro outra vez. Então, sigo em frente, agora com mais cuidado.

O estrondo repentino de um trovão, alguns minutos depois, me faz pular com tanta violência que minhas mãos soltam o volante. O carro dá uma guinada perigosa para a esquerda e, quando o conduzo de volta à direção certa, agora com as mãos trêmulas, sou dominada pelo medo de não voltar para casa inteira. Tento me acalmar, mas me sinto sitiada não só pela tempestade, mas também pelas árvores que se vergam para a frente e para trás numa dança macabra, prontas para arrancar meu carrinho da estrada e atirá-lo no meio da tempestade a qualquer instante. Com a chuva martelando no teto, o vento chacoalhando as janelas e os limpadores balançando de um lado para o outro furiosamente, tenho dificuldade em me concentrar.

Há um trecho sinuoso logo adiante, por isso chego para a frente no assento e seguro o volante com força. A estrada está deserta e, enquanto faço uma curva e mais outra, rezo para me deparar com faróis à frente para que eu possa segui-los pelo restante do caminho. Sinto vontade de ligar para Matthew apenas para ouvir sua voz, só para ter certeza de que não sou a última pessoa no mundo, porque essa é a sensação que tenho agora. Mas não quero acordá-lo, não quando está com enxaqueca. Além disso, ele ficaria furioso se soubesse onde estou.

Justo quando penso que minha jornada nunca vai terminar, faço uma curva e vejo os faróis traseiros de um carro cerca de cem metros à minha frente. Solto um suspiro trêmulo de alívio e acelero ligeiramente, com a intenção de alcançá-lo. É só quando estou quase colada em sua traseira que me dou conta de que ele não está em movimento, mas estacionado de qualquer jeito num pequeno acostamento. Pega desprevenida, dou uma guinada brusca para desviar, evitando a direita do para-choque por poucos centímetros. Quando paro ao lado do carro, me viro e olho com raiva para o motorista, pronta para berrar com ele por não ter ligado o pisca-alerta. Uma mulher me encara, seus traços borrados pela chuva torrencial.

Pensando que o carro dela deve estar enguiçado, embico o meu um pouco adiante e estaciono, deixando o motor ligado. Fico com pena dela por ter de sair debaixo desse temporal terrível e, enquanto observo pelo retrovisor — com uma felicidade cruel por outra pessoa ter sido tola o bastante para cortar caminho pelo bosque no meio de uma tempestade —, eu a imagino vasculhando à sua volta atrás de um guarda-chuva. Uns bons dez segundos se passam antes que eu me dê conta de que ela não vai descer. Não consigo não ficar irritada. Não é possível que essa mulher esteja esperando que eu vá até ela debaixo desse aguaceiro todo. A não ser que haja algum motivo pelo qual não possa saltar do carro — mas, nesse caso, ela não piscaria o farol ou apertaria a buzina para me avisar que precisa de ajuda? Porém, nada acontece, então começo a desafivelar o cinto de segurança com os olhos ainda grudados no retrovisor. Embora não consiga enxergá-la com clareza, há algo de estranho no jeito como aquela mulher continua ali, sentada, com os faróis acesos. Então, as histórias que Rachel costumava me contar quando éramos pequenas invadem minha mente: sobre pessoas que param para ajudar alguém que está com o veículo enguiçado e descobrem que tem um cúmplice à espera para roubar seu carro; sobre motoristas que saem de seus carros para ajudar cervos feridos estirados na estrada e são brutalmente atacados. Rapidamente, volto a afivelar meu cinto de segurança. Não tinha visto mais ninguém no carro quando passei, mas isso não significa que não tenha alguém ali escondido no banco de trás, pronto para aparecer de surpresa.

Outro raio atravessa o céu e desaparece no bosque. O vento começa a soprar mais forte, e os galhos arranham a janela do carona como se alguém estivesse tentando entrar. Um arrepio desce por minha coluna. Eu me sinto tão vulnerável que solto o freio de mão e movo o carro só um pouquinho para a frente, o bastante para parecer que estou indo embora, na esperança de que isso force a mulher a fazer alguma coisa — qualquer coisa — para me mostrar que ela não quer que eu vá. Ainda assim, nada acontece. Com relutância, freio outra vez porque não me parece certo ir embora e deixá-la aqui. Por outro lado, também não quero me colocar em perigo. Mas, pensando bem, a mulher não me pareceu angustiada quando passei por ela; não acenou freneticamente nem deu qualquer indício de que precisa de ajuda, então talvez alguém — o marido ou o reboque — já esteja a caminho. Se meu carro enguiçasse, Matthew seria a primeira pessoa para quem eu pediria ajuda, não um estranho num carro.

Enquanto fico ali sentada, indecisa, a chuva se intensifica, martelando com urgência no teto do carro — *Vai, vai, vai!* Ela decide as coisas por mim. Solto o freio e dou ré o mais devagar que consigo, oferecendo a ela uma última chance para me chamar. Mas ela não chama.

Alguns minutos depois, já deixei o bosque para trás e estou seguindo em direção à minha casa: um lindo chalé antigo com trepadeiras crescendo por cima da porta da frente e um jardim desordenado nos fundos. Meu telefone apita, e percebo que o sinal voltou. Depois de mais ou menos um quilômetro e meio, viro em nossa rua e estaciono o mais perto que consigo de casa, feliz por ter chegado sã e salva. A mulher no carro não sai da minha cabeça. Será que devo ligar para a delegacia local ou para algum reboque para avisar sobre ela? Então, me lembrando da notificação que recebi quando estava saindo do bosque, tiro o celular de dentro da bolsa e olho para a tela. A mensagem é de Rachel:

Oi, espero que tenha se divertido essa noite! Estou indo dormir pq tive que ir para o trabalho direto do aeroporto e estou cansada por causa do fuso horário. Só queria checar se vc comprou o presente da Susie. Te ligo amanhã de manhã, bjs

Quando termino de ler a mensagem, percebo que estou franzindo o cenho: por que Rachel queria checar se eu tinha comprado o presente de Susie? Eu não tinha comprado, ainda não, porque, com a correria do final do ano letivo, andei ocupada demais. De qualquer maneira, a festa é só amanhã à noite, e eu estava planejando comprar alguma coisa para ela amanhã de manhã. Leio a mensagem de novo e, desta vez, as palavras "o presente" em vez de "um presente" chamam minha atenção. A impressão que me dá é de que Rachel espera que eu tenha comprado algo que seja meu e dela.

Penso na última vez que nos vimos. Foi há mais ou menos duas semanas, no dia que ela foi para Nova York. Ela é consultora da divisão inglesa de uma grande empresa de consultoria americana, a Finchlakers, e viaja a trabalho para os Estados Unidos com frequência. Naquela noite, fomos juntas ao cinema e, depois, saímos para tomar um drinque. Talvez tenha sido nessa hora que ela pediu que eu comprasse alguma coisa para Susie. Quebro a cabeça tentando lembrar, tentando adivinhar o que poderíamos ter decidido. Podia ser qualquer coisa: perfume, bijuteria, um livro — mas nada me ocorre. Será que eu havia esquecido? Lembranças de mamãe — recordações desagradáveis — invadem minha mente, e eu as afasto rapidamente. *Não é a mesma coisa*, digo para mim mesma com raiva, *eu não sou igual a ela. Amanhã, já vou ter me lembrado.*

Enfio o celular de volta na bolsa. Matthew tem razão, estou precisando de férias. Se eu ao menos conseguisse relaxar durante umas duas semanas numa praia, tudo ficaria bem. E Matthew também precisa de férias. Ainda não saímos em lua de mel porque estivemos ocupados demais com as reformas em nosso chalé, então a última vez que tive férias de verdade, daquelas em que a gente não faz nada o dia inteiro a não ser ficar deitado numa praia pegando sol, foi antes de meu pai morrer, há dezoito anos. Depois disso, o dinheiro ficou curto demais para fazermos muita coisa, especialmente quando tive de abrir mão do meu emprego como professora para cuidar da mamãe. Foi por isso que fiquei arrasada quando descobri, um pouco depois que ela morreu, que em vez de ser uma viúva pobre ela era, na verdade, rica. Não conseguia entender como ela pôde se contentar em viver com tão pouco quando podia ter uma vida de luxo. Fiquei tão chocada que mal escutei o advogado falar; então, quando consegui compreender de quanto dinheiro ele falava, só fui capaz de encará-lo incrédula. Eu havia achado que meu pai nos deixara sem nada.

Um trovão estrondoso, agora mais distante, me traz abruptamente de volta ao presente. Espio pela janela, me perguntando se consigo saltar do carro e chegar até a varanda sem me molhar. Com a bolsa agarrada ao peito, abro a porta e saio correndo com a chave já na mão.

Na entrada, tiro os sapatos e subo as escadas na ponta dos pés. A porta do quarto de hóspedes está fechada, e fico tentada a abri-la só um pouquinho para ver se Matthew está dormindo. Mas não quero correr o risco de acordá-lo, então, em vez disso, eu troco de roupa e, antes mesmo de a cabeça tocar o travesseiro, já adormeci.

SÁBADO, 18 DE JULHO

Acordo na manhã seguinte e encontro Matthew sentado na beirada da cama, segurando uma caneca de chá.

— Que horas são? — murmuro, lutando para abrir os olhos sob a luz do sol que entra pela janela.

— Nove. Estou acordado desde as sete.

— E a enxaqueca?

— Passou. — À luz do sol, seus cabelos louro-escuros parecem dourados, e eu estendo a mão para tocá-los, curtindo sua espessura.

— Isso é para mim? — pergunto, olhando esperançosa para a caneca.

— É claro.

Eu me ajeito na cama até me sentar e afundo a cabeça nos travesseiros outra vez. "Lovely Day", minha música alto-astral preferida, está tocando no rádio lá embaixo e, com a perspectiva de seis semanas de férias à minha frente, a vida me parece boa.

— Obrigada — agradeço, pegando a caneca. — Você conseguiu dormir?

— Sim, dormi como uma pedra. Desculpe por não ter te esperado acordado. Como foi a viagem de volta?

— Correu tudo bem, a não ser pelos raios e trovões. E choveu muito.

— Bem, pelo menos o sol voltou a abrir hoje de manhã. — Ele me empurra gentilmente. — Chegue para lá. — Tomando cuidado para não derramar o chá, abro espaço para ele. Matthew se enfia na cama ao meu lado, então levanta o braço para que eu me aconchegue a ele, encostando a cabeça em seu ombro. — Acabei de ouvir no noticiário que uma mulher foi encontrada morta não muito longe daqui — conta ele, tão baixinho que eu quase não escuto.

— Que horrível! — Coloco minha caneca na mesinha de cabeceira e me viro para encará-lo. — Quando você diz "não muito longe daqui", o que quer dizer? Browbury?

Ele afasta uma mecha de cabelo da minha testa, tocando minha pele com seus dedos macios.

— Não, mais perto. Foi em algum ponto da estrada que corta o bosque, entre a nossa casa e Castle Wells.

— De qual estrada?

— Da Blackwater Lane. — Ele se abaixa para me beijar, mas eu me afasto.

— Pare com isso, Matthew.

Olho para ele, o coração palpitando por trás das costelas como um pássaro preso numa gaiola, esperando que ele abra um sorriso, que diga que sabe que voltei por aquele caminho ontem à noite e que só está brincando. Mas ele apenas franze a testa.

— Pois é. Horrível, não é mesmo?

Eu continuo encarando-o.

— Está falando sério?

— Claro. — Ele parece confuso de verdade. — Eu não iria inventar uma coisa dessas.

— Mas... — De repente, me sinto enjoada. — Como foi que ela morreu? Deram algum detalhe?

Ele balança a cabeça.

— Não, só disseram que a mulher estava dentro do próprio carro.

Eu me viro para que ele não veja meu rosto. *Não deve ser a mesma mulher*, digo para mim mesma, *não pode ser*.

— Preciso me levantar — aviso, quando ele tenta me abraçar outra vez. — Preciso comprar uma coisa.

— Vai comprar o quê?

— O presente da Susie. Ainda não comprei nada para ela, e a festa é hoje à noite. — Jogo as pernas para fora da cama e fico de pé.

— Não tem pressa, tem? — protesta ele. Mas já estou saindo do quarto, levando meu celular junto comigo.

Tranco a porta do banheiro e abro o chuveiro, querendo afogar a voz dentro da minha cabeça, que fica me dizendo que a mulher encontrada morta é a mesma que vi na estrada ontem à noite. Com o corpo trêmulo, eu me sento na beirada da banheira e acesso a internet à procura de informações. Encontro uma matéria nas últimas notícias da BBC, embora não haja detalhes. A única coisa que diz é que uma mulher foi encontrada morta dentro de seu carro, perto de Browbury, em Sussex. Encontrada morta. Isso quer dizer que ela cometeu suicídio? A ideia é aterradora.

Minha cabeça está a mil, tentando entender aquilo tudo. Se for a mesma mulher, então talvez o carro dela não estivesse enguiçado, talvez ela tivesse parado no acostamento de propósito para não ser incomodada. Isso explicaria por que ela não piscou os faróis nem pediu minha ajuda — por que, quando me encarou pela janela, não fez sinal algum para que eu parasse, o que certamente teria feito se o carro estivesse mesmo enguiçado. Meu estômago se revira de apreensão. Agora, com a luz do dia invadindo o banheiro através da janela, me parece inacreditável que eu não tenha ido verificar se ela estava bem. Se eu tivesse feito isso, talvez as coisas terminassem de outra forma. Talvez ela tivesse me dito que estava bem, que o carro tinha enguiçado e que alguém já estava a caminho para ajudá-la. Mas, se esse fosse o caso, eu teria me oferecido para esperar até que alguém chegasse. E se tivesse insistido que eu fosse embora, eu teria desconfiado, teria incentivado-a a se abrir comigo — e, talvez, ela ainda estivesse viva. Eu não tinha pensado em avisar a alguém sobre ela? Mas me distraí com a mensagem de Rachel e com o presente que eu deveria ter comprado para Susie e me esqueci completamente da mulher no carro.

— Você vai demorar aí dentro, amor? — Ouço a voz de Matthew pela porta do banheiro.

— Já vou sair! — grito por cima do barulho da água desperdiçada que escorre ralo abaixo.

— Vou começar a preparar o café, então.

Tiro o pijama e vou para o chuveiro. A água está quente, mas não o bastante para lavar a culpa abrasadora que sinto. Esfrego o corpo com violência, tentando não imaginar a mulher abrindo um frasco e sacudindo-o na palma da mão, levando os comprimidos até a boca e engolindo-os com água. Que horrores ela teria suportado para que desejasse tirar a própria vida? Enquanto estava morrendo, será que houve algum momento no qual ela começou a se arrepender do que tinha feito? Odiando o rumo que meus pensamentos estão tomando, fecho o registro e saio do banho. O silêncio repentino é inquietante, então procuro o rádio no meu celular, esperando ouvir alguém cantar uma música cheia de esperança e alegria, qualquer coisa que me impeça de pensar na mulher que morreu.

— *... uma mulher foi encontrada morta em seu carro na Blackwater Lane nas primeiras horas desta manhã. A polícia está investigando o caso. Nenhum outro detalhe foi divulgado por enquanto, mas a polícia pede aos moradores da região que fiquem atentos.*

O choque me deixa sem fôlego. *A polícia está investigando o caso.* As palavras ecoam pelo banheiro. Não é isso que dizem quando alguém foi assassinado? De repente, fico assustada. Eu estava lá, naquele mesmo local. Será que o assassino também estava? À espreita, escondido nas moitas, esperando uma oportunidade para matar alguém?

A ideia de que poderia ter sido eu — de que eu poderia ter sido a pessoa assassinada — me deixa tonta. Tateio em busca do suporte de toalha, me forçando a respirar fundo. Eu devia estar louca quando decidi pegar aquele caminho ontem à noite.

No quarto, coloco rapidamente um vestido de algodão preto, que estava em uma pilha de roupas sobre a cadeira. Lá embaixo, o cheiro de linguiças grelhadas faz meu estômago embrulhar antes mesmo de eu abrir a porta da cozinha.

— Pensei em comemorarmos o início das suas férias com um café da manhã caprichado — diz Matthew. Ele parece tão feliz que forço um sorriso para não estragar sua alegria.

— Que ótimo. — Quero contar sobre ontem à noite, quero dizer a ele que eu poderia ter sido assassinada, confidenciar meu pavor, porque me parece algo grande demais para manter em segredo. Mas, se eu contar que voltei pelo bosque, principalmente depois do seu pedido, Matthew vai ficar uma fera. Não importa que eu esteja aqui, sentada na cozinha, ilesa, e não morta no meu carro. Ele vai se sentir como eu estou agora: assustado com o que poderia ter acontecido, indignado por eu ter me colocado em perigo.

— Então, que horas você vai sair? — pergunta ele.

Matthew está usando uma camiseta cinza e um short de algodão fino, e, em qualquer outro momento, eu estaria pensando em como tenho sorte de tê-lo ao meu lado. Mas mal consigo olhar em sua direção. É como se meu segredo estivesse queimando minha pele.

— Assim que terminar o café.

Olho pela janela para o jardim dos fundos, tentando me concentrar em como ele está lindo, mas meus pensamentos não param de voltar à noite anterior, revivendo a lembrança de mim mesma enquanto a deixo ali, sozinha. Ela estava viva até aquele momento, a mulher no carro.

— Rachel vai com você? — pergunta Matthew, interrompendo meus pensamentos.

— Não. — Mas, então, percebo que aquela é a melhor ideia do mundo. Eu poderia contar a Rachel sobre ontem à noite e compartilhar a devastação que sinto. — Na verdade, é uma boa ideia. Vou ligar e perguntar se ela pode ir comigo.

— Não demore, está quase pronto.

— É só um minuto.

Vou até a entrada, pego o telefone fixo — só temos sinal de celular no segundo andar da casa — e disco o número de Rachel. Ela demora um pouco para atender e, quando o faz, sua voz está muito sonolenta.

— Acordei você, não foi? — pergunto, me sentindo mal quando lembro que ela voltou ontem da viagem para Nova York.

— Tenho a sensação de que ainda é muito cedo — reclama ela, rabugenta. — Que horas são?

— Nove e meia.

— Então *é* muito cedo. Recebeu minha mensagem?

A pergunta me pega de surpresa, e faço uma pausa, sentindo uma dor de cabeça começar atrás dos olhos.

— Recebi, mas ainda não comprei nada para a Susie.

— Ah.

— Ando muito ocupada — justifico rapidamente, me lembrando de que, por algum motivo, Rachel acha que vamos comprar alguma coisa juntas. — Achei melhor esperar até hoje caso a gente mudasse de ideia sobre o presente — acrescento, na esperança de que isso a incite a revelar o que havíamos decidido.

— E por que a gente faria isso? Todo mundo concordou que a sua ideia era a melhor. Sem contar que a festa é hoje à noite, Cass!

As palavras "todo mundo" me surpreendem.

— Bem, nunca se sabe — respondo, evasiva. — Por que você não vem comigo?

— Eu adoraria, mas ainda estou muito cansada da viagem...

— Nem mesmo se eu pagar o almoço?

Ela fica em silêncio por um instante.

— No Costello's?

— Combinado. Vamos nos encontrar no café da Fenton's às onze, assim pago um café para você também.

Ouço um bocejo e, em seguida, um farfalhar.

— Posso pensar?

— Não, não pode — respondo com firmeza. — Vamos, saia dessa cama. Até daqui a pouco.

Desligo, me sentindo um pouco mais leve, e tento parar de pensar no presente de Susie. Depois da notícia desta manhã, isso nem parece mais tão importante.

Volto para a cozinha e me sento à mesa.

— Que tal? — pergunta Matthew, colocando um prato com linguiça, bacon e ovos na minha frente.

Tenho a impressão de que nunca vou conseguir comer aquilo, mas sorrio, animada.

— Está ótimo! Obrigada.

Ele se senta ao meu lado e segura o garfo e a faca.

— Como a Rachel está?

— Bem. Ela vai comigo. — Olho para meu prato, me perguntando como vou fingir que consigo colocar aquilo tudo para dentro. Dou algumas garfadas, mas meu estômago se rebela, então fico empurrando a comida de um lado para o outro durante algum tempo até desistir. — Sinto muito — digo, baixando o garfo e a faca. — Ainda estou sem fome depois da refeição de ontem à noite.

Ele estica o braço, empunhando o garfo, e espeta uma linguiça.

— É uma pena desperdiçar isso — comenta, sorrindo.

— Fique à vontade.

Seus olhos azuis fitam os meus, sem permitir que eu desvie o olhar.

— Você está bem? Está um pouco calada.

Pisco depressa algumas vezes, mandando as lágrimas que ameaçam transbordar de volta para o lugar de onde vieram.

— Não consigo parar de pensar naquela mulher — revelo. É um alívio tão grande poder falar sobre isso que minhas palavras saem de uma só vez. — Disseram no rádio que a polícia está investigando a morte dela.

Ele dá uma mordida na linguiça.

— Então isso quer dizer que ela foi assassinada.

— É mesmo? — pergunto, mesmo sabendo que sim.

— É o que costumam dizer até a perícia toda ser concluída. Meu Deus, que coisa horrível. Só não consigo entender por que alguém se arriscaria dessa forma, pegando aquela estrada à noite. Sei que ela não tinha como saber que ia ser assassinada, mas ainda assim...

— Talvez o carro dela tenha enguiçado — arrisco um palpite, juntando as mãos com toda a força debaixo da mesa.

— Bem, só pode ter sido isso mesmo. Por qual outro motivo alguém pararia numa estrada tão deserta? Coitada, ela deve ter ficado apavorada. Não tem nem sinal de celular naquele bosque. Ela deve ter ficado rezando para que alguém passasse e parasse para ajudá-la... e olhe só no que deu quando alguém passou.

Respiro fundo, arquejando em silêncio com o choque. É como se alguém tivesse jogado um balde de água fria em mim, me despertando, me obrigando a encarar a dimensão do que fiz. Dissera a mim mesma que ela provavelmente já tinha ligado para alguém pedindo ajuda — no entanto, eu sabia que não havia sinal de celular no bosque. Por que eu tinha feito isso? Foi porque esqueci? Ou porque isso permitiria que eu fosse embora com a consciência tranquila? Bem, minha consciência não está mais tranquila. Eu a deixara ali para enfrentar seu destino, a deixara ali para ser assassinada.

Empurro minha cadeira para trás.

— É melhor eu ir andando — digo, recolhendo nossas canecas vazias e rezando para que ele não me pergunte de novo se estou bem. — Não quero deixar a Rachel esperando.

— Por quê? Que horas vocês combinaram de se encontrar?

— Às onze. Mas você sabe como a cidade fica movimentada aos sábados.

— Você vai almoçar com ela?

— Sim. — Dou um beijo rápido na bochecha dele, querendo ir embora logo. — Vejo você mais tarde.

Pego minha bolsa e apanho as chaves do carro, que estão em cima da mesinha no corredor da entrada. Matthew me segue até a porta, com uma torrada na mão.

— Você se importa de pegar o meu paletó na lavanderia? Queria ir com ele hoje à noite.

— Claro, você está com o recibo?

— Sim, espere um segundo. — Ele pega a carteira e me entrega um recibo cor-de-rosa. — Já está pago.

Enfio o papel na bolsa e abro a porta da frente. O sol invade a entrada da casa.

— Se cuide — grita ele enquanto entro no carro.

— Pode deixar. Te amo.

— Te amo mais!

*

O trânsito já está lento na estrada que leva até Browbury. Tamborilo no volante com nervosismo. Na pressa de sair de casa, não parei para pensar em como me sentiria ao voltar para o carro e estar no mesmo assento em que estive quando vi aquela mulher. Para me distrair, tento lembrar qual foi o presente que sugeri para Susie. Ela trabalha na mesma empresa que Rachel, no setor de administração. Quando Rachel disse que todo mundo tinha concordado com minha sugestão, imaginei que estivesse se referindo aos colegas de trabalho. A última vez que estivemos com eles foi há cerca de um mês, e eu me lembro de Rachel ter mencionado a festa de 40 anos de Susie, aproveitando que ela não estava conosco naquela noite. Será que foi nessa ocasião que tive a ideia do presente?

Por milagre, encontro uma vaga na rua, não muito longe da Fenton's, e me dirijo à casa de chá, no quinto andar. Está lotada, mas Rachel já chegou, e é fácil avistá-la num vestido de verão amarelo vivo, com seus cachos escuros e agarrada ao celular. Há duas xícaras de café à sua frente, e sinto uma onda súbita de gratidão por ela sempre cuidar de mim.

Rachel é cinco anos mais velha do que eu e é a irmã que nunca tive. Nossas mães eram amigas, e, como a dela trabalhava muito para sustentar as duas, desde que foi abandonada pelo marido — logo depois do nascimento da filha —, Rachel passou grande parte da infância em nossa casa. Não era à toa que meus pais se referiam a ela, afetuosamente, como sua segunda filha. Quando abandonou a escola, aos 16 anos, para começar a trabalhar e ajudar a mãe nas despesas, Rachel fazia questão de jantar em nossa casa uma vez por semana. Era especialmente próxima do meu pai e chorou sua perda quase tanto quanto eu quando ele morreu atropelado por um carro em frente à nossa casa. E, quando mamãe adoeceu e não podia mais ficar sozinha, Rachel ia lá para casa uma vez por semana para que eu pudesse fazer compras.

— Isso tudo é sede? — Tento fazer graça, indicando com a cabeça as duas xícaras que estão sobre a mesa. Mas minhas palavras soam falsas. Sinto como se estivesse em evidência, como se, de alguma forma, todo mundo soubesse que vi a mulher que foi assassinada ontem à noite e não fiz nada para ajudá-la.

Ela se levanta em um pulo e me abraça.

— A fila estava tão grande que decidi pedir logo — explica ela. — Sabia que você não ia demorar.

— Me desculpe, o trânsito estava ruim. Obrigada por ter vindo, de verdade.

Os olhos dela dançam.

— Você sabe que eu faço qualquer coisa por um almoço no Costello's.

Sento à sua frente e tomo um delicioso gole de café.

— E então, você se divertiu muito ontem à noite?

Abro um sorriso, e uma parte minúscula da pressão que sinto desaparece.

— Não *muito*, mas foi divertido.

— John, o maravilhoso, estava lá?

— É claro. Todos os professores estavam.

Ela sorri.

— Eu devia ter dado uma passadinha.

— Ele é novo demais para você — retruco, rindo. — De qualquer forma, ele tem namorada.

— Só de pensar que você podia ter ficado com ele... — Rachel deixa escapar um suspiro, e balanço a cabeça, fingindo estar aflita por ela nunca ter se conformado com o fato de eu ter escolhido Matthew em vez de John.

Depois que mamãe morreu, Rachel foi maravilhosa comigo. Decidida a me tirar de casa, ela me arrastava para todo canto. A maioria de seus amigos era colegas de trabalho ou pessoas que ela conhecia da aula de ioga, que sempre me perguntavam onde eu trabalhava. Depois de alguns meses explicando que eu abrira mão do emprego para cuidar da minha mãe, alguém perguntou se eu não tinha intenção de voltar a trabalhar agora. E, de repente, mais do que qualquer coisa, quis recomeçar. Já não me contentava em ficar sentada em casa, todo dia, curtindo uma liberdade que não tive durante muito tempo. Eu queria uma vida, a vida de uma mulher de 33 anos.

Tive sorte. Devido à falta de professores em nossa região, fui enviada para um curso de reciclagem. Foi assim que consegui um emprego numa escola de Castle Wells para dar aula de história para o nono ano do ensino fundamental. Gostei de voltar a trabalhar e, quando John, o professor queridinho da escola, me chamou para sair, fiquei ridiculamente lisonjeada. Se ele não fosse meu colega, é provável que eu tivesse aceitado. Mas recusei, o que fez com que ele persistisse. Foi tão insistente que fiquei feliz quando acabei conhecendo Matthew.

Tomo mais um gole de café.

— Como foi a viagem?

— Exaustiva. Reuniões demais, comida demais.

Ela tira um pacote fino de dentro da bolsa e o empurra em minha direção por cima da mesa.

— Meu pano de prato! — exclamo enquanto desembrulho o presente e o desdobro. Este tem um mapa de Nova York na frente. O último tinha a Estátua da Liberdade. É uma coisa só nossa: toda vez que Rachel viaja a trabalho ou de férias, sempre traz de lembrança dois panos de prato idênticos, um para mim e outro para ela. — Obrigada! Espero que tenha comprado um igual para você.

— É claro. — Ela fica séria de repente. — Você soube da mulher que foi encontrada morta no próprio carro ontem à noite? Foi aqui perto, naquela estrada que corta o bosque.

Engulo o café depressa, dobro o pano de prato ao meio, depois em quatro, e me abaixo para colocá-lo na bolsa.

— Soube, Matthew me contou. Deu no noticiário — respondo, com a cabeça quase debaixo da mesa.

Ela espera até eu me endireitar outra vez na cadeira, então continua.

— Que horror, não é? A polícia acha que o carro enguiçou.

— Acha?

— É. — Ela faz uma careta. — Imagine só que coisa horrível, ficar enguiçado no meio de uma tempestade, no meio do nada. Não gosto nem de pensar nisso.

Preciso de todo meu autocontrole para não deixar escapar que eu estava lá, que vi a mulher no carro. Mas alguma coisa me impede. O lugar está cheio demais, e Rachel já está emocionalmente envolvida com a história. Tenho medo de que ela me julgue, de que fique horrorizada em saber que não fiz nada para ajudar.

— Nem eu — concordo.

— De vez em quando você pega aquela estrada, não é? Não pegou ontem à noite, pegou?

— Não, nunca pegaria aquela estrada. Pelo menos não sozinha. — Sinto minha pele ruborizar e tenho certeza de que ela vai saber que estou mentindo.

Mas Rachel continua, alheia à minha reação.

— Ainda bem. Podia ter sido você.

— Mas meu carro não teria enguiçado — retruco.

Ela solta uma risada, quebrando a tensão.

— Não tem como você saber disso! Talvez o dela não tenha enguiçado. É só uma suposição. Talvez alguém tenha feito sinal para ela parar e fingiu que estava tendo problemas com o carro. Qualquer um pararia se visse outra pessoa em apuros, não é?

— Será? Numa estrada deserta, durante uma tempestade? — Torço, desesperadamente, para que a resposta dela seja "não".

— Bem, só se a pessoa não tivesse nenhuma consciência. Ninguém iria embora simplesmente. A pessoa faria *alguma* coisa pelo menos.

Suas palavras me atingem com força, e as lágrimas ardem em meus olhos. A culpa que sinto é quase insuportável. Não quero que Rachel perceba quanto suas palavras me afetaram, então abaixo a cabeça e encaro o vaso de flores laranja em cima da mesa, entre nós duas. Para meu constrangimento, as pétalas começam a embaçar, então levo a mão à bolsa rapidamente, tateando atrás de um lenço de papel.

— Cass? Você está bem?

— Estou, estou ótima.

— Não parece.

Percebo a preocupação em sua voz e assoo o nariz, enrolando para ganhar tempo. A necessidade de contar aquilo para alguém é esmagadora.

— Não sei por que, mas eu não... — Eu me interrompo.

— Você não o quê? — Rachel parece confusa.

Abro a boca para contar a verdade, mas logo me dou conta de que, se o fizer, ela não só vai ficar horrorizada por eu ter seguido em frente sem verificar se a mulher estava bem, como também vai saber que menti, porque acabei de dizer que não passei por aquela estrada ontem à noite.

Balanço a cabeça.

— Não tem importância.

— É claro que tem. Me conte, Cass.

— Não posso.

— Por que não?

Amasso o lenço de papel.

— Porque tenho vergonha.

— Vergonha?

— É.

— Vergonha de quê? — Rachel solta um suspiro exasperado quando não digo nada. — Ah, vamos, Cass, fale logo! Não pode ser tão ruim assim! — Sua impaciência me deixa ainda mais nervosa, então penso em algo para dizer, alguma coisa em que ela acredite.

— Eu me esqueci da Susie — digo de supetão, me odiando por usar como desculpa algo tão banal se comparado à morte de uma mulher. — Esqueci que era para eu ter comprado alguma coisa para ela.

Ela franze o cenho.

— Como assim *esqueceu*?

— Não me lembrei, só isso. Não consigo me lembrar do que combinamos de comprar para ela.

Ela me encara, perplexa.

— Mas a ideia foi sua. Você disse que, como o Stephen vai levá-la a Veneza no aniversário dela, poderíamos dar de presente uma dessas malas levinhas. Nós estávamos naquele bar perto do meu escritório quando conversamos sobre isso.

Deixo o alívio tomar conta do meu rosto, embora as palavras não signifiquem nada para mim.

— É claro! Eu me lembro agora. Meu Deus, como sou idiota! Achei que devia ser um perfume ou alguma coisa assim.

— Não com tanto dinheiro. Todos nós contribuímos com vinte libras, lembra? Então deve ter 160 aí. Você trouxe?

Cento e sessenta libras? Como eu podia ter esquecido que me deram tanto dinheiro? Quero admitir tudo, mas, em vez disso, sigo adiante com a mentira, perdendo toda confiança que tinha.

— Pensei em pagar com cartão.

Ela me dá um sorriso tranquilizador.

— Bem, agora que o drama já passou, tome o seu café antes que esfrie.

— Já deve estar frio. Que tal eu pegar um café fresco para a gente?

— Eu pego, fique aqui sentada e relaxe.

Observo enquanto Rachel entra na fila, tentando ignorar a sensação ruim em meu estômago. Apesar de ter conseguido omitir a história da mulher no carro, gostaria de não ter precisado admitir que havia esquecido o presente. Rachel não é burra. Ela testemunhou a deterioração de minha mãe semana após semana, e não quero que ela se preocupe nem comece a achar que estou indo pelo mesmo caminho. A pior parte é que não tenho nenhuma lembrança de ter sugerido que comprássemos uma mala, nem sei onde coloquei as 160 libras, a não ser que estejam na gaveta da minha escrivaninha antiga. Não estou preocupada com o dinheiro; se eu não conseguir encontrá-lo, não tem importância. Mas é assustador saber que esqueci completamente a história do presente da Susie.

Rachel volta com os cafés.

— Você se importa se eu fizer uma pergunta?

— Pode falar — digo.

— É só que não é muito do seu feitio ficar tão chateada com uma coisa tão boba quanto esquecer qual presente você deveria ter comprado. Tem alguma outra coisa te preocupando? Está tudo bem com o Matthew?

Pela centésima vez, me pego desejando que Rachel e Matthew se gostassem mais. Eles tentam não demonstrar, mas tem sempre uma nuvem de desconfiança pairando entre os dois. Preciso ser justa com Matthew: ele não gosta da Rachel simplesmente porque sabe que ela o desaprova. No caso da Rachel, a coisa é mais complicada. Ela não tem razão para não gostar dele, então, de vez em quando, me pergunto se ela na verdade não está com inveja por eu agora ter alguém em minha vida. Mas, em seguida, me odeio por pensar isso, porque sei que ela está feliz por mim.

— Sim, está tudo bem. — Eu a tranquilizo, tentando afastar a noite anterior da minha mente. — Sério, foi só esse lance do presente mesmo.

Até essas palavras soam como uma traição à mulher no carro.

— E você não estava muito bem naquela noite — diz ela, sorrindo diante da lembrança. — Você não estava preocupada em pegar o carro, porque o Matthew ia te buscar, então encheu a cara de vinho. Talvez seja por isso que tenha se esquecido.

— Deve ter sido isso mesmo.

— Bem, beba logo o café para a gente ir escolher o presente.

Terminamos as bebidas e descemos até o quarto andar. Não demoramos muito para escolher duas malas azul-claras. Quando estamos saindo da loja, sinto o olhar de Rachel em mim.

— Tem certeza de que quer ir almoçar? Se não quiser, não tem problema.

Pensar em comer, em ter de conversar sobre qualquer coisa para evitar falar sobre a mulher no carro, subitamente me parece demais.

— Na verdade, estou com uma dor de cabeça terrível. Acho que exagerei ontem à noite. Vamos almoçar na semana que vem? Posso vir à cidade qualquer dia agora que estou de férias.

— Claro. Você vai estar bem para ir à festa da Susie hoje à noite, não vai?

— Com certeza. Mas você pode levar as malas, por via das dúvidas?

— Sem problema. Onde você estacionou?
— No final da rua.
Ela assente com a cabeça.
— Parei no edifício-garagem, então vou me despedir de você aqui.
Aponto para as duas malas.
— Vai conseguir se virar com elas?
— Elas são leves, lembra? E, se eu não conseguir, tenho certeza de que vou encontrar um rapaz simpático querendo me ajudar!

Nós nos despedimos com um abraço rápido, e eu sigo para onde estacionei. Quando ligo o carro, a hora aparece, e vejo que passa um minuto da uma. Uma parte de mim — uma parte bem grande — não quer escutar o noticiário local, mas eu me pego ligando o rádio mesmo assim.

— *Ontem à noite, o corpo de uma mulher foi encontrado num carro na Blackwater Lane, entre Browbury e Castle Wells. Ela foi brutalmente assassinada. Caso você tenha passado por aquela estrada entre 23h20 de ontem à noite e 1h15 desta madrugada, ou conheça alguém que passou, favor entrar em contato com a gente o mais rápido possível.*

Estendo o braço e desligo o rádio, a mão tremendo de tensão. *Brutalmente assassinada.* As palavras pairam no ar, e fico tão enjoada, me sentindo tão quente, que tenho de abrir a janela para conseguir respirar. Por que não podiam ter dito simplesmente "assassinada"? Será que "assassinada" já não era ruim o bastante? Um carro emparelha com o meu, e o motorista gesticula, querendo saber se vou sair. Faço que não com a cabeça, e ele vai embora, então mais ou menos um minuto depois outro motorista aparece querendo saber a mesma coisa, depois outro. Mas não quero sair. A única coisa que quero é ficar onde estou até o assassinato não ser mais notícia, até todo mundo ter seguido em frente e esquecido sobre a mulher que foi brutalmente morta.

Sei que é idiotice pensar assim, mas tenho a sensação de que é culpa minha ela ter morrido. Lágrimas ardem em meus olhos. Não consigo imaginar um cenário em que eu não sinta mais culpa, e a ideia de carregá-la comigo pelo resto da vida me parece um preço alto demais a pagar por um momento de egoísmo. Mas a verdade é que, se eu tivesse me dado ao trabalho de saltar do carro, ela talvez ainda estivesse viva.

Dirijo devagar, prolongando o momento em que terei de deixar a bolha protetora do meu carro. Assim que eu entrar em casa, o assassinato vai estar em todos os lugares: na televisão, nos jornais, na boca de todo mundo — um lembrete constante da minha incapacidade de ajudar a mulher no bosque.

Quando saio do carro, o cheiro de uma fogueira queimando no jardim me transporta de volta à minha infância no mesmo instante. Fecho os olhos e, por alguns momentos abençoados, não é mais um dia quente e ensolarado de julho. É uma noite fria e límpida de novembro, e mamãe e eu estamos comendo linguiças enquanto papai solta fogos de artifício no jardim. Abro os olhos e vejo que o sol sumiu atrás de uma nuvem, refletindo meu humor. Normalmente, eu procuraria Matthew, mas, em vez disso, vou direto para dentro de casa, feliz em ter um pouco mais de tempo só para mim.

— Pensei ter ouvido o barulho do carro — diz ele, entrando na cozinha alguns instantes depois. — Não esperava você tão cedo. Vocês não iam almoçar fora?

— Sim, mas decidimos deixar para outro dia.

Ele se aproxima e me dá um beijo na cabeça.

— Que bom. Então você pode almoçar comigo.

— Você está cheirando a fumaça — comento, sentindo o odor que exala da camiseta dele.

— Quis me livrar daquele monte de galhos que aparei na semana passada. Por sorte estavam debaixo da lona, então a chuva não molhou nada, mas teriam enchido a casa de fumaça se a gente os colocasse na lareira. — Ele me abraça. — Você sabe que é a mulher certa para mim, não sabe? — pergunta, baixinho, repetindo o que costumava dizer quando nos conhecemos.

Eu estava trabalhando na escola havia uns seis meses quando fui a um bar de vinhos com um grupo de colegas para comemorar meu aniversário. Connie notou Matthew no instante em que chegamos. Ele estava sozinho em uma mesa, claramente à espera de alguém, e ela brincou que, se a acompanhante dele não aparecesse, ia se oferecer para substituí-la. Quando ficou óbvio que ninguém ia aparecer, Connie foi até lá, já um pouco bêbada, e perguntou se ele não gostaria de se juntar a nós.

— Tinha esperança de que ninguém notasse que levei um bolo — comentou, pesaroso, enquanto Connie abria espaço para ele entre ela e John. Como acabei ficando na frente de Matthew, não pude deixar de notar o jeito que seu cabelo caía por cima da testa ou o azul de seus olhos sempre que olhava para mim, o que ele fez muito. Tentei não me empolgar demais com isso. E ainda bem que fiz isso, já que, quando nos levantamos para ir embora, várias garrafas de vinho depois, ele estava com o número da Connie salvo no celular.

Alguns dias depois, ela se aproximou de mim na sala dos professores com um enorme sorriso no rosto para contar que Matthew havia ligado — para pedir o *meu* telefone. Deixei que ela o desse, e, quando ele ligou, foi com nervosismo que admitiu:

— No momento em que te vi, soube que você era a mulher certa para mim — disse, com essas mesmas palavras doces.

Assim que começamos a sair com regularidade, Matthew confessou que não podia ter filhos. Disse que compreenderia se eu não quisesse mais sair com ele, porém, àquela altura, eu já estava apaixonada. E embora tenha sido um grande baque, não encarei isso como o fim do mundo. Quando ele me pediu em casamento, já havíamos conversado sobre outras formas de termos filhos e decidido que pensaríamos no assunto depois que completássemos um ano de casados. O que é mais ou menos por agora. Normalmente, esse é um pensamento constante para mim, mas hoje isso me parece bem distante.

Os braços de Matthew ainda me envolvem.

— Conseguiram o presente que queriam? — pergunta ele.

— Sim, nós compramos umas malas para a Susie.

— Você está bem? Parece um pouco triste.

De repente, sinto uma necessidade esmagadora de ficar sozinha.

— Estou com um pouco de dor de cabeça — respondo, me afastando dele. — Acho que vou tomar uma aspirina.

Subo, pego duas aspirinas no banheiro e as engulo com água da torneira. Quando levanto a cabeça, vejo meu rosto no espelho e o examino ansiosamente, procurando alguma coisa que possa me delatar; algo que deixe transparecer que há algo errado. Mas não há nenhuma diferença evidente da pessoa que eu era quando me casei com Matthew há um ano: vejo apenas o mesmo cabelo castanho e os mesmos olhos azuis me encarando de volta.

Dou as costas para meu reflexo e vou para o quarto. Minha pilha de roupas foi transferida da cadeira para a cama, agora feita, um toque sutil de Matthew para que eu as guarde. Num dia normal, eu acharia graça, mas, hoje, isso me deixa irritada. Meus olhos pousam na escrivaninha que pertenceu à minha bisavó e me lembro do dinheiro que Rachel mencionou, as 160 libras que as pessoas me deram para comprar o presente da Susie. Se peguei esse dinheiro, ele deve estar ali — é onde sempre guardo as coisas importantes. Respirando fundo, destranco a pequena gaveta à esquerda da escrivaninha e a abro. Lá dentro há uma pilha bagunçada de notas. Eu as conto: somam exatamente 160 libras.

Na cálida paz do meu quarto, a dura realidade do que esqueci me assoma de súbito. Esquecer um nome ou um rosto é normal, mas esquecer que você sugeriu um presente e recolheu dinheiro para comprá-lo, não.

— Tomou a aspirina? — pergunta Matthew do vão da porta.

Eu me assusto e, rapidamente, fecho a gaveta.

— Tomei, sim, e já estou melhor.

— Que bom. — Ele sorri. — Vou comer um sanduíche. Quer um? Estava pensando em tomar uma cerveja também.

Pensar em comida ainda faz meu estômago revirar.

— Não, pode fazer só para você. Mais tarde eu como alguma coisa. Vou tomar só uma xícara de chá agora.

Sigo-o até o térreo e me sento à mesa da cozinha antes de ele colocar uma caneca de chá na minha frente. Eu o observo enquanto ele pega o pão no armário e parte uma fatia grossa de queijo cheddar para preparar um sanduíche rápido. Em seguida, começa a comer sem usar um prato.

— Passaram a manhã toda falando daquele assassinato no rádio — comenta ele, deixando as migalhas caírem no chão. — Fecharam a estrada, e a polícia está procurando provas em todos os lugares. É muito louco pensar que isso tudo está acontecendo a cinco minutos daqui!

Tento não me encolher e me distraio olhando para as minúsculas migalhas de pão sobre nosso piso de terracota. É como se elas estivessem perdidas no meio do mar, sem nenhuma ajuda à vista.

— Já descobriram alguma coisa a respeito dela? — pergunto.

— A polícia deve saber, porque já avisaram aos familiares, mas ainda não divulgaram nenhum detalhe. Imagine o que essas pessoas devem estar passando. Sabe o que não consigo tirar da cabeça? Que poderia ter sido você, se tivesse sido idiota o bastante para pegar aquela estrada ontem à noite.

Eu me levanto com a caneca na mão.

— Acho que vou me deitar um pouco.

Ele olha para mim, preocupado.

— Tem certeza de que está bem? Você não está com uma cara muito boa. Talvez seja melhor a gente não ir à festa hoje à noite.

Sorrio, solidária, pois sei que ele não é chegado a festas — prefere convidar os amigos para um jantarzinho informal em nossa casa.

— Nós *temos* que ir. É o aniversário de 40 anos da Susie.

— Mesmo se você ainda estiver com dor de cabeça? — Consigo ouvir o "mas" em sua voz e deixo escapar um suspiro.

— Sim — respondo, com firmeza. — Não se preocupe, você não vai ter que conversar com Rachel.

— Eu não ligo de conversar com ela, são só aqueles olhares de desaprovação que ela vive me dando que me irritam. Parece que fiz alguma coisa errada. Aliás, você se lembrou de pegar o meu paletó na lavanderia?

Meu coração aperta.

— Não, me desculpe. Esqueci.

— Ah. Bem, não tem problema, posso usar outra roupa.

— Desculpe — repito, pensando no presente e em todas as outras coisas das quais venho me esquecendo ultimamente.

Há algumas semanas, estava com meu carrinho cheio de compras, e Matthew teve de me resgatar no supermercado, porque esqueci a bolsa em cima da mesa da cozinha. Desde então, ele encontrou o leite onde o detergente deveria estar e o detergente dentro da geladeira e teve de lidar com uma ligação furiosa do meu dentista por causa de uma consulta que me esqueci de ter marcado. Mas, até agora, Matthew só achou graça de tudo e disse que estou sobrecarregada demais por causa do final do ano letivo. O que ele não sabe é que, como no caso do presente da Susie, houve outros momentos em que minha memória falhou. Já fui para a escola sem meus livros, esqueci uma hora marcada no cabeleireiro e um almoço com a Rachel e, no mês passado, dirigi quarenta quilômetros até Castle Wells sem perceber que havia deixado a bolsa em casa. A questão é que, apesar de ele saber que minha mãe morreu aos 55 anos e que, no final da vida, andava esquecida, nunca contei toda a verdade para ele: durante os três anos antes de ela morrer, tive de dar banho nela, vesti-la e alimentá-la. Ele também não sabe que ela foi diagnosticada com demência aos 44 anos, apenas dez anos a mais do que tenho hoje. Na época, pensei que ele não se casaria comigo se achasse que havia qualquer chance de eu ser diagnosticada com a mesma doença dali a uns doze anos.

Hoje, sei que Matthew faria qualquer coisa por mim, mas, agora, acho que demorei demais para contar a verdade. Como posso admitir que escondi isso tudo dele? Ele foi tão aberto sobre não poder ter filhos, e retribuí sua franqueza com desonestidade. Permiti que meus próprios temores se colocassem no caminho da verdade. *E estou pagando muito por isso agora*, penso quando me deito na cama.

Tento relaxar, mas imagens da noite anterior passam em flashes pela minha mente, uma após a outra, como imagens de um filme. Vejo o carro à minha frente na estrada, me vejo desviando dele, me vejo virando a cabeça para olhar para o motorista. Então, vejo o borrão de um rosto feminino olhando para mim pela janela.

*

No meio da tarde, Matthew vem à minha procura.

— Acho que vou à academia. A não ser que você queira dar uma volta ou algo assim.

— Não, tudo bem — digo, grata por ter algum tempo sozinha. — Preciso dar uma organizada no material que trouxe da escola. Se não fizer isso agora, não faço nunca mais.

Ele assente com a cabeça.

— E então, podemos tomar uma merecida taça de vinho quando eu voltar.

— Fechado — concordo, quando ele me dá um beijo. — Divirta-se.

Ouço a porta da frente bater, mas, em vez de ir até o escritório para separar o material do trabalho, permaneço sentada à mesa da cozinha e deixo meus pensamentos se desenrolarem em minha mente.

Depois de um tempo, o telefone toca; é Rachel.

— Você não vai acreditar nisso — começa ela, esbaforida. — Sabe a moça que foi assassinada? Bem, no fim das contas, descobri que ela trabalhava na minha empresa.

— Ai, meu Deus — murmuro.

— Pois é. Horrível, não é? Susie está arrasada. Está péssima e acabou cancelando a festa. Ela não tem coragem de comemorar quando uma pessoa que a gente conhecia foi assassinada.

Sinto um leve alívio por não ter de sair, mas também fico ligeiramente enjoada pelo fato de a mulher assassinada estar se tornando cada vez mais real.

— Embora eu não a conhecesse, porque ela trabalhava em outro departamento... — continua Rachel e então hesita por um instante. — Na verdade, estou me sentindo muito mal, porque, quando fui para o trabalho ontem, direto do aeroporto, bati boca com alguém por causa de uma vaga e acho que era ela. Fui bem agressiva... Era o cansaço falando, mas agora eu queria ter deixado para lá.

— Você não tinha como saber — digo, automaticamente.

— Susie contou que o pessoal que trabalhava com ela está arrasado. Alguns conhecem o marido dela, e parece que ele está sem chão. Bem, é compreensível, não é? E agora ficou sozinho para criar as gêmeas de 2 anos.

— Gêmeas? — A palavra ecoa em minha cabeça.

— Pois é, gêmeas. É tudo muito triste.

Eu gelo.

— Qual era o nome dela?

— Susie disse que era Jane Walters.

O nome me atinge com a força de uma marreta.

— O quê? Você disse Jane Walters?

— Sim.

Fico tonta.

— Não, não pode ser. Não é possível.

— Foi o que a Susie disse — insiste Rachel.

— Mas... mas eu almocei com ela. — Estou tão atordoada que mal consigo falar. — Almocei com ela, e ela estava bem. Deve ser algum engano.

— Você almoçou com ela? — Rachel parece confusa. — Quando? Quer dizer, como você a conhecia?

— Eu a conheci naquela festa de despedida que fui com você, daquele homem que trabalhou na sua empresa, Colin. Lembra? Você disse que eu podia ir, porque ia ter tanta gente que ninguém ia notar que eu não trabalhava na Finchlakers. Comecei a conversar com ela no bar, e trocamos telefones. Aí, alguns dias depois, ela me ligou. Eu te contei isso quando você ligou de Nova York. Disse que ia almoçar com ela no dia seguinte. Pelo menos, achei que tivesse contado.

— Não, acho que não — nega Rachel, com cuidado, percebendo quanto estou aflita. — E, mesmo se tivesse contado, mesmo se tivesse me dito o nome dela, eu não saberia quem era. Sinto muito, Cass, você deve estar se sentindo péssima.

— Fiquei de dar um pulo na casa dela na semana que vem — conto, me recordando. — Para conhecer as filhinhas dela. — Lágrimas enchem meus olhos.

— É horrível, não é mesmo? É assustador pensar que o assassino dela está solto por aí em algum lugar. Não quero te deixar preocupada, Cass, mas a sua casa fica a poucos quilômetros de onde ela foi morta e, bem, é meio isolada, a única no final da rua.

— Ai. — É só o que consigo dizer, pois me sinto enjoada. Com toda a confusão e a preocupação, eu nem havia considerado que o assassino ainda estava à solta. E que nós só temos sinal de celular no segundo andar da casa, perto de uma janela.

— Sua casa não tem alarme, tem?

— Não.

— Então me promete que você vai sempre trancar a porta quando estiver em casa sozinha?

— Sim, sim, é claro que sim — afirmo, desesperada para me livrar dela, para parar de falar sobre a mulher que foi assassinada. — Desculpe, Rachel, eu tenho que ir. Matthew está ligando — acrescento, apressada.

Bato o fone na base e desato a chorar. Não quero acreditar no que Rachel acabou de me contar, não quero acreditar que a mulher que foi morta no próprio carro era Jane, minha nova amiga, alguém que poderia ter se tornado uma grande amiga. Tínhamos nos conhecido sem querer, na festa em que fui por acaso, como se estivéssemos destinadas a nos encontrar. Ainda soluçando, eu a vejo se aproximar do bar do Bedales tão nitidamente quanto se estivesse acontecendo agora, diante dos meus olhos.

*

— *Com licença, você está esperando para ser atendida?* — *perguntou ela, sorrindo para mim.*

— *Não, não se preocupe, estou esperando meu marido vir me buscar.* — *Cheguei um pouco para o lado para abrir espaço para ela.* — *Você pode se espremer aqui, se quiser.*

— *Obrigada. Ainda bem que não estou desesperada por uma bebida* — *brincou ela, referindo-se ao número de pessoas aguardando para serem atendidas.* — *Não imaginava que Colin convidaria tanta gente.*

Ela olhou para mim com ar questionador, e notei quanto seus olhos eram azuis.

— *Nunca vi você por aqui. É nova na Finchlakers?*

— *Na verdade, não trabalho na Finchlakers* — *admiti, me sentindo culpada.* — *Vim com uma amiga. Sei que é uma festa privada, mas ela disse que ia ter tanta gente que ninguém ia reparar numa pessoa a mais. Meu marido está assistindo ao jogo com os amigos hoje, e ela ficou com pena de me deixar sozinha.*

— *Ela parece ser uma boa amiga.*

— É, sim, a Rachel é ótima.
— Rachel Baretto?
— Você a conhece?
— Não, na verdade, não. — *Ela abriu um sorriso luminoso.* — Meu marido também está assistindo ao jogo. E tomando conta das nossas gêmeas de 2 anos.
— Que delícia ter gêmeas! Como elas se chamam?
— Charlotte e Louise, mais conhecidas como Lottie e Loulou. — *Ela tirou o celular do bolso e foi passando as fotos.* — Alex, meu marido, vive me dizendo para não fazer isso, pelo menos não com gente desconhecida, mas eu não consigo evitar. — *Ela ergueu o telefone para que eu pudesse ver.* — Olhe elas aqui.
— São lindas — *elogiei, sendo sincera.* — Parecem dois anjinhos com esses vestidinhos brancos. Quem é quem?
— Essa é Lottie, e essa é Loulou.
— Elas são idênticas? Para mim, parecem ser.
— Não exatamente, mas é bem difícil para a maioria das pessoas distinguir uma da outra.
— Aposto que sim. — *Notei que o barman esperava para anotar o pedido dela.* — Ah, acho que é a sua vez.
— Ah, que bom. Uma taça de tinto sul-africano, por favor. — *Ela se virou para mim.* — Posso te oferecer alguma coisa?
— Matthew vai chegar daqui a pouco, mas... — *Hesitei por um instante.* — ... não preciso dirigir, então, por que não? Obrigada. Vou querer uma taça de vinho branco seco.
— Meu nome é Jane, aliás.
— O meu é Cass. Mas, por favor, não se sinta na obrigação de ficar aqui agora que já foi atendida. Seus amigos devem estar te esperando.
— Acho que não vão notar se eu demorar mais uns minutinhos. — *Ela ergueu a taça.* — Um brinde ao nosso encontro. É um prazer tão grande poder beber essa noite. Não tenho saído muito desde que as gêmeas nasceram e, quando saio, não bebo porque tenho que voltar para casa dirigindo. Mas uma amiga vai me dar carona hoje.

— Onde você mora?
— Em Heston, do outro lado de Browbury. Conhece?
— Já fui ao pub de lá algumas vezes. Tem aquele parquinho adorável bem em frente.
— Com uma área maravilhosa para as crianças brincarem, onde passo bastante tempo hoje em dia — concordou ela, sorrindo. — Você mora em Castle Wells?
— Não, moro num vilarejo perto de Browbury. Nook's Corner.
— Às vezes passo por lá quando volto de Castle Wells, quando pego aquele atalho que corta o bosque. Você tem sorte de morar ali. É lindo.
— É, sim, mas a nossa casa é um pouco mais isolada do que eu gostaria que fosse. Mas é ótimo estar a poucos minutos da estrada. Eu dou aula no ensino fundamental de Castle Wells.
Ela sorriu.
— Então você deve conhecer John Logan.
— John? — Eu ri, surpresa. — Conheço, sim. Ele é seu amigo?
— Eu jogava tênis com ele até uns meses atrás. Ele ainda conta piadas?
— Não para nunca.
O celular em minha mão vibrou de repente, notificando a chegada de uma mensagem.
— Matthew — expliquei a Jane enquanto lia a mensagem. — O estacionamento está cheio, ele está parado em fila dupla na rua.
— Então é melhor você ir.
Terminei meu vinho rapidamente e disse, com sinceridade:
— Olhe, foi um prazer conversar com você, e obrigada pelo vinho.
— De nada. — Ela fez uma pausa, então continuou, suas palavras saindo afobadas: — Se você quiser tomar um café, ou até mesmo almoçar alguma hora dessas...
— Eu adoraria! — respondi, genuinamente agradecida. — Me dê o seu número para a gente marcar.
Trocamos telefones, e dei a ela o número da minha casa também, explicando que lá o sinal do celular era muito ruim, e ela prometeu me ligar.

E ela realmente ligou, menos de uma semana depois, sugerindo um almoço no sábado seguinte, quando o marido estaria em casa para tomar conta das gêmeas. Eu me lembro de ter ficado surpresa mas contente pelo contato tão rápido, e de ter me perguntado se ela poderia estar precisando de alguém com quem conversar.

Nós nos encontramos num restaurante de Browbury, e a conversa fluiu com tanta facilidade que tive a sensação de que éramos velhas amigas. Ela me contou como conhecera Alex, e eu falei sobre Matthew e disse que pensávamos em começar uma família em breve. Quando o vi de pé do lado de fora do restaurante, porque ele combinara de me encontrar lá, não pude acreditar que já eram três horas.

— Olhe o Matthew ali — falei, fazendo um gesto com a cabeça em direção à janela. — Ele deve ter chegado cedo. — Olhei para o relógio e ri, surpresa.

— Não, ele chegou bem na hora. Já faz mesmo duas horas que estamos aqui?

— Deve ser. — Ela soou distraída, e, quando ergui a cabeça e vi que encarava Matthew pela janela, não pude evitar sentir certo orgulho. Ele já havia ouvido mais de uma vez que se parecia com Robert Redford quando jovem, e as pessoas, especialmente as mulheres, olhavam duas vezes ao passarem por ele na rua.

— Posso trazê-lo aqui? — perguntei, ficando de pé. — Gostaria que se conhecessem.

— Não, não se preocupe, ele parece ocupado. — Olhei para Matthew. Ele digitava alguma coisa no celular, absorto na mensagem. — Deixe para outra hora. Preciso mesmo ligar para o Alex.

Assim, fui embora e, enquanto me afastava de mãos dadas com Matthew, me virei e acenei para Jane pela janela do restaurante.

*

A lembrança desaparece, mas minhas lágrimas se intensificam, e, em algum lugar aqui dentro, tenho consciência de que não chorei tanto quando minha mãe morreu, porque esperava que aquilo acontecesse.

Mas essa notícia sobre Jane me chocou até a alma — me chocou tanto que demorou um pouco até tudo se organizar em minha mente e eu ser atingida pela terrível constatação de que foi Jane que vi naquele carro ontem à noite, foi Jane que olhou para mim pela janela enquanto eu passava por ela, foi Jane que deixei lá para ser assassinada. O pânico que sinto é comparável apenas à culpa que me pressiona, me sufocando. Tento me acalmar, dizendo a mim mesma que, se não estivesse chovendo tanto, se eu tivesse sido capaz de discernir seus traços, se soubesse que era Jane, eu teria saltado do carro e corrido até seu carro debaixo de chuva sem hesitar nem mesmo por um segundo. Mas e se ela tivesse, sim, me reconhecido? Será que pensou que eu fosse ajudá-la? A ideia era horrível, mas, se fosse verdade, ela com certeza teria piscado o farol ou saltado do carro e vindo até mim, não? Então, outro pensamento me ocorre, ainda pior do que o anterior: e se o assassino já estivesse lá e ela tivesse me deixado ir embora para me proteger?

*

— O que foi, Cass? — pergunta Matthew quando chega da academia e me vê com o rosto pálido.

As lágrimas que não consigo conter transbordam dos meus olhos.

— Sabe a moça que foi assassinada? Era a Jane.

— Jane?

— É, a moça com quem almocei há duas semanas em Browbury, a que conheci na festa que Rachel me levou.

— *O quê?* — Matthew parece chocado. — Tem certeza?

— Tenho. Rachel ligou para me contar que a mulher que morreu trabalhava na empresa dela. Perguntei o nome, e ela me disse que era Jane Walters. Susie até cancelou a festa, porque também a conhecia.

— Sinto muito, Cass — consola ele, me abraçando com força. — Nem consigo imaginar como você deve estar se sentindo.

— Eu só não consigo acreditar que seja ela. Não parece possível. Talvez tenha sido algum engano, talvez seja outra Jane Walters.

Percebo sua hesitação.

— Divulgaram uma foto dela. Vi pelo celular. Eu não sei se... — A voz dele vai sumindo.

Balanço a cabeça, porque não quero olhar, não quero ter de encarar a verdade caso seja Jane na foto. Mas pelo menos eu teria certeza.

— Me mostre — peço, com a voz trêmula.

Matthew me solta, e subimos para o segundo andar da casa para acessar a internet pelo celular. Enquanto ele busca a última atualização das notícias, fecho os olhos e rezo: *Por favor, Deus, por favor, Deus, que não seja a Jane.*

— Aqui. — A voz de Matthew é baixa. Meu coração martela de medo, e, quando abro os olhos, me pego fitando uma foto da mulher assassinada. Seus cabelos louros estão mais curtos do que quando nos encontramos para almoçar, e os olhos parecem menos azuis. Mas não há dúvidas de que é Jane.

— É ela — sussurro. — É ela. Quem faria uma coisa dessas? Quem faria uma coisa tão cruel assim?

— Um louco — responde Matthew, sombriamente.

Eu me viro e enterro o rosto em seu peito, tentando não chorar outra vez para que ele não questione por que estou tão transtornada. Aos seus olhos, eu mal conhecia Jane.

— Ele ainda está por aí, à solta, em algum lugar — digo, me sentindo assustada de repente. — Precisamos de um alarme.

— Por que você não liga para algumas empresas amanhã e pede que venham aqui para fazer um orçamento sem compromisso? Depois, analisamos tudo direitinho. Você sabe como é essa gente... eles conseguem empurrar um monte de coisas que nem precisamos.

— Está bem — concordo. Mas, pelo resto do dia, me sinto desolada. Só consigo pensar em Jane sentada em seu carro, esperando que eu a salve.

— Sinto muito, Jane — sussurro. — Sinto muito, muito mesmo.

Sexta-feira, 24 de julho

Jane me assombra. Faz uma semana que ela foi assassinada, e me parece impossível imaginar algum dia em que ela não seja meu pensamento mais recorrente. A culpa que sinto não diminuiu com o tempo. Acho que até aumentou. O fato de a mídia não parar de falar sobre o assunto também não ajuda. Os noticiários ficam o tempo todo especulando por que ela teria passado por uma estrada tão isolada durante uma tempestade. Segundo as investigações, não havia nada de errado com o carro, mas, como se tratava de um modelo um pouco antigo, cujos limpadores mal funcionavam, acredita-se que Jane teve dificuldades de enxergar pelo para-brisa e, talvez, por esse motivo, tenha parado para esperar a tempestade passar antes de seguir caminho.

Pouco a pouco, um cenário começa a surgir. Perto das onze, ela ligou para o celular do marido e deixou uma mensagem na caixa postal dizendo que estava saindo de um bar em Castle Wells, onde estava acontecendo a despedida de solteira de uma amiga, e que logo estaria em casa. Segundo os funcionários do estabelecimento, Jane havia ido embora com as amigas, mas voltara cinco minutos depois para ligar do bar ao se dar conta de que tinha deixado o celular em casa.

Seu marido havia adormecido no sofá e não escutara a ligação, então não fazia a menor ideia de que ela não voltara para casa até a polícia bater à sua porta e lhe dar a terrível notícia. Três pessoas se apresentaram à delegacia para contar que, apesar de terem passado pela Blackwater Lane na sexta-feira à noite, nenhuma delas vira o carro de Jane na estrada. Isso permitiu à polícia estabelecer o horário do assassinato entre 23h20 — considerando que ela teria levado mais ou menos 15 minutos para sair de Castle Wells e chegar ao bosque — e 0h55, quando um motorista que estava de passagem a encontrou.

Uma voz dentro da minha cabeça me incentiva a contatar a polícia para contar que Jane ainda estava viva quando vi seu carro, por volta das 23h30, mas a outra voz — a que diz que as pessoas ficarão indignadas por eu não ter feito nada para ajudá-la — fala mais alto. E essa diferença de horário é tão pequena que não vai atrapalhar a investigação do homicídio. Pelo menos é o que digo para mim mesma.

À tarde, um homem de uma das empresas de alarme chega para me dar um orçamento. Fico irrita com ele logo de cara por chegar vinte minutos adiantado e perguntar se meu marido estava em casa.

— Não, não está — respondo, tentando não prestar muita atenção nas caspas nos ombros de seu paletó escuro. — Mas se o senhor me explicar o que precisamos instalar aqui para deixar a casa mais segura, tenho certeza de que serei capaz de entender. Desde que fale bem devagar.

Ele não entende o meu sarcasmo e, sem esperar ser convidado, o homem entra.

— A senhora costuma ficar em casa sozinha? — pergunta ele.

— Na verdade, não. — A pergunta me deixa apreensiva. — Meu marido deve estar chegando, na verdade — acrescento.

— Bem, olhando a casa por fora, eu diria que é um alvo fácil para ladrões por ser tão isolada das outras casas da rua. Vocês vão precisar de sensores nas janelas, nas portas, na garagem e no jardim. — Ele olha ao redor. — Nas escadas também. Você não vai querer ninguém entrando de mansinho no meio da noite, não é? Vou dar uma olhada na casa toda, ok?

Ele dá meia-volta e se dirige à escada, subindo dois degraus de cada vez. Eu o sigo e observo enquanto ele verifica rapidamente a janela ao final do corredor. O homem desaparece em nosso quarto, e eu hesito no vão da porta, me sentindo meio inquieta por ele estar ali sozinho. De repente, me ocorre que não pedi para ver sua credencial, e fico assustada por não ter sido mais cuidadosa. Afinal, Jane foi assassinada aqui perto. Parando para pensar agora, ele nem havia dito que era da empresa de alarmes — eu é que tinha presumido isso. Aquele homem podia ser qualquer pessoa.

O pensamento me atinge com tanta força que a inquietação que sinto logo se transforma em algo semelhante ao pânico. Meu coração fica descompassado e então acelera furiosamente, como se tentasse recuperar o ritmo, me deixando trêmula. Entro devagar no quarto de hóspedes, sem tirar os olhos da porta do cômodo em que o homem está, e ligo para Matthew do meu celular, agradecida por haver sinal ali. Ele não atende, mas, um instante depois, recebo uma mensagem sua.

Desculpe. Estou em reunião. Tudo bem?

Digito a resposta, meus dedos desajeitados sobre as teclas:

Não fui com a cara do homem do alarme

Então se livra dele.

Saio do quarto e me deparo com o homem do alarme. Dou um pulo para trás, deixando escapar um grito. Quando me recomponho, abro a boca para dizer que mudei de ideia a respeito do alarme, mas ele fala primeiro.

— Só falta verificar esse quarto e o banheiro. Depois vou dar uma olhada lá embaixo — declara ele, se espremendo para passar por mim.

Em vez de esperar, desço correndo as escadas e aguardo perto da porta. Digo a mim mesma que estou sendo idiota e que não há motivo para que eu entre em pânico. Mas, quando ele desce, fico onde estou e o deixo andar pelo restante da casa sozinho. Dez longos minutos se passam até que ele apareça outra vez.

— Então... por que não nos sentamos um pouco? — pergunta ele.

— Acho que não é necessário — respondo. — Na verdade, não tenho muita certeza se realmente precisamos de um alarme.

— É chato dizer isso, mas, depois do assassinato daquela moça, não muito longe daqui, eu diria que vocês estão cometendo um erro. Não se esqueça de que o assassino ainda está à solta.

O fato de aquele homem estranho mencionar a morte de Jane me desestabiliza, e desejo desesperadamente que ele saia da minha casa.

— O senhor tem algum número para que eu possa entrar contato? Da sua empresa?

— É claro. — Ele enfia a mão no paletó, e dou um passo para trás, meio que esperando que vá sacar uma faca. Mas a única coisa que o homem tira do bolso é um cartão. Eu o pego e o estudo por um momento. Nele, consta que seu nome é Edward Garvey. Será que ele tem cara de Edward? Minha desconfiança é viciante.

— Obrigada — agradeço. — Mas talvez seja melhor o senhor voltar quando meu marido estiver em casa.

— Tudo bem, eu acho. Mas não tenho certeza de quando estarei disponível novamente. Sei que não deveria dizer isso, mas homicídios são bons para os negócios, se é que a senhora me entende. Se puder me dar só mais dez minutos do seu tempo, explico tudo bem rápido e a senhora pode passar tudo para o seu marido quando ele chegar.

Ele caminha até cozinha e para no vão da porta com a mão estendida, me convidando a entrar. Tenho vontade de dizer que a casa é minha, mas, apesar disso, me pego entrando na cozinha. É assim que acontece? É assim que as pessoas se deixam conduzir a situações potencialmente perigosas, como cordeiros indo para o abate? Meu nervosismo aumenta quando, em vez de se sentar à minha frente na mesa, ele se senta ao meu lado, me encurralando. O homem abre um folheto, mas estou tão tensa que não consigo me concentrar em nada do que diz. Assinto com a cabeça nos momentos apropriados e tento parecer interessada nos cálculos que ele está fazendo, mas o suor escorre por minhas costas, e a única coisa que me impede de me levantar e mandá-lo ir embora é minha educação. Será que foram seus bons modos que impediram Jane de fechar a janela rapidamente e arrancar com o carro quando ela se deu conta de que não queria dar carona para seu assassino?

— Muito bem, então é isso — conclui o homem, e eu o encaro, confusa, enquanto ele enfia a papelada na maleta e empurra um folheto em minha direção. — Mostre isso para o seu marido hoje à noite. Ele vai ficar impressionado, acredite.

Só consigo relaxar depois que ele sai e fecho a porta. Mas, quando me lembro de que, mais uma vez, fiz uma coisa idiota ao não pedir a credencial dele antes de deixá-lo entrar — logo depois de uma mulher ser assassinada tão perto daqui —, começo a questionar minha falta de discernimento. Sentindo um frio repentino, corro até o segundo andar para pegar um suéter e, quando entro no quarto, percebo que a janela está aberta. Por um momento, eu a encaro, me perguntando o que isso significa — se é que significa alguma coisa. *Você está sendo paranoica*, me repreendo com severidade, pegando o cardigã no encosto da cadeira e vestindo-o. *Mesmo que o homem da empresa de alarmes tenha aberto a janela — o que ele provavelmente fez, para ver onde poderia colocar os sensores —, isso não quer dizer que a deixou assim para poder voltar e te matar depois.*

Fecho a janela e, ao descer as escadas, ouço o telefone tocar. Imagino que seja Matthew, mas é Rachel.

— Quer tomar um drinque? — pergunta ela.

— Sim! — respondo, feliz por ter uma desculpa para sair de casa.
— Está tudo bem? — acrescento, percebendo que Rachel não está tão animada quanto costuma ser.
— Sim, só estou com vontade de tomar uma taça de vinho. Seis horas é um horário bom para você? Posso ir até Browbury.
— Ótimo. No Sour Grapes?
— Perfeito. Até já.

Volto à cozinha e vejo o folheto da empresa de alarmes em cima da mesa. Eu o pego e o coloco sobre a bancada, para que Matthew dê uma olhada depois que jantarmos. Já são cinco e meia — a coisa toda com o homem do alarme demorou mais do que eu imaginava —, então pego as chaves do carro e saio imediatamente.

A cidade está movimentada, e, enquanto sigo apressada em direção ao bar de vinhos, ouço alguém me chamar. Levanto a cabeça e vejo minha querida amiga Hannah caminhando em meio à multidão. Ela é esposa do parceiro de tênis de Matthew, Andy, e nossa amizade é um pouco recente, mas ela é tão divertida que gostaria que tivéssemos nos conhecido antes.

— Não vejo você há séculos — comenta ela.
— Eu sei, faz muito tempo mesmo. Estou indo encontrar a Rachel, na verdade, senão ia sugerir que a gente fosse tomar um drinque. Vocês *precisam* ir à nossa casa para um churrasco esse verão.
— Isso seria ótimo. Andy comentou outro dia que não tem visto Matthew no clube. — Hannah sorri, então faz uma pausa. — Mas, mudando de assunto... Que coisa horrível essa história da moça que foi morta na semana passada, não é?

A nuvem escura que a história de Jane carrega desaba sobre mim.
— É, sim. Terrível.

Hannah estremece ligeiramente.
— E a polícia ainda não encontrou o assassino. Você acha que foi alguém que ela conhecia? Dizem que a maioria dos homicídios é cometida por algum conhecido da vítima.

— É mesmo? — pergunto.

Sei que deveria dizer a Hannah que eu conhecia aquela mulher, que almocei com ela duas semanas antes de sua morte, mas não consigo porque não quero que ela comece a me fazer perguntas sobre Jane, sobre como ela era. E o fato de eu não conseguir contar a verdade me parece mais uma traição.

— Talvez tenha sido só uma morte aleatória — continua ela. — Mas Andy acha que foi alguém daqui, alguém que conhece a região. Ele acredita que a pessoa pode estar escondida em algum lugar aqui perto. Acha que esse não vai ser o único assassinato por essas bandas. É de se preocupar, não é mesmo?

A ideia de o assassino estar escondido em algum lugar aqui perto me faz ficar gelada. As palavras dela reverberam em minha cabeça, e fico tão enjoada que não consigo me concentrar na conversa. Deixo que ela fale por mais alguns minutos, sem realmente escutar, e murmuro respostas no que eu acredito serem os momentos apropriados.

— Me desculpe, Hannah — interrompo a conversa, olhando para o relógio. — Mas acabei de ver a hora! Eu realmente preciso ir.

— Ah, é claro. Diga a Matthew que Andy está ansioso para encontrá-lo novamente.

— Pode deixar.

*

O Sour Grapes está lotado, e Rachel já está lá com uma garrafa de vinho à sua frente.

— Você chegou cedo — comento, ao lhe dar um abraço.

— Não, você é que está atrasada, mas não tem problema. — Ela serve o vinho em uma das taças e a entrega a mim.

— Desculpe. Esbarrei com uma amiga, a Hannah, e acabei me distraindo. É melhor eu não beber a taça inteira, estou dirigindo. — Faço sinal com a cabeça para a garrafa. — Acho que você não está, não é?

— Uns colegas vão vir me encontrar mais tarde para comermos alguma coisa, aí a gente termina a garrafa.

Tomo um gole do vinho e saboreio seu frescor.

— Então, como você está?

— Na verdade, não estou muito bem. A polícia tem ido no escritório nos últimos dias para interrogar todo mundo a respeito de Jane. Hoje foi minha vez.

— Não era à toa que você estava precisando de um drinque — comento, solidária. — O que eles queriam saber?

— Só se eu a conhecia. Então eu disse que não, porque é verdade. — Ela passa os dedos pela haste da taça. — O problema é que não contei sobre a discussão que tive com ela no estacionamento, e agora estou me perguntando se devia ter contado.

— Por que não contou?

— Não sei. Na verdade, sei, sim. Acho que pensei que a polícia podia ver isso como uma motivação.

— Motivação? Como assim? Para matá-la? Rachel, ninguém comete um assassinato por causa de uma vaga em um estacionamento!

— Eu não tenho dúvidas de que pessoas já morreram por menos até — diz ela, friamente. — Mas o que me preocupa agora é a possibilidade de outra pessoa, um amigo dela do escritório talvez, contar à polícia sobre a nossa discussão. Porque ela com certeza deve ter comentado isso com alguém.

— Duvido que isso aconteça — afirmo. — Mas, se você está tão preocupada assim, por que não liga para a polícia e conta você mesma?

— Mas e se eles perguntarem por que não falei nada logo de cara? Fica parecendo que sou culpada.

Balanço a cabeça.

— Você está tirando conclusões precipitadas. — Tento sorrir para ela. — Acho que esse homicídio deixou todo mundo abalado. Um homem esteve lá em casa hoje à tarde para fazer orçamento de um alarme, e eu me senti muito vulnerável por ter ficado sozinha com ele.

— Posso imaginar. Como eu queria que descobrissem logo quem fez isso. Deve ser horrível para o marido da Jane saber que o assassino da mulher dele ainda está por aí, em algum lugar. Ouvi dizer que ele pediu uma licença para cuidar das filhas. — Ela pega a garrafa de vinho e completa a taça. — E você? Como você está?

— Ah, sei lá. — Dou de ombros, tentando não pensar nas filhas de Jane vivendo sem a mãe. — Tem sido um pouco difícil. Estou sempre me lembrando da Jane. — Solto uma risada nervosa. — Acho que preferia não ter almoçado com ela.

— É compreensível — diz Rachel, compassiva. — Você já marcou a instalação do alarme?

Meus ombros ficam tensos.

— Eu quero instalar um alarme, mas acho que o Matthew não está muito feliz com isso. Ele acha que isso faz com que a pessoa se pareça um prisioneiro dentro da própria casa.

— É melhor do que ser assassinado dentro da própria casa — retruca ela, sombriamente.

— Nem brinque.

— Mas é verdade.

— Vamos mudar de assunto — sugiro. — Você tem alguma viagem de trabalho marcada?

— Não até depois das minhas férias. Só mais duas semanas e estarei em Siena. Mal posso esperar!

— Ainda não acredito que você escolheu Siena em vez da Ilha de Ré — provoco, já que ela sempre disse que nunca tiraria férias em outro lugar que não fosse a Ilha de Ré.

— Só estou indo para Siena porque uma amiga minha, a Angela, me convidou para ficar na casa de veraneio dela, lembra? Ela cismou que tenho que ficar com o cunhado dela, o Alfie — acrescenta, revirando os olhos. Rachel bebe outro gole de vinho. — E por falar na Ilha de Ré, estou pensando em ir para lá no meu aniversário de 40 anos. Só com as mulheres. Você topa, não é?

— Eu adoraria! — Pensar em viajar faz com que eu me sinta bem melhor, e ainda vai ser o lugar perfeito para dar seu presente. Esqueço Jane por um momento, e logo Rachel está me contando sobre os lugares que planeja visitar em Siena. Durante uma hora, conseguimos manter a conversa longe de qualquer coisa que tenha a ver com homicídios e alarmes, mas, no momento que chego à minha casa, já estou mentalmente exausta.

— Se divertiu com a Rachel? — pergunta Matthew. Ele está sentado à mesa da cozinha e ergue a cabeça para me dar um beijo.

— Sim — respondo, tirando os sapatos. O piso está deliciosamente frio. — E encontrei com a Hannah no caminho. Foi legal vê-la.

— Não vemos Andy e ela há séculos — reflete Matthew. — Como eles estão?

— Estão bem. Eu disse que eles tinham que vir aqui para um churrasco.

— Boa ideia. Como foram as coisas com o homem do alarme? Conseguiu se livrar dele?

Tiro duas canecas de dentro do armário e ligo a chaleira elétrica.

— Demorou, mas consegui. Ele deixou um folheto da empresa para você dar uma olhada. E você? Teve um bom dia?

Matthew empurra a cadeira para trás e se levanta, se espreguiçando.

— Ocupado. Seria melhor se eu não tivesse que viajar na semana que vem. — Ele se aproxima de mim e gruda o nariz em meu pescoço. — Vou sentir sua falta.

Chocada, eu me desvencilho dele.

— Espere um minuto! Como assim, você vai viajar?

— Ah, você sabe, para a plataforma.

— Não, não sei, não. Você nunca me falou nada sobre ir para a plataforma.

Ele me encara, surpreso.

— É claro que falei.

— Quando?
— Não sei. Há umas duas semanas, eu acho. Assim que eu soube.
Nego com a cabeça.
— Não disse, não. Se tivesse me dito, eu lembraria.
— Mas você até comentou que iria trabalhar nos planos para as aulas de setembro, para que pudéssemos ficar juntos quando eu voltasse.
A dúvida vai se instalando em minha mente, bem devagar.
— Não é possível que eu tenha dito isso.
— Bem, mas disse.
— Não disse, está bem? — repito, minha voz tensa. — Não fique insistindo que você me disse que ia viajar quando não disse.
Sinto os olhos dele me fitando, então começo a preparar o chá para que Matthew não perceba quanto estou perturbada. E não é só porque ele está indo viajar.

SÁBADO, 25 DE JULHO

Meu relógio biológico ainda não se adaptou às férias, então, apesar de ser fim de semana, estou desde cedo no jardim arrancando ervas daninhas e limpando os canteiros. Só paro quando Matthew volta do mercado com pão fresco e queijo. Fazemos piquenique no gramado, e, quando terminamos, corto a grama, varro o terraço, limpo a mesa e as cadeiras e podo as plantas dos vasos que estão pendurados. Não costumo ser tão obsessiva com o jardim, mas hoje estou sentindo uma necessidade urgente de deixar tudo com uma aparência perfeita.

No final da tarde, Matthew vem à minha procura.

— Você se importa se eu for à academia? Pensei em ir agora para poder dormir até mais tarde amanhã de manhã.

Eu sorrio.

— E poder tomar café na cama.

— Exatamente — diz ele, me dando um beijo. — Volto antes das sete.

Depois que ele sai, deixo a porta do jardim aberta para que o ar circule e começo a preparar um *curry*. Pico cebolas e corto o frango em cubos, cantando enquanto escuto rádio e cozinho. Na geladeira, encontro uma garrafa de vinho que abrimos há algumas noites e a ataco. Despejo o que restou dela numa taça para bebericar enquanto cozinho. Já são quase seis da tarde quando termino, então decido tomar um banho demorado e com muita espuma. Estou tão tranquila que quase não consigo acreditar em quão pilhada eu tinha ficado na semana passada. Esse é o primeiro dia que consigo não pensar obsessivamente em Jane. Não que eu não queira pensar nela, é só que não suporto a culpa que me corrói. Gostaria muito de poder voltar no tempo, mas não há como. Não posso deixar de viver a minha vida por não ter percebido que era Jane no carro naquela noite.

No rádio, começa um boletim de notícias, mas eu rapidamente o desligo. Sem o barulho do rádio, um silêncio assustador recai sobre a casa — e talvez por eu ter acabado de pensar em Jane, de repente me dou conta de que estou sozinha. Entro na sala de estar e fecho as janelas que ficaram o dia inteiro abertas, depois fecho a do escritório e tranco as portas da frente e dos fundos. Fico atenta aos barulhos da casa, mas tudo que ouço é um pombo arrulhando baixinho do lado de fora.

Eu subo e encho a banheira, mas, antes de entrar, me pergunto se devo ou não trancar a porta do banheiro. Odeio o fato de que a visita do homem do alarme tenha mexido tanto com minha cabeça, por isso, desafiando a mim mesma, deixo a porta entreaberta, como tenho o costume de fazer, mas tiro a roupa olhando para a fresta. Então, entro na banheira e me deixo afundar. A espuma se amontoa ao redor do meu pescoço, e eu me encosto na almofada de bolhas com os olhos fechados, desfrutando da tranquilidade da tarde. É muito raro sermos incomodados pelos barulhos dos vizinhos — no verão passado, os adolescentes que moram na casa mais próxima da nossa vieram avisar que dariam uma festa naquela noite, mas nós nem ouvimos nada. Foi por isso que Matthew e eu escolhemos esta casa em vez da outra propriedade que olhamos, que era maior e mais imponente — e, por isso, mais cara —, embora eu ache que o valor também tenha pesado para ele. Nós concordamos em comprá-la juntos, e Matthew foi taxativo ao dizer que eu não contribuiria com mais dinheiro do que ele, apesar de eu ter condições, mesmo tendo comprado uma casa na Ilha de Ré seis meses antes. Uma casa sobre a qual ninguém sabe, nem mesmo Matthew. E, com certeza, Rachel também não. Não ainda.

Por baixo da espuma, deixo meus braços subirem até a superfície e penso no aniversário de Rachel — o dia em que finalmente vou poder entregar a ela as chaves da casa dos seus sonhos. Tem sido bem difícil guardar esse segredo. É perfeito que tenha escolhido ir para a Ilha de Ré comemorar seu aniversário. Rachel me levou lá uns dois meses depois que minha mãe morreu, e nós encontramos uma casinha de pescador em nosso penúltimo dia com uma placa que dizia À VENDRE pendurada em uma das janelas do segundo andar.

— Que linda! — suspirou Rachel. — Eu preciso entrar. — E, sem esperar para consultar o corretor, ela marchou pela pequena trilha e bateu à porta.

Enquanto o proprietário ia nos mostrando a casa, percebi que Rachel já estava apaixonada, só que não tinha condições de comprá-la. Aquilo era um sonho impossível para ela, mas eu podia torná-lo realidade, então cuidei de tudo em segredo.

Fecho os olhos e imagino a expressão da Rachel quando ela descobrir que é a proprietária da casinha. Eu sabia que era exatamente o que mamãe e papai iriam querer que eu fizesse. Se meu pai tivesse vivido para escrever um testamento, tenho certeza de que teria deixado alguma coisa para Rachel. E se a mamãe estivesse lúcida no fim da vida, teria feito o mesmo.

Um estalo interrompe meus pensamentos. Meus olhos se arregalam, e meu corpo todo se enrijece. Instintivamente, sei que alguma coisa está errada. Fico imóvel, atenta, tentando ouvir pela porta entreaberta o som que me alertou que não estou sozinha. Recordo as palavras de Hannah e lembro que o assassino de Jane pode estar escondido nas redondezas. Prendo a respiração; meus pulmões, privados de ar, se contraem de dor. Espero, mas nada acontece.

Controlando meus movimentos para não agitar a água mais do que o necessário, levanto o braço devagar até ele romper a camada de espuma. Estendo a mão em direção ao celular, escorado de maneira precária na beirada da banheira, perto das torneiras, mas ele continua fora do meu alcance. Deslizo em sua direção, mas a água bate na lateral da banheira de maneira tão ruidosa quanto ondas quebrando à beira-mar. Apavorada com a possibilidade de ter chamado atenção para minha presença e terrivelmente consciente de que estou nua, salto de repente de dentro da banheira, levando metade da água comigo, e corro em direção à porta, fechando-a com um estrondo. O som ecoa pela casa. Estou trancando a porta com dedos trêmulos quando ouço outro rangido. Não consigo discernir de onde vem. Eu me sinto amedrontada.

Com os olhos fixos na porta, dou alguns passos para trás, tateando a beirada da banheira à procura do celular. Ele escorrega da minha mão e cai com um baque no chão. Fico paralisada, com os braços estendidos. Mas, ainda assim, nada acontece. Dobro os joelhos devagar para me agachar e pego meu telefone. A hora aparece na tela — 18h50 —, e a respiração que eu esqueci que estava prendendo escapa de mim como um silvo de alívio, porque Matthew logo, logo vai estar em casa.

Disco o número dele, rezando para conseguir sinal, já que, como o banheiro fica nos fundos da casa, nem sempre temos uma boa recepção ali. Quando o celular dele começa a tocar, fico tonta de alívio.

— Estou a caminho — avisa ele, alegre, imaginando que quero saber quanto tempo vai demorar para chegar. — Quer que eu leve alguma coisa?

— Acho que tem alguém na nossa casa — sussurro, com a voz trêmula.

— O quê? — A voz dele sai num agudo de preocupação. — Onde você está?

— No banheiro. Tranquei a porta.

— Ótimo. Fique aí. Vou ligar para a polícia.

— Espere! — De repente hesito. — Não tenho certeza. Quer dizer... e se não tiver ninguém aqui? Eu só ouvi um barulho duas vezes.

— O que você ouviu? Alguém arrombando a casa, vozes?

— Não, nada assim... um estalo e depois uma espécie de rangido.

— Está bem. Fique aí. Chego em dois minutos.

— Tudo bem — concordo. — Mas venha logo!

Fico um pouco mais calma agora que sei que Matthew está a caminho, então me sento na beirada da banheira. A sensação da louça em minha pele faz com que eu me lembre de que ainda estou nua, então pego meu roupão, pendurado atrás da porta, e o visto. Não consigo deixar de me perguntar se eu deveria ter permitido que Matthew ligasse para a polícia no final das contas. Se alguém *realmente* estiver aqui em casa, pode ser perigoso para ele.

Meu celular toca.

— Cheguei — diz Matthew. — Você está bem?

— Estou, estou bem.

— Estacionei na rua — continua ele. — Vou dar uma olhada aqui na frente.

— Tenha cuidado — digo. — Não desligue o celular.

— Está bem.

Fico escutando, nervosa, enquanto ouço os passos de Matthew amassando o cascalho e, em seguida, darem a volta na casa.

— Você está vendo alguma coisa? — pergunto.

— Não estou vendo nada de estranho. Vou dar uma olhada no jardim. — Mais ou menos um minuto se passa. — Tudo certo por aqui, estou entrando.

— Cuidado! — peço antes que a linha fique muda.

— Não se preocupe, eu peguei uma pá.

A ligação é cortada. Do banheiro, eu o escuto verificar os cômodos do primeiro andar. Quando ouço seus passos na escada, começo a destrancar a porta.

— Vou dar uma olhada nos quartos antes! — grita ele e, instantes depois, está de volta. — Você já pode sair.

Abro a porta do banheiro e, de repente, quando o vejo parado na minha frente, segurando uma pá, me sinto muito boba.

— Desculpe — digo, sem graça. — Eu realmente achei que tivesse alguém aqui.

Ele abaixa a pá e me abraça.

— Ei! É melhor prevenir do que remediar.

— O que você acha de preparar um gim-tônica para mim? Acho que preciso de uma bebida forte. Vou só vestir alguma coisa.

— Estará à sua espera no jardim — promete ele, me soltando e se dirigindo à escada.

Visto uma calça jeans e uma camiseta e desço. Matthew está de pé na cozinha cortando limões.

— Você foi rápida — comenta ele, mas meus olhos estão fitando a janela.

— Você abriu a janela? — pergunto.

— O quê? — Ele se vira para olhar na mesma direção. — Não, estava assim quando entrei.

— Mas eu a fechei — afirmo, franzindo a testa. — Antes de subir para o banho, fechei todas as janelas.

— Tem certeza?

— Tenho. — Vasculho minha memória. Eu me lembro de ter fechado as janelas da sala de estar e do escritório, mas não me lembro de ter fechado essa daqui. — Bom, achei que tivesse fechado.

— Talvez não tenha fechado direito e ela acabou abrindo sozinha — sugere ele. — Vai ver que foi esse o barulho que você ouviu.

— Deve ter sido isso mesmo — concordo, aliviada. — Mas agora vamos tomar aquele drinque.

*

Mais tarde, depois do jantar, levamos o que restou de uma garrafa de vinho para a sala de estar para terminar de bebê-la assistindo a um filme. É difícil encontrarmos um que já não tenhamos visto.

— Que tal *Juno*? — pergunta ele, ao passarmos rápido pela lista.
— Você sabe sobre o que é esse filme?

— É sobre uma adolescente que descobre que está grávida e procura o casal perfeito para adotar o bebê. Não acho que tenha a ver com você.

— Ah, sei lá. — Ele tira o controle remoto da minha mão e o coloca de lado. — A gente não conversa sobre ter um bebê já faz algum tempo — diz ele, me abraçando. — Você ainda quer um, não quer?

Descanso a cabeça em seu ombro, amando o quanto aquilo me faz sentir segura.

— É claro que sim.

— Então talvez a gente deva começar a cuidar desse assunto. Aparentemente, pode demorar bastante.

— Mas nós combinamos que íamos fazer isso quando completássemos um ano de casados — retruco.

Apesar da felicidade que sinto por ele ter tocado no assunto, percebo que estou tentando ganhar tempo. Afinal, como posso pensar em ter um filho se existe a possibilidade de que, antes mesmo de ele se tornar um adolescente, eu seja diagnosticada com demência, assim como minha mãe? É bem provável que eu esteja me preocupando à toa, mas ignorar os problemas de memória que venho tendo seria estupidez.

— Ainda bem que nosso aniversário de casamento está chegando — comenta ele, baixinho. — Por que não assistimos a um filme de ação, então?

— Está bem. Vamos dar uma olhada nos filmes disponíveis.

Assistimos ao filme até dar a hora do noticiário. Como sempre, o assassinato de Jane é o grande destaque, e só continuo assistindo às notícias porque estou desesperada para descobrir se estão mais perto de pegar o assassino dela ou não. Mas houve pouco progresso até agora. Então, um policial aparece dizendo:

— *Se você ou alguém que você conhece esteve nos arredores da Blackwater Lane na noite de sexta-feira passada ou nas primeiras horas da madrugada de sábado e viu o carro de Jane Walker, um Renault Clio vermelho escuro, por favor, entre em contato com o seguinte número...*

A sensação que tenho é a de que ele está olhando diretamente para mim enquanto fala, e, quando informa que as pessoas podem ligar para o número sem se identificar, percebo que essa é a resposta para o meu dilema.

O noticiário acaba, e Matthew, pronto para dormir, tenta me arrastar para a cama.

— Pode ir na frente. Quero ver uma coisa em outro canal — digo, pegando o controle.

— Tudo bem. Até mais tarde.

Espero Matthew subir antes de colocar novamente no canal do noticiário e voltar ao trecho em que o policial diz o número de telefone e o anoto num pedaço de papel. Não quero que a polícia consiga rastrear minha ligação, então vou ter de usar um telefone público. E isso quer dizer que não vou poder telefonar até segunda-feira, quando Matthew sair para trabalhar. E, depois que eu ligar, espero que parte da minha culpa desapareça.

Domingo, 26 de julho

O telefone fixo toca quando Matthew está na cozinha preparando nosso café da manhã, que ele vai trazer para a cama.

— Você pode atender? — grito do quarto, me afundando ainda mais debaixo das cobertas. — Se for para mim, avise para quem quer que seja que eu ligo mais tarde!

Um instante depois, escuto Matthew perguntar a Andy como ele está, então imagino que meu encontro com Hannah tenha motivado a ligação. Eu me sinto até um pouco culpada quando lembro que saí correndo, do nada, para encontrar Rachel.

— Me deixe tentar adivinhar: Andy quer que você vá jogar tênis com ele agora de manhã — digo, quando Matthew sobe para o quarto.

— Não, ele queria saber que horas nós queríamos que eles chegassem. — Ele olha para mim, confuso. — Eu não tinha me tocado que você tinha convidado os dois para virem aqui hoje.

— Como assim?

— Você só não comentou que o churrasco estava marcado para hoje.

— Mas eu não marquei nada. — Eu me sento na cama e pego um dos travesseiros do lado dele para colocá-lo atrás das minhas costas. — Eu disse que eles deviam vir nos visitar, mas não marquei um dia.

— Bem, Andy está pensando que é hoje.

Abro um sorriso.

— Ele deve estar brincando com você.

— Não, ele falou bem sério. — Matthew faz uma pausa. — Tem certeza de que você não os convidou para um churrasco hoje?

— Claro que tenho!

— É que você arrumou o jardim ontem.

— E o que uma coisa tem a ver com a outra?

— É que Andy me perguntou se você tinha conseguido dar uma ajeitada no lugar. Parece que você comentou com a Hannah que a vinda deles seria uma boa desculpa para dar um jeito no jardim.

— Então como eles não sabiam o horário? Se eu combinei alguma coisa com a Hannah, eu teria dito a hora. Ela é que está enganada, não eu.

Matthew balança levemente a cabeça. O movimento é tão sutil que eu quase não noto.

— Eu não tinha a menor ideia do que ele estava falando, mas consegui disfarçar e falei meio-dia e meia.

Olho para ele, abismada.

— Como assim? Então eles vêm? Com as crianças também?

— Receio que sim.

— Mas eu não os convidei! Você não pode ligar para o Andy e dizer que houve um mal-entendido?

— Posso, eu acho. — Mais uma pausa. — Contanto que você tenha certeza de que não os convidou para virem hoje.

Eu o encaro, tentando não deixar transparecer quanto fiquei insegura de repente. Embora eu, na verdade, não consiga me lembrar de ter convidado Hannah e Andy para um churrasco hoje, me lembro, sim, de Hannah ter falado alguma coisa sobre Andy estar ansioso para ver Matthew.

Meu coração se aperta.

— Querida, não se preocupe — diz Matthew, olhando para mim. — Não é nada de mais. Posso dar um pulo na rua e comprar alguns bifes para assarmos na churrasqueira. E umas salsichas para as crianças.

— Vamos precisar fazer umas duas saladas também — acrescento, sentindo que estou à beira das lágrimas. Não estou com a menor vontade de recebê-los aqui, não com Jane tão presente em meus pensamentos. — E a sobremesa?

— Eu passo no mercado e compro sorvete artesanal quando for pegar a carne. E o Andy falou que a Hannah vai trazer um bolo, porque o aniversário dele é amanhã, então vai ter comida o suficiente.

— Que horas são agora?

— Dez e pouco. Por que você não toma um banho enquanto termino de preparar o café? A gente só não vai poder comer na cama.

— Não tem importância — digo, tentando esconder quanto estou deprimida.

— Enquanto compro as coisas, você vai preparando as saladas.

— Obrigada — murmuro, agradecida. — Me desculpe.

Os braços dele me envolvem.

— Ei, você não tem nada do que se desculpar. Sei que tem andado muito cansada.

Fico feliz em poder me esconder por trás da desculpa, mas quanto tempo ainda tenho até ele comentar alguma coisa comigo? Eu já havia me esquecido da viagem dele na segunda-feira, e agora essa história do churrasco...

Entro no banheiro, tentando ignorar a voz em minha cabeça que diz: *Você está ficando louca, você está ficando louca, você está ficando louca.* Seria tão mais fácil fingir que Hannah usou a desculpa do convite para um churrasco para aparecer aqui hoje. Mas ela jamais faria uma coisa dessas, e eu seria louca só de pensar nisso. De qualquer forma, o que dizer sobre minha obsessão em deixar o jardim perfeito? Eu estava tão certa de que tinha sido apenas uma maneira de me distrair, de me manter ocupada, mas talvez, inconscientemente, eu soubesse que os havia convidado.

Pensando bem, posso imaginar o que aconteceu. Fiquei tão abalada por Hannah ter comentado sobre a morte de Jane que não prestei tanta atenção no que ela disse quando estávamos nos despedindo. Talvez tenha sido nesse momento, durante esses minutos em que minha mente estava em outro lugar, que convidei Hannah e Andy para um churrasco aqui hoje.

Isso costumava acontecer com mamãe o tempo todo. Ela ficava parada, assentindo com a cabeça para as coisas que eu dizia, opinando sobre algum assunto, mas, alguns minutos mais tarde, não conseguia se lembrar de nada do que a gente tinha conversado.

— Eu devia estar no mundo da lua — falava ela.

Amnésia periódica, era o que dizia a enfermeira que costumava examiná-la. Será que eu também estive lá, no mundo da lua? Pela primeira vez na vida, a lua me pareceu um lugar ruim.

*

Hannah e Andy chegam um pouco depois de meio-dia e meia, e não demora muito para que o assassinato de Jane venha à tona.

— Vocês viram que a polícia está fazendo um apelo para que as pessoas que tenham qualquer pista em relação à morte daquela moça se apresentem? — comenta Hannah ao passar o prato para Matthew. — Vocês não acham estranho que ninguém tenha feito isso ainda?

— Talvez, mas acho que quase ninguém pega aquela estrada tarde da noite — opina Matthew. — Ainda mais com uma tempestade como a que caiu.

— Quando volto de Castle Wells, sempre passo por ali — comenta Andy, animado. — Dia ou noite, com ou sem tempestade.

— Então onde você estava na última sexta à noite? — pergunta Matthew, brincando com ele, e todos começam a rir. Sinto vontade de berrar para que parem.

Matthew percebe que não estou achando graça.

— Desculpe — diz ele, baixinho. Ele se vira para Hannah e Andy. — Cass contou a vocês que conhecia a moça?

Eles olham para mim.

— Não muito bem, na verdade — eu me apresso em acrescentar, amaldiçoando Matthew por ter mencionado aquilo. — Nós almoçamos juntas uma vez, só isso.

Ignoro a imagem de Jane balançando a cabeça, como se estivesse reprovando meu comentário sobre nossa amizade.

— Sinto muito, Cass, você deve estar se sentindo péssima — diz Hannah.

— É, estou, sim. — Todos ficam em silêncio por um breve momento; ninguém parece saber o que dizer.

— Bem, tenho certeza de que vão descobrir quem foi o responsável por isso — declara Andy. — Alguém, em algum lugar, tem que saber alguma coisa.

Consigo sobreviver ao restante da tarde, mas, assim que eles vão embora, me pego desejando que voltem. Todo aquele falatório dos dois pode até ter sido exaustivo, mas prefiro isso ao silêncio, que me faz ficar pensando em coisas que não param de se revirar dentro da minha cabeça.

Limpo a mesa e levo os pratos para a cozinha. Quando cruzo o batente da porta, paro onde estou, encarando a janela que não me lembrei de fechar ontem antes de subir para o banho. Parando para pensar agora, enquanto eu preparava o *curry*, a porta dos fundos estava aberta, mas a janela, não.

Segunda-feira, 27 de julho

Assim que Matthew vai para a plataforma, tenho a sensação de abandono, algo que me deixa inquieta. Porém, agora, finalmente posso dar o temido telefonema. Pego o pedaço de papel em que anotei o número, e, enquanto procuro minha bolsa, o telefone toca.

— Alô?

Ninguém responde, então presumo que a pessoa ficou sem sinal. Espero mais dez segundos e desligo. Se for Matthew, sei que ele vai ligar de novo.

Subo a escada correndo para pegar a bolsa, calço um sapato qualquer e saio. Cheguei a pensar em ir de carro até Browbury ou Castle Wells e usar um telefone público de lá, mas isso me pareceu um pouco exagerado quando temos um orelhão a cinco minutos de casa, perto do ponto de ônibus.

Quando me aproximo do telefone, no entanto, sinto que estou sendo observada. Olho para a direita, depois para a esquerda, então me viro para ver se tem alguém atrás de mim. Não há ninguém por perto, só um gato tomando sol num muro de pedra baixo. Um carro passa na rua; perdida nos próprios pensamentos, a mulher ao volante nem olha para mim.

Diante do aparelho, leio as instruções — faz anos que não uso um telefone público —, tiro uma moeda da bolsa e, com dedos trêmulos, empurro uma libra para dentro da fenda. Pego o papel e disco o número. Meu coração bate acelerado, e me pergunto se estou mesmo fazendo o que é certo. Mas, antes que eu possa mudar de ideia, alguém atende a ligação.

— É sobre Jane Walters — digo, ofegante. — Passei pelo carro dela na Blackwater Lane às onze e meia, e ela ainda estava viva.

— Obrigada pela informação. — A voz da mulher é calma. — Será que eu poderia... — Mas eu já tinha colocado o fone de volta no gancho.

Vou embora bem rápido, andando pela rua com pressa, em direção à minha casa. O tempo todo, sinto estar sendo observada. Assim que entro, me obrigo a ficar calma. Não tinha ninguém me observando; era só minha consciência pesada por estar fazendo algo escondido. Começo a me sentir melhor ao me dar conta de que fiz o que deveria ter feito desde o início.

Depois de toda a trabalheira do sábado, não sobrou nada para fazer no jardim, embora haja muitas tarefas domésticas à minha espera. Com o rádio como companhia, arrasto o aspirador de pó até o segundo andar e, munida de vários produtos de limpeza, começo a limpar os quartos. Trabalho metodicamente, concentrada em minha tarefa, afastando Jane dos meus pensamentos. E funciona — até começar o boletim de notícias do meio-dia.

— *A polícia está fazendo um apelo para que a pessoa que entrou em contato hoje mais cedo, com informações relacionadas ao assassinato de Jane Walters, ligue novamente. Jane Walters foi encontrada morta em seu carro nas primeiras horas da manhã do dia 18 de julho e...*

Não ouço mais nada além do meu próprio coração martelando, reverberando em meus tímpanos, me deixando surda. Eu me sento na cama e respiro fundo, trêmula, várias vezes. Por que a polícia quer falar comigo de novo? Contei tudo o que sei. Tento controlar o pânico que começa a tomar conta de mim. Embora ninguém saiba que fui eu quem deu aquele telefonema, o fato de a polícia tê-lo tornado público faz com que eu não me sinta anônima. Em vez disso, me sinto terrivelmente exposta. A polícia disse que a pessoa que ligou tinha informações sobre a morte de Jane. Fica parecendo que contei a eles algo importante, algo vital para solucionar o caso. Se o assassino estiver ouvindo o noticiário, é bem capaz de se sentir ameaçado. E se ele achar que eu o vi espreitando o carro de Jane aquela noite?

Tomada por uma inquietação incontrolável, fico de pé e caminho de um lado para o outro do quarto, me perguntando o que fazer. Ao passar na frente da janela, olho distraidamente lá para fora e sinto meu corpo gelar. Tem um homem, um homem que nunca vi antes, se afastando de nossa casa. Nada de preocupante, exceto o fato de que parece que ele veio do bosque. Nada de preocupante, exceto que é raro vermos uma pessoa passar em frente à nossa casa. De carro, sim, a pé, não. Se fosse para dar uma volta no bosque, a pessoa não viria pela Blackwater Lane a pé, a não ser que quisesse ser atropelada. A trilha que conduz ao bosque começa num campo em frente à nossa casa e é bem sinalizada. Eu o observo até perdê-lo de vista. Ele não se apressa nem se vira, mas isso não ajuda a acalmar o ritmo furioso do meu coração.

*

— Rachel vai passar a noite aí? — pergunta Matthew quando me liga mais tarde da plataforma. Antes de partir hoje de manhã, ele sugeriu que eu a convidasse para me fazer companhia. Não contei a ele sobre o homem que vi mais cedo porque, na verdade, não tenho muito o que dizer. Além do mais, ele talvez queira ligar para a polícia. E então o que eu diria para eles?

— *Vi um homem se afastando da nossa casa a pé.*
— *Como ele era?*
— *Estatura mediana, peso mediano. Eu só o vi de costas.*

— *Onde você estava?*
— *No quarto.*
— *O que ele fez?*
— *Nada.*
— *Então você não o viu fazer nada de suspeito?*
— *Não, mas acho que ele poderia estar espiando a casa.*
— *Você acha?*
— *Acho.*
— *Então, na verdade, você não o pegou olhando para a casa?*
— *Não.*
— Não — respondo a pergunta de Matthew. — Não queria incomodá-la.
— Que droga.
— Por quê?
— É só que não gosto da ideia de você ficar sozinha.
A preocupação dele faz a minha aumentar.
— Queria que você tivesse me falado isso antes.
— Mas não tem problema. É só conferir se as portas estão trancadas antes de ir dormir.
— Já estão trancadas. Queria que a gente tivesse um alarme.
— Vou dar uma olhada no folheto assim que voltar — promete ele.
Depois que desligo, telefono para Rachel.
— Você vai fazer alguma coisa hoje?
— Dormir — responde ela. — Já estou na cama.
— Às nove da noite?
— Se você tivesse tido o fim de semana que eu tive, já estaria na cama há muito tempo. Então, se estiver ligando para me convidar para sair, lamento, mas a resposta é não.
— Ia convidar você para vir para cá e tomar uma garrafa de vinho comigo.
Ouço um bocejo do outro lado da linha.
— Por que, você está sozinha?

— Estou. Matthew teve que fazer uma vistoria em uma das plataformas. Vai passar a semana toda fora.
— Que tal se eu te fizer companhia na quarta?
Meu coração aperta.
— Que tal amanhã?
— Não posso, desculpe. Já tenho um compromisso marcado.
— Quarta-feira, então. — Não consigo disfarçar a decepção em minha voz.
— Está tudo bem? — pergunta ela, notando minha mudança de tom.
— Está, sim, está tudo bem. Vá dormir.
— Até quarta.
Vou perambulando até a sala de estar. Se tivesse dito a Rachel que estou nervosa por ficar sozinha, ela teria vindo direto para cá. Ligo a televisão e assisto a um episódio de uma série que nunca tinha visto antes. Então, quando fico com sono, subo para o quarto na esperança de dormir até a manhã seguinte.

Mas não consigo relaxar. A casa está escura demais, e a noite, silenciosa demais. Estendo a mão e acendo o abajur, mas o sono vai embora. Coloco os fones de ouvido para escutar música, mas logo os tiro ao perceber que, com eles, não poderia ouvir se alguém estivesse subindo a escada de mansinho. As duas janelas que encontrei abertas — a do quarto, depois que o homem do alarme foi embora na sexta, e a da cozinha, no sábado — voltam o tempo todo à minha mente, junto com o homem que vi do lado de fora de casa hoje de manhã. Quando o sol começa a nascer, eu me pego adormecendo. Nem me dou ao trabalho de lutar contra o sono, dizendo para mim mesma que a probabilidade de eu ser morta à luz do dia é menor do que à noite.

Quarta-feira, 29 de julho

Desperto com o telefone tocando lá embaixo. Abro os olhos e fico encarando o teto, na esperança de que a pessoa que esteja ligando desista. Ontem de manhã, às oito e meia, o telefone começou a tocar insistentemente, mas, quando atendi, a linha ficou muda. Olho para o relógio: são quase nove, então pode ser que seja Matthew ligando antes do trabalho. Pulo da cama e desço as escadas correndo para agarrar o fone antes que a ligação caia na secretária eletrônica.

— Alô? — atendo, sem fôlego.

Ninguém responde, então espero, porque a ligação costuma ser ruim da plataforma.

— Matthew? — insisto.

Ainda assim, ninguém diz nada, então desligo e ligo para o número dele.

— Foi você que ligou agora? — pergunto, quando ele atende.

— Bom dia, meu amor — ele faz questão de dizer, todo bem-humorado. — Como você está hoje?

— Desculpe — digo, apressada. — Vou tentar de novo. Alô, meu bem, como você está?

— Bem melhor agora. Estou bem, apesar do frio que está fazendo aqui.

— Você me ligou ainda agora?

— Não.

Franzo o cenho.

— Ah.

— Por quê?

— O telefone tocou, mas ninguém disse nada quando atendi, então achei que podia ser você ligando da plataforma.

— Não, eu ia ligar para você na hora do almoço. Desculpe, mas tenho que ir, meu anjo. A gente se fala mais tarde.

Desligo o telefone, irritada por ter sido tirada da cama. Devia existir uma regra que proibisse esse pessoal de telemarketing de ligar para sua casa assim tão cedo.

Com a perspectiva do desenrolar de mais um dia, me dou conta de que não quero passar outra noite sozinha. No meio da madrugada, quando me levantei para ir ao banheiro, olhei pela janela e, por um segundo, pensei ter visto alguém lá fora. Não havia ninguém, é claro, mas depois disso só consegui pegar no sono de novo quando já era quase de manhã.

— Então saia de casa por uns dias — sugere Matthew, quando me liga mais tarde e eu conto para ele que não dormi quase nada nas últimas duas noites.

— Pode ser. Posso me hospedar no hotel para onde fui quando a mamãe morreu, há dois anos. Tem piscina e spa. Só não tenho certeza se vai ter quarto disponível.

— Por que não liga para lá e pergunta? Se eles tiverem um quarto, você pode ir hoje, e eu te encontro lá na sexta.

Isso me deixa animada de imediato.

— É uma ótima ideia! Você é mesmo o melhor marido do mundo — declaro, agradecida.

Ligo para o hotel e, enquanto espero alguém atender o telefonema, pego o calendário da parede para não me perder nas datas. Quando percebo que terei de reservar quatro noites, já que vamos ficar até domingo, as palavras "Matthew na plataforma" saltam acusadoramente em minha direção do quadrado marcado como segunda-feira. Fecho os olhos, na esperança de que a anotação não esteja mais ali quando os abrir outra vez. Mas está, assim como as palavras "Matthew volta", escritas no quadrado do dia 31, sexta-feira, acompanhadas de uma carinha feliz.

Sinto meu peito se comprimir, e a preocupação volta a corroer meu estômago. Quando minha ligação finalmente é atendida, fico sabendo que o hotel está lotado e que só há uma suíte disponível. Nem pergunto quanto custa — vou em frente e faço a reserva.

Penduro o calendário de volta na parede, virando a folha para agosto, já atualizado para quando voltarmos do hotel — e para que Matthew não veja que tinha realmente me avisado que ia para a plataforma.

*

Só quando chego ao hotel e estou esperando para fazer o check in é que começo a me sentir melhor. A suíte é fabulosa e tem a maior cama que já vi na vida. Depois que desfaço as malas, envio uma mensagem para Matthew avisando onde estou, coloco uma roupa de banho e desço para a piscina. Estou guardando meus pertences dentro de um armário quando recebo uma mensagem. É a Rachel:

Oi, só pra avisar que está tudo certo aqui pra eu sair mais cedo hoje à noite, então vou conseguir chegar lá pelas 6. Vc vai cozinhar ou vamos sair pra comer?

Meu coração despenca tão rápido que tenho a sensação de que caí de um penhasco. Como posso ter esquecido que Rachel ia passar a noite comigo hoje? Combinamos isso na segunda. Penso em mamãe, e um pavor quase doentio crava suas garras em meu estômago. Não consigo acreditar que esqueci que combinamos isso. O assassinato de Jane e a culpa que sinto desviaram minha atenção, é verdade. Mas esquecer que Rachel ficou de dormir lá em casa... Meio sem jeito, pego meu telefone e aperto a tecla de chamada, desesperada para confidenciar meus temores crescentes a alguém.

Porém, apesar de Rachel ter acabado de enviar a mensagem, ela não atende. O vestiário está vazio, então eu me sento num banco de madeira úmido. Agora que decidi que vou contar a ela que estou preocupada com minha memória a curto prazo, me sinto desesperada para fazer isso logo, com medo de que possa me convencer do contrário mais tarde. Ligo novamente, e, dessa vez, Rachel atende.

— Acho que você não vai preferir passar a noite num hotel de luxo em vez de dormir na minha casa, não é? — pergunto.

Ela fica em silêncio por um instante.

— Depende de onde for.

— Westbrook Park.

— Aquele que tem um spa maravilhoso? — Ela está sussurrando, então imagino que esteja em uma reunião ou algo assim.

— Esse mesmo. Na verdade, já estou aqui. Me deu vontade de tirar umas férias.

— Quem pode, pode — diz ela, com um suspiro.

— Então você vem ficar comigo?

— É meio longe para ficar uma noite só, e tenho que trabalhar amanhã, lembra? O que você acha de eu ir na sexta?

— Pode ser. Matthew vem para cá direto da plataforma, então seríamos nós três.

Ela ri baixinho.

— Que esquisito.

— Desculpe pelo bolo de hoje à noite.

— Não se preocupe. A gente se vê na semana que vem?

— Espere aí, Rachel, tem mais uma coisa...

Mas ela já desligou.

Sexta-feira, 31 de julho

À tarde, já estou desesperada para ver Matthew. O tempo não está tão bom, então fico no quarto, esperando a ligação dele para me dizer a que horas vai chegar. Vejo um pouco de televisão, aliviada por não ter nada no noticiário sobre o assassinato de Jane, ainda que eu me sinta estranhamente incomodada com o fato de ela já ter sido esquecida, apenas duas semanas depois de sua morte violenta.

Quando o telefone toca, eu o atendo na mesma hora.

— Estou em casa — diz Matthew.

— Ótimo — respondo, contente. — Assim você chega a tempo do jantar.

— Então... quando cheguei, dei de cara com um sujeito daquela empresa de alarmes praticamente sentado na nossa porta. — Ele faz uma pausa. — Eu não imaginava que você tinha realmente ido em frente com isso.

— Ido em frente com o quê?

— Com a instalação do alarme.

— Não estou entendendo nada.

— O sujeito disse que combinou com você que mandaria alguém instalar o alarme hoje de manhã, mas, quando o técnico chegou, não encontrou ninguém em casa. Parece que estão ligando para cá de meia em meia hora.

— Eu não combinei nada com ninguém — digo, irritada. — A única coisa que eu disse foi que daria um retorno a ele.

— Mas você assinou um contrato — retruca ele, soando confuso.

— Eu não! Cuidado, Matthew, esse homem está tentando te passar a perna. É um golpe, só isso.

— Foi o que achei no início. Mas quando falei que, até onde eu sabia, nós ainda não tínhamos decidido nada, ele me mostrou uma cópia do contrato com a sua assinatura.

— Então ele deve ter falsificado — afirmo, e Matthew fica em silêncio. — Você está achando que eu realmente comprei o alarme, não é? — digo, compreendendo.

— Não, é claro que não! É só que a assinatura é muito parecida com a sua. — Consigo sentir sua hesitação. — Depois que me livrei dele, dei uma olhada no folheto que você deixou na cozinha e, lá dentro, tinha uma cópia do contrato para o cliente. Quer que eu leve para o hotel para você dar uma olhada? Aí, se não for legítimo, a gente toma uma providência.

— Arrancar até as calças dele com um processo, você quer dizer — rebato, tentando fazer graça, sem deixar que nenhuma dúvida se instale em minha mente. — Que horas você vem para cá?

— É só o tempo de eu tomar um banho e me trocar. Umas seis e meia estou aí. Pode ser?

— Espero você no bar.

Desligo, momentaneamente irritada por Matthew ter pensado que eu mandaria instalar um alarme sem conversar com ele antes. Mas uma vozinha zomba de mim: *Tem certeza, Cass? Você tem mesmo certeza?* Tenho, respondo com convicção, tenho certeza, sim. Além do mais, o homem da empresa de alarmes me pareceu o tipo de pessoa que faria qualquer coisa para conseguir um contrato, mesmo se isso significasse mentir e trapacear. Estou tão confiante de que estou certa que, quando chego ao bar, peço uma garrafa de champanhe.

Ela está em um balde de gelo quando Matthew aparece.

— Semana difícil? — pergunto, notando sua aparência cansada.

— Pode-se dizer que sim — responde ele, enquanto me cumprimenta com um beijo. Matthew então olha para o champanhe. — Isso está com uma cara boa.

O garçom se aproxima para abrir a garrafa e nos serve.

— A nós — brinda Matthew, erguendo sua taça e sorrindo para mim.

— A nós. E à nossa suíte.

— Você reservou uma suíte?

— Era o único quarto disponível.

— Que pena — comenta ele, rindo.

— A cama é enorme — continuo.

— Não tão grande para que eu perca você nela, espero.

— Claro que não. — Coloco a taça em cima da mesa. — Você está com a cópia do contrato que eu supostamente assinei? — pergunto, querendo resolver esse assunto logo para que nada possa estragar nosso fim de semana fora de casa.

Matthew demora um pouco para tirá-lo do bolso, e sei que, na verdade, ele não quer mostrá-lo a mim.

— Você tem que admitir que parece a sua assinatura — diz ele, como se estivesse se desculpando, quando me entrega o contrato por cima da mesa.

Então eu me pego encarando não a assinatura no pé da página, e sim o contrato em si, preenchido no que é, claramente, a minha letra. Pelo menos do meu ponto de vista, isso é até mais condenatório do que a minha assinatura. Afinal, qualquer um poderia tê-la falsificado, mas não linha após linha de espaços preenchidos de forma organizada, cada maiúscula desenhada exatamente como eu faria. Vasculho a página, procurando alguma coisa que me diga que não fui eu quem a preenchi, porém, quanto mais tempo passo olhando, mais convencida fico de que fui eu, sim. Na verdade, quase consigo me ver preenchendo aqueles espaços, quase consigo sentir uma das minhas mãos segurando a caneta e a outra, pousada suavemente sobre a folha, mantendo-a presa. Abro a boca, e estou prestes a mentir, prestes a dizer a Matthew que essa não é a minha assinatura, mas, para meu pavor, desato a chorar.

Em um segundo, ele está ao meu lado, me abraçando com força.

— Você deve ter sido induzida a assinar isso — afirma ele, e eu não tenho certeza se Matthew realmente acredita nisso ou se está me oferecendo uma desculpa. De qualquer forma, fico grata pela atitude dele. — Vou entrar em contato com a empresa amanhã cedinho e dizer a eles que não tem a menor chance de a gente ir adiante com isso.

— Mas é a palavra do vendedor contra a minha — declaro, trêmula. — Vamos deixar as coisas como estão. Ele vai argumentar, e isso vai acabar atrasando as coisas. O fato é que a gente precisa de um alarme.

— Ainda assim, acho que deveríamos cancelar esse contrato. O que foi que ele disse? Que era só um orçamento ou algo assim?

— Não tenho certeza do que ele disse, na verdade, mas acho que foi isso, sim. Pensei que estivesse concordando apenas com um orçamento — respondo, agarrando aquela desculpa. — Me sinto tão idiota.

— A culpa não é sua. Eles não podem se safar usando esse tipo de tática. — Matthew hesita. — Não sei direito o que fazer agora, para ser sincero.

— Será que a gente não deveria simplesmente deixar a empresa instalar o alarme, principalmente levando em consideração que parte da culpa é minha?

— Mesmo assim, eu gostaria de resolver isso com esse cara. — A voz de Matthew é severa. — Embora seja pouco provável que eu o encontre amanhã, já que a empresa vai mandar outro técnico.

— Desculpe, de verdade.

— Acho que, no fim das contas, não foi tão ruim assim. — Ele vira sua taça de champanhe e olha com pesar para a garrafa. — Pena que não posso beber outra.

— Por que não? Você não tem que dirigir.

— Bem, tenho, sim. Como achei que estivesse tudo dentro dos conformes quando conversei com o cara, eu disse que eles podiam instalar o alarme amanhã de manhã, então tenho que estar lá quando chegarem.

— Você não pode passar a noite aqui e ir amanhã bem cedo?

— O que, às seis e meia da manhã?

— Não precisa ser tão cedo assim.

— Bem, precisa, já que eles vão estar lá às oito.

Começo a me perguntar se sua recusa em passar a noite aqui não é uma maneira de me castigar, já que ele não se permite ficar irritado comigo por ter encomendado o alarme.

— Mas você volta amanhã à noite, depois que eles terminarem? — pergunto.

— É claro que sim — responde, tomando minha mão na sua.

Matthew vai embora logo depois, e subo para o quarto e assisto a um filme até os olhos começarem a fechar de cansaço. Mas não consigo dormir. Saber que preenchi um contrato inteiro e não tinha a menor recordação disso me deixou profundamente abalada. Tento dizer a mim mesma que não é tão ruim quanto a situação da mamãe quando me dei conta de que havia realmente um problema com ela. Isso foi na primavera de 2002; ela havia saído para fazer compras nas redondezas, se perdeu no caminho ao voltar para casa e só apareceu três horas mais tarde.

No meu caso, porém, antes do alarme, apenas coisinhas pequenas vinham escapando da minha memória. Ainda assim, esquecer o que fiquei de comprar para Susie, que Matthew ia viajar, que eu tinha convidado Hannah e Andy para um churrasco e que Rachel combinou de ficar comigo já era bem ruim. Agora, encomendar um alarme sem ter noção do que eu estava fazendo era pior ainda.

Quero acreditar, mais do que qualquer coisa, que o vendedor me passou para trás. Mas, quando penso no momento em que fomos juntos para a cozinha, me dou conta de que não me lembro de muita coisa — exceto antes de ele ir embora, quando me entregou o folheto e me garantiu que meu marido ficaria impressionado.

Domingo, 2 de agosto

Não conversamos muito no check out. Eu havia sugerido que fôssemos almoçar em algum lugar, mas Matthew disse que preferia ir para casa. Sei que nós dois estamos desapontados com o fim de semana, por não ter sido como esperávamos, mas, ainda que a explicação dele para não ter ficado no hotel sexta à noite tenha feito sentido, a possibilidade de Matthew estar começando a ficar de saco cheio desses meus lapsos me deixou preocupada. Então, ontem, quando ele estava em casa esperando a equipe que faria a instalação do sistema de alarme, juntei coragem e procurei "amnésia periódica" no Google, o que me levou à "amnésia global transitória". Apesar de o termo ser familiar, por causa da mamãe, meu peito ainda assim foi se comprimindo mais e mais a cada linha que eu lia, então fechei a página depressa, tentando conter o pânico que crescia dentro de mim. Não sei se é isso que eu tenho. O mais importante de tudo é que não quero saber. Por ora, a ignorância é uma bênção.

Ontem, quando Matthew finalmente voltou para o hotel às sete da noite, a tempo de tomarmos um drinque no bar antes do jantar, notei que ele me observava com mais atenção do que de costume e fiquei esperando que falasse alguma coisa. No entanto, ele não disse nada, o que, de certa maneira, só piorou tudo. Pensei que talvez fosse preferir conversar comigo no quarto, mas, quando subimos, ele ligou a televisão — e desejei que não tivesse feito isso, porque estava passando uma reportagem especial sobre o assassinato de Jane. Transmitiram o enterro dela também, que aconteceu ontem cedo. Mostraram uma imagem do caixão coberto de flores sendo carregado até a igrejinha de Heston e os pais dela caminhando logo atrás. As lágrimas transbordaram dos meus olhos.

Então, uma foto de Jane surgiu na tela, uma diferente da que vinha sendo divulgada.

— Ela era tão bonita — comentou Matthew. — Dá tanta pena.

— Você teria menos pena se ela não fosse tão bonita? — rebati, subitamente irritada.

Ele olhou para mim, surpreso.

— Não foi isso que eu quis dizer, e você sabe muito bem disso. Seria horrível com qualquer pessoa. Mas, no caso dela, que deixou duas filhas pequenas que, um dia, com certeza vão descobrir que a mãe foi morta de maneira violenta, é ainda pior.

Ele se virou outra vez para a televisão. A reportagem mostrava a polícia parando carros na Blackwater Lane, que tinha sido reaberta, e revistando-os.

— Até parece que vão encontrar a arma do crime no porta-malas de alguém — continuou ele. — Seria melhor se procurassem o assassino. Alguém deve saber quem ele é. Ele deve ter ficado coberto de sangue naquela noite.

— Será que você pode parar de falar sobre isso? — murmurei.

— Foi você que começou.

— Não fui eu que liguei a televisão.

Senti o olhar de Matthew em mim.

— É porque o assassino ainda está solto? É isso que está incomodando você? Porque, se for, você vai estar bem segura agora que temos um alarme. De qualquer forma, quem quer que seja o responsável pelo assassinato da Jane já deve estar a quilômetros de distância.

— Eu sei.

— Então pare de se preocupar.

Nesse instante, percebi que ali estava a brecha pela qual eu vinha esperando. Era o momento perfeito para eu me abrir com ele, para lhe contar que estava preocupada com o que vinha acontecendo comigo, com minha mente; para explicar a Matthew sobre minha mãe e a doença dela. Mas deixei o momento escapar.

Fui tomar um banho, na esperança de me acalmar, mas não conseguia parar de pensar no marido de Jane. Desejava poder fazer alguma coisa para aliviar a dor que ele estava sentindo. Queria poder dizer quanto eu tinha gostado de conhecer Jane, da pessoa encantadora que ela era. Queria tanto fazer alguma coisa que decidi perguntar a Rachel se ela sabia o endereço dele para que eu pudesse lhe escrever. Eu me deitei na banheira, redigindo uma carta em minha cabeça, ciente de que estava escrevendo aquelas palavras tanto para o meu bem quanto para o dele.

Quando saí do banho, a água já estava fria. Matthew e eu nos deitamos lado a lado na cama depois disso, sem encostarmos um no outro. E, nesse momento, notei que a distância entre nós nunca me pareceu tão grande.

Olho de relance para ele agora, de pé ao meu lado na recepção do hotel. Queria que comentasse sobre meus lapsos de memória em vez de fingir que está tudo bem quando é tão óbvio que não está.

— Tem certeza de que não quer almoçar em algum lugar? — pergunto.

Ele balança a cabeça e sorri.

— Não. Tudo bem.

Vamos embora, cada um em seu próprio carro, e, quando chegamos à nossa casa, fico observando-o enquanto desliga o alarme novo.

— Pode me mostrar como funciona? — peço.

Matthew insiste em me deixar criar a senha, e escolho nossos aniversários ao contrário, para que consiga lembrar com facilidade. Ele me faz treinar algumas vezes, me mostrando como isolar determinados cômodos, caso esteja sozinha em casa, e de repente me lembro de ter dito ao vendedor que gostaria de poder fazer isso, o que significa que devo ter tido uma conversa mais detalhada com ele do que eu me lembrava.

— Certo, entendi — afirmo.

— Ótimo. Vamos ver o que está passando na televisão?

Seguimos até a sala de estar, mas fujo para a cozinha quando percebo que está na hora do noticiário.

— Esfaquear alguém é uma coisa, mas cortar o pescoço dela com uma faca de cozinha enorme? Isso já é doentio. — Matthew está de pé no vão da porta da cozinha com uma expressão chocada. — Parece que foi assim que ela morreu... cortaram a garganta dela.

Algo dentro de mim se rompe.

— *Cale a boca!* — berro, batendo com a chaleira em cima da bancada. — Só cale a boca!

Ele olha para mim, perplexo.

— Pelo amor de Deus, Cass, fique calma!

— Como posso ficar calma se você só fala desse maldito assassinato? Estou de saco cheio de ouvir sobre esse assunto!

— Só achei que você iria querer saber, só isso.

— Bem, não quero, está bem? Não estou nem um pouquinho interessada! — Eu me viro para sair da cozinha com lágrimas de raiva ardendo em meus olhos.

— Cass, espere! — Ele agarra meu braço, me puxando para ele. — Espere. Me desculpe, foi muito insensível da minha parte. Eu vivo esquecendo que você a conhecia.

A raiva se esvai, e eu me deixo cair em seus braços.

— Não, a culpa é minha — digo, cansada. — Não devia ter gritado com você.

Ele me dá um beijo na cabeça.
— Venha, vamos assistir a um filme.
— Contanto que não seja sobre um homicídio.
— Vou achar uma comédia — promete ele.

Então começamos a assistir a um filme — ou melhor, Matthew assiste, eu rio quando ele ri para que não note quão desesperada estou. É difícil acreditar que a decisão que tomei numa fração de segundo, de pegar um atalho pelo bosque naquela fatídica noite de sexta-feira, tenha tido um impacto tão devastador sobre a minha vida. Jane não foi a única que esteve no lugar errado na hora errada. Eu também fui uma vítima naquela noite.

TERÇA-FEIRA, 4 DE AGOSTO

O telefone toca quando estou enchendo a lava-louças e imagino que seja Rachel querendo saber como foi minha estada no hotel. Mas, quando atendo, não há ninguém na linha — ou melhor, ninguém responde, porque tenho certeza de que tem, *sim*, alguém na linha. De repente me lembro da ligação que recebi ontem e dos telefonemas da semana anterior, antes de eu ir para o hotel. Do silêncio. Prendo a respiração e tento identificar até mesmo o menor som, que poderá me dizer se tem mesmo alguém do outro lado da linha. Mas não ouço nada — nenhuma estática, nenhuma respiração, nenhum ruído. É como se, assim como eu, ele também estivesse prendendo a respiração. *Ele.* A inquietação invade meu corpo lentamente, e desligo o telefone de maneira abrupta. Verifico a secretária eletrônica para ver se há registro de alguma ligação dos dias em que estive fora, mas só tem uma chamada da empresa de alarmes, de quinta-feira, confirmando que eles viriam fazer a instalação no dia seguinte, e três de sexta-feira: duas da empresa de alarmes me pedindo para retornar com urgência e uma de Connie.

Meu plano era começar a elaborar as aulas de setembro, mas não consigo me concentrar. O telefone toca mais uma vez, e meu coração começa a martelar na mesma hora. *Está tudo bem*, digo a mim mesma, *deve ser Matthew ou Rachel ou algum outro amigo telefonando para bater um papo*. Mas, quando verifico o número, vejo que é uma chamada restrita.

Não sei por que atendo. Talvez seja por já ter compreendido o que espera de mim. Quero dizer alguma coisa, perguntar quem é, mas o silêncio arrepiante congela as palavras dentro da minha boca, e só consigo ficar escutando. Mais uma vez, não ouço nada, então bato o fone no gancho com as mãos trêmulas.

De repente, minha casa me parece uma prisão. Corro para o andar de cima, pego meu celular e minha bolsa no quarto, então entro no carro e sigo para Castle Wells. No caminho, paro em uma cafeteria, compro um cartão para enviar para o marido de Jane, mas, quando chego ao caixa, é impossível ignorar as pilhas de jornais perto do balcão com suas manchetes destacando as novas pistas no caso de homicídio. Não quero ler sobre isso, mas, como a polícia pode estar chegando mais perto de prender o assassino, acabo comprando um exemplar. Vejo uma mesa vaga no café ao lado, em um canto, a qual me sento, abro o jornal e começo a ler a matéria.

Até então, a polícia acreditava que o assassinato de Jane não tinha sido premeditado, mas havia aparecido uma testemunha anônima que contou ter passado, às onze e meia da sexta-feira anterior ao crime, pelo que achava ser o carro da vítima, estacionado próximo ao local onde ela foi encontrada morta na semana seguinte. Isso mudou a direção da investigação por completo, pois sugeria que Jane talvez conhecesse seu assassino e que, na noite em que morreu, teria parado no acostamento para se encontrar com essa pessoa, algo que também havia feito na semana anterior. A imprensa está vasculhando cada detalhe de sua vida particular, especulando se Jane tinha um amante e se o casamento dela estava em crise. Eu me compadeço de seu marido — apesar de também haver especulações sobre ele ser o responsável pela morte da mulher. Segundo o jornal, os álibis dele, as duas filhas de quem alegava estar tomando conta em casa, poderiam facilmente ter sido deixadas sozinhas durante o tempo que ele teria levado para cometer o crime.

Ao lado do artigo há uma foto de uma faca parecida com a que a polícia acredita ter sido usada pelo assassino. Olho para a faca de cozinha de cabo preto, com sua lâmina serrilhada e afiada, e fico enjoada de tanto pavor.

Como um carro de corrida se afastando da linha de largada, meu coração acelera com tamanha rapidez que fico até tonta. Fecho os olhos, mas, quando os abro novamente, ainda sinto medo, só que é mais forte agora. Talvez o assassino já estivesse à espreita no bosque, prestes a cometer seu crime horrendo quando parei no acostamento. Se ele me viu, pode ser que ache que eu também o vi. Talvez tenha memorizado a placa do meu carro caso eu me tornasse uma ameaça para ele. E, agora, aos seus olhos, isso pode ter acontecido. Ele sabe que alguém ligou para a polícia, porque o telefonema que dei agora é de conhecimento público, e talvez tenha deduzido que fui eu. Ele não sabe que não contei nada relevante, que não tinha nada para dizer, na verdade. O que interessa é que ele sabe que eu existo. Será que descobriu minha identidade? Será que é ele que está por trás desses telefonemas silenciosos? Seriam eles uma ameaça?

Olho à minha volta em desespero, à procura de algo para me distrair. Meu olhar recai sobre o menu do café, e começo a contar as letras do primeiro item: um, dois, três, quatro, cinco, seis. Funciona. O ritmo regular dos números faz meu coração desacelerar, e rapidamente minha respiração volta ao normal. Mas ainda me sinto trêmula e muito sozinha.

Pego o celular e ligo para Rachel, feliz por seu escritório não ser muito longe do centro da cidade.

— Estou em Castle Wells. Será que você consegue tirar um tempinho maior para um almoço demorado? — pergunto.

— Vou dar uma olhada na minha agenda. — Ela fala de forma apressada ao notar o desespero em minha voz. — Vamos ver... Tenho uma reunião às três, então precisaria estar de volta antes desse horário. Bom, se eu agilizar algumas coisas aqui, acho que consigo encontrar você à uma hora. Está bom assim?

— Está ótimo.

— Nos encontramos no Spotted Cow? — pergunta ela.

— Perfeito.

— A cidade está movimentada? Onde você estacionou?

— Encontrei uma vaga naquele estacionamento pequeno da Grainger Street, mas talvez você tenha que parar no edifício-garagem.

— Está bem. Vejo você daqui a pouco.

*

— Qual é o problema, Cass? — pergunta Rachel, preocupada.

Tomo um gole do vinho, sem saber ao certo o que dizer a ela.

— Não me sinto mais segura em casa.

— Por que não?

— Começou com o assassinato. Ouvi no jornal que Jane provavelmente foi morta por alguém que ela conhecia, e isso significa que ele deve morar nas redondezas.

Ela estende a mão e aperta a minha.

— A morte dela mexeu muito com você, não foi?

Assinto, com tristeza.

— Tudo bem que só almocei com ela uma vez, mas sei que teríamos ficado amigas. E odeio o fato de estarem dizendo que Jane tinha um amante. Não acredito nisso nem por um minuto. Ela não conseguia parar de falar sobre o marido, sobre o quanto ele era maravilhoso e na sorte que tinha de ser casada com ele. Aliás, queria mandar um cartão para o marido dela. Será que você conseguiria arranjar o endereço para mim?

— É claro, peço para alguém lá no trabalho. — Ela faz um sinal com a cabeça em direção ao jornal que comprei mais cedo. — Você viu a foto da faca? É horrível, não é?

— Não vamos falar disso — retruco, com a voz trêmula. — Não consigo nem pensar no assunto.

— Você vai se sentir melhor quando instalar um alarme. — Rachel tira o cardigã vermelho e pendura-o no encosto da cadeira.

— Já temos um. Foi instalado na sexta.

Ela pega a taça, e suas pulseiras de prata, que estavam presas nas mangas do casaco, retinam ao bater umas nas outras.

— Ah, é? E ele pode ficar ligado quando você estiver em casa?

— Sim. Posso armar os alarmes das janelas e de qualquer cômodo que eu quiser.

— E mesmo assim não se sente segura?

— Não.

— Por quê?

— Porque ando recebendo umas ligações esquisitas. — As palavras saem apressadas.

Ela franze o cenho.

— Como assim esquisitas?

— Ninguém fala nada. E é um número restrito.

— Você quer dizer que não tem ninguém do outro lado da linha?

— Não, *tem* alguém, sim, mas a pessoa não diz nada. Isso está me assustando muito.

Ela pensa por um instante.

— Essas ligações... quantas você já recebeu?

— Não tenho certeza... cinco ou seis, talvez. Foram duas hoje de manhã.

Ela me lança um olhar, como se estivesse surpresa.

— E é isso que tem deixado você perturbada? Umas ligações de um número restrito? Cass, eu recebo um monte de ligações assim! Normalmente, é alguém tentando me vender alguma coisa ou querendo feedback sobre algo que comprei. — Ela para por um momento. — Imagino que liguem para o telefone fixo, não?

— Sim. — Passo os dedos pela haste da minha taça. — Não consigo parar de achar que é pessoal.

— Pessoal? — Rachel me observa sem entender.

— É.

— Ah, pare, Cass. Não deve ser nada. Não consigo entender por que isso mexe tanto com você.

Dou de ombros, tentando disfarçar.

— Acho que é o assassinato da Jane... sabe? Por ter acontecido tão perto de casa.

— O que o Matthew acha?

— Não contei para ele.

— Por que não? — A preocupação que vejo em seus olhos faz com que eu decida me abrir com ela.

— Porque andei fazendo umas coisas idiotas recentemente e não quero que ele ache que estou ficando louca.

Ela toma um gole do vinho, mas seus olhos não se desgrudam dos meus.

— Que tipo de coisas?

— Bem... primeiro, esqueci que convidei a Hannah e o Andy para um churrasco lá em casa. Esbarrei com a Hannah em Browbury no dia em que fui encontrar você para tomarmos um drinque no Sour Grapes...

— Eu sei. Eu me lembro de você ter dito que foi por isso que tinha se atrasado.

— Já te contei isso?

— Contou. Você disse que tinha convidado os dois para um churrasco porque não os via fazia um tempo.

— E eu disse quando seria esse churrasco?

— Sim, seria naquele domingo.

Fecho os olhos e respiro fundo.

— Bem, eu esqueci — admito, olhando outra vez para ela.

— Esqueceu?

— É. Esqueci que tinha feito o convite. Ou então não me dei conta de que tinha feito... Não sei direito qual dos dois. Andy ligou de manhã para perguntar a que horas eles deveriam chegar, então conseguimos evitar o constrangimento de não termos nada para comer quando eles aparecessem. Mas não foi só isso... Eu também encomendei um sistema de alarme e não me lembro de nada. Preenchi um formulário, assinei e tudo, mas não tenho ideia de como fiz isso. — Olho para ela por cima da mesa. — Estou com medo, Rachel, com muito medo. Não sei o que está acontecendo comigo. E por causa da mamãe...

— Não entendi a história do alarme. — Ela me interrompe. — O que foi que aconteceu exatamente?

— Você se lembra de que, quando nós nos encontramos no Sour Grapes, contei que tinha pedido um orçamento para a empresa de alarmes e que um vendedor tinha ido lá em casa?

— Lembro. Você disse que ele te deixou nervosa ou coisa assim.

— Isso mesmo. Bem, quando Matthew voltou da plataforma na sexta passada, deu de cara com o homem sentado na porta da nossa casa. Matthew disse a ele que ainda não tínhamos decidido sobre a instalação do alarme, mas o homem mostrou um formulário que eu mesma tinha assinado.

— Isso não quer dizer nada — retruca Rachel. — Ele pode ter falsificado a sua assinatura. Tem um monte de gente desonesta por aí.

— Foi o que pensei no início. Mas não foi só a assinatura, Rachel, foi todo o resto. O formulário inteiro tinha sido preenchido com a minha letra, sem sombra de dúvidas. Matthew disse que devem ter me induzido a assinar, e acabei aceitando a ideia porque isso me isentava. Mas acho que nós dois sabemos que não fui induzida coisa nenhuma.

Ela pensa no que eu disse.

— Sabe o que eu acho? Acho que você provavelmente foi coagida de alguma maneira. Você disse que não tinha gostado do homem, que ele a deixava desconfortável... Talvez tenha concordado com a instalação só para se livrar dele e acabou bloqueando a lembrança toda do seu subconsciente porque ficou envergonhada por ter deixado esse cara passar você para trás.

— Não tinha pensado por esse lado.

— Tenho certeza de que foi isso que aconteceu — declara ela, com firmeza. — Então pare de se preocupar.

— Mas isso não explica o resto. E o presente que eu deveria ter comprado para a Susie? E o convite que fiz a Hannah e Andy? — Isso sem mencionar o fato de eu ter me esquecido de que havíamos combinado de ela dormir lá em casa no dia que fui para o hotel.

— Quanto tempo faz que a sua mãe morreu, Cass?

— Pouco mais de dois anos.

— E, depois disso, você voltou a trabalhar, se casou e mudou de casa. Você basicamente se reinventou. Para uma pessoa que passou três anos cuidando dia e noite de alguém que estava sofrendo de demência, eu diria que você fez coisas demais, rápido demais e que foi muito além do esperado.

Assinto lentamente, pensando em seu comentário — e quanto mais penso a respeito, mais começo a me convencer de que ela tem razão.

— Realmente... parece que passou um furacão pela minha vida — admito.

— Então é isso.

— Mas e se for mais do que isso?

— Como assim?

É difícil dar voz ao meu maior temor.

— E se eu estiver ficando igual à mamãe? E se eu começar a me esquecer de cada detalhe, igual a ela?

— É com isso que você está preocupada?

— Seja sincera, Rachel. Você notou alguma coisa?

— Não, nada. Às vezes você fica um pouquinho distraída...

— Fico?

— Às vezes você começa a pensar em alguma coisa e não escuta uma palavra do que estou dizendo.

— Eu faço isso?

— Não fique tão preocupada. Todo mundo faz isso!

— Então você não acha que estou indo pelo mesmo caminho da mamãe?

Rachel balança a cabeça, determinada.

— Não, não acho.

— E as ligações?

— Não são nada. Não há nada de estranho nisso — responde ela, com sinceridade. — Você precisa é de umas férias. Devia pedir a Matthew para levar você a algum lugar onde possa relaxar.

— Acabei de passar cinco dias fora. De qualquer maneira, é difícil para ele conseguir férias em agosto. Você vai viajar logo, não é?

— No sábado — confirma ela, animada. — Mal posso esperar! Ah, que bom, o almoço chegou.

Quando Rachel vai embora, 15 minutos depois do que deveria, eu me sinto bem melhor. Ela tem razão. Desde a morte da minha mãe, basicamente deixei para trás uma vida tranquila e esquematizada para abraçar dias cheios de novas experiências. É normal que, de repente, as coisas pelas quais passei tenham vindo cobrar seu preço. É normal que isso me abale. Mas é só um lapso insignificante, não uma grande tragédia. Só preciso mesmo tirar o assassinato de Jane da cabeça, parar de pensar que há algo de estranho nos telefonemas que venho recebendo e me concentrar no que é importante para mim, ou seja, Matthew. Então, tenho uma ideia e, em vez de seguir para o estacionamento, eu me viro na direção de onde vim.

*

Fico um tempo namorando a vitrine da Baby Boutique, admirando as lindas roupinhas de bebê expostas. Então, abro a porta e entro. Dou de cara com um jovem casal — a mulher, grávida, com uma barriga imensa — olhando carrinhos para o bebê que vai nascer em breve. O pensamento de que um dia seremos Matthew e eu ali, escolhendo um carrinho para nosso filho, me enche de anseio. Começo a olhar as araras de roupinhas e vejo um pijaminha minúsculo com balões em tons pastel. A vendedora, uma mocinha bem pequena com os cabelos mais longos que eu já vi, se aproxima para me oferecer ajuda.

— Vou levar esse — digo, entregando o pijama a ela.
— É lindo, não é? Quer que embrulhe para presente?
— Não, não precisa. É para mim.
— Que amor! É para quando o seu bebê?

A pergunta dela me pega desprevenida, e fico sem graça de estar comprando um pijaminha para um bebê que não existe.

— Ah, acabei de descobrir que estou grávida — acabo dizendo.

Ela ri, encantada, e acaricia a própria barriga.

— Eu também!
— Parabéns! — Eu me viro e dou de cara com o jovem casal vindo em nossa direção.
— Já sabe se é menino ou menina? — pergunta a mulher, olhando para mim.

Balanço a cabeça depressa.

— Ainda é muito cedo.
— O meu é menino — conta ela, orgulhosa. — Nasce no mês que vem.
— Que legal.
— Não conseguimos escolher um carrinho — continua ela.
— Talvez eu possa ajudar — sugere a vendedora, e, antes que eu me dê conta, estamos inspecionando as fileiras com vários tipos de carrinhos de bebê, discutindo os prós e os contras de cada um.
— Eu levaria aquele ali — opino, apontando para um lindo carrinho azul-marinho e branco.
— Por que não experimentam? — indaga a vendedora, então o jovem casal e eu nos alternamos empurrando-o de um lado para o outro da loja. Concordamos que realmente é a opção perfeita, não só pela aparência clássica, mas também por ser de fácil manejo.

Seguimos até o balcão, e a vendedora insiste em colocar o pijaminha numa caixa bonita mesmo depois de eu ter dito que era para mim, e, enquanto conversamos sobre possíveis nomes para nossos bebês, eu me sinto mais animada do que nunca em relação à ideia de ser mãe. O fato de Rachel achar que só estou estressada trouxe minha confiança de volta. Agora mal posso esperar para dizer a Matthew que podemos começar o processo de fertilização in vitro. Talvez eu dê o pijaminha para ele primeiro, como um presente sugestivo.

— Temos um programa de fidelidade que talvez seja do seu interesse. — A vendedora sorridente estende um formulário na minha direção. — É só preencher com o seu nome e endereço. Quando tiver acumulado um determinado número de pontos, você ganha desconto nas próximas compras.

Pego o formulário e começo a preenchê-lo.

— Que ótimo.

— Você também pode usar os pontos para comprar roupas de gestante — continua ela. — Temos uns jeans ótimos com cós que vai alargando conforme a barriga vai aumentando. Já estou de olho em um para mim.

De repente, sou puxada de volta à realidade: não estou grávida. Devolvo o formulário para ela e me despeço com um "tchau" apressado. Já estou quase na porta quando ela me chama.

— Você ainda não pagou! — lembra a vendedora, rindo.

Atrapalhada, vou até o balcão novamente e lhe entrego meu cartão. Estou me sentindo tão mal com as mentiras que contei que minha recém-descoberta confiança praticamente se esvaiu. Quando saio da loja, não quero ir para casa, mas também não quero ficar na cidade e correr o risco de esbarrar com o jovem casal que acabei de conhecer e ter de falar sobre a minha gravidez de novo. Por isso, acabo voltando para o estacionamento.

De repente ouço alguém chamando meu nome. Eu me viro e vejo John, meu colega de trabalho, vindo apressado em minha direção.

— Vi você saindo daquela loja lá atrás e estou tentando te alcançar desde então — explica ele, abrindo um de seus imensos sorrisos. Ele me dá um abraço e seus cabelos escuros caem sobre a testa. — Como você está, Cass?

— Estou bem — minto. Percebo que ele notou a sacola que estou carregando e, na mesma hora, fico envergonhada.

— Não quero parecer intrometido, mas preciso escolher um presente para o bebê de uma amiga que acabou de nascer e não tenho a menor ideia do que comprar. Estava chegando à loja quando te vi saindo de lá. Será que você pode me ajudar?

— Comprei um pijaminha para o bebê de uma amiga. Acho que é um bom presente.

— Ótimo, então vou comprar um também. E aí, está curtindo as férias?

— Sim e não — admito, grata por mudarmos de assunto. — É ótimo ter um tempo livre, mas, desde o assassinato, tem sido difícil de relaxar.

O rosto dele fica sombrio.

— Eu jogava tênis com ela. Éramos sócios do mesmo clube. Não acreditei quando fiquei sabendo, me senti péssimo. Ainda me sinto.

— Esqueci que você também a conhecia — comento.

Ele parece surpreso.

— Como assim? *Você* a conhecia?

— Muito pouco. Nós nos conhecemos em uma festa que a Rachel me levou. Começamos a bater um papo, e, quando contei que dava aula em Castle Wells, ela disse que conhecia você. Depois, há umas duas semanas, mais ou menos, nós almoçamos juntas. Mas, enfim...

— Tento pensar em outro assunto. — Você vai para a Grécia em breve, não é?

— Não, não vou mais. — Lanço um olhar indagador a ele. — Bom, digamos apenas que minha namorada saiu de cena.

— Ah...

John dá de ombros.

— Acontece. — Ele olha para o relógio. — Será que você tem um tempo para um drinque?

— Um café seria ótimo — digo, feliz em preencher um pouco mais do meu tempo.

Enquanto tomamos café, conversamos sobre a escola e sobre o treinamento que teremos no final do mês, antes do início do ano letivo, em setembro. Meia hora mais tarde, saímos do café, e, depois de nos despedirmos, eu observo, ficando ligeiramente nervosa, enquanto ele atravessa a rua e caminha em direção à Baby Boutique. E se John disser à vendedora que quer comprar um pijaminha igual ao que uma amiga comprou lá há meia hora? Ela vai saber que sou eu. E se ela comentar alguma coisa sobre minha suposta gravidez? O que eu farei se ele me der os parabéns na escola na frente de todo mundo quando nos encontrarmos? Devo fingir que foi um alarme falso? Talvez ele até me ligue mais tarde. Se isso acontecer, não vou ter escolha senão admitir que menti para a vendedora — ou talvez dizer que ela deve ter entendido errado. Minha cabeça começa a latejar, e eu me pego desejando não ter esbarrado com ele.

Quando entro em casa, a luz vermelha que brilha no teclado do alarme faz com que eu me lembre de que preciso desligá-lo, então fecho a porta e digito a senha. Mas, em vez de a luz verde acender, a vermelha começa a piscar. Será que cometi algum erro? Digito o código outra vez, apertando cada número com força — 9-0-9-1 —, mas a luz pisca ainda mais rápido. Ciente de que o sistema está em contagem regressiva e que só tenho trinta segundos até o alarme disparar, tento entender o que fiz de errado. Tenho tanta certeza de que a senha que usei está correta que digito os mesmos números outra vez — mas não funciona.

Em questão de segundos, tudo vira um verdadeiro inferno. Uma sirene começa a apitar, seguida de outra, guinchando insistentemente.

Estou parada olhando para o teclado, tentando descobrir se existe alguma outra forma de desligar o alarme, quando escuto o telefone tocar às minhas costas. Meu coração, já acelerado com o estresse de ter errado a senha, bate ainda mais rápido. Só consigo pensar que quem quer que esteja me atormentando com os telefonemas misteriosos agora sabe que acabei de entrar em casa. Então corro até o portão e olho de um lado para o outro da rua à procura de ajuda. Mas, apesar de toda aquela barulheira, ninguém aparece para ver o que está acontecendo, e a ironia nisso me deixa ligeiramente histérica.

Nesse momento, o carro de Matthew surge em meu campo de visão, me trazendo de volta à realidade. Quando percebo que ainda estou segurando a sacola de compras da Baby Boutique, corro para abrir o carro e jogá-la debaixo do banco antes que ele a veja. Pela expressão em seu rosto, sei que o barulho já alcançou seus ouvidos. Ele freia o carro de repente e salta.

— Cass, o que aconteceu? Você está bem?

— Não consigo desligar o alarme! — berro por cima da barulheira. — A senha não funciona!

O alívio em seu rosto, por não termos sido roubados, é rapidamente substituído por surpresa.

— Como assim não funciona? Funcionou ontem.

— Eu sei, mas não está mais funcionando!

— Me deixe dar uma olhada.

Sigo Matthew para dentro de casa e observo enquanto digita a senha no teclado. O barulho cessa no mesmo instante.

— Não acredito — digo, desconcertada. — Por que não funcionou comigo?

— Tem certeza de que digitou a senha certa?

— Tenho, coloquei 9091, exatamente como fiz ontem, exatamente como você acabou de fazer. Eu até digitei duas vezes, mas mesmo assim não funcionou.

— Espere aí. Que número você falou?

— Nossos aniversários ao contrário: 9091.

Ele faz que não com a cabeça, em desespero.

— É 9190, Cass, não 9091. O seu aniversário, depois o meu. Você inverteu os dois, só isso. Colocou o meu primeiro em vez do seu.

— Ai, meu Deus. Como pude ser tão idiota?

— Bem, acho que é fácil de confundir. Mas não passou pela sua cabeça tentar inverter os números quando não funcionou na primeira vez?

— Não — respondo, me sentindo ainda mais idiota. Por cima do ombro dele, vejo uma viatura parar em frente à nossa casa. — O que a polícia está fazendo aqui?

Matthew se vira para olhar.

— Não sei. Talvez eles tenham sido alertados pela empresa de alarme. Bom, aconteceu um assassinato aqui perto, não é...

Uma policial salta da viatura.

— Está tudo bem? — grita ela por cima da cerca.

— Sim, está tudo bem — responde Matthew.

Ainda assim, ela sobe a pista de acesso.

— Então não teve nenhum arrombamento? Fomos notificados de que o seu alarme tinha disparado e que vocês não estavam atendendo ao telefonema de verificação, por isso achamos melhor vir aqui dar uma olhada.

— Me desculpe. Acho que vieram à toa — diz Matthew. — O alarme é novo, e nós fizemos uma pequena confusão com a senha.

— Querem que eu dê uma olhada na casa, por via das dúvidas? O alarme não estava tocando quando vocês chegaram, estava?

— Não, não estava — respondo, já tentando me desculpar. — Sinto muito, a culpa foi minha. Digitei a senha errada.

A policial sorri para mim, tentando me tranquilizar.

— Sem problemas.

A presença dela é estranhamente reconfortante para mim, e sei que é porque estou odiando a ideia de ficar a sós com Matthew. Talvez ele tenha decidido fazer vista grossa ou achar desculpas para todas as outras coisas idiotas que fiz recentemente, mas não há como ignorar o que acabou de acontecer.

A policial volta para a viatura, e eu sigo Matthew até a cozinha.

Ele se põe a fazer um chá para nós dois. O silêncio é tão constrangedor que torço para que ele diga alguma coisa, mesmo que seja algo que não quero ouvir.

— Cass, nós podemos conversar? — pergunta ele, me passando uma caneca.

— Sobre o quê?

— Parece que você tem andado um pouco distraída ultimamente, sabe, esquecendo as coisas...

— Encomendando alarme para casa, fazendo-o disparar — continuo, assentindo com a cabeça.

— Só estava me perguntando se você talvez esteja se sentindo estressada com alguma coisa.

— Tenho recebido umas ligações estranhas — respondo. Prefiro admitir esse medo a lhe contar que estou perdendo a sanidade. Sei que, para a Rachel, não há nada com o que se preocupar, mas eu gostaria de saber o que Matthew pensa disso.

— Como? Quando?

— Sempre pela manhã.

— No seu celular ou no telefone de casa?

— No telefone de casa.

— Você verificou o número?

— Sim, é restrito.

— Então deve ser alguma empresa do outro lado do mundo. Sério, é isso que anda incomodando você? Telefonemas de um número restrito?

— É.

— Por quê? Não é possível que você nunca tenha recebido uma ligação de um número restrito. Todo mundo recebe.

— Eu sei, mas essas parecem pessoais.
— Pessoais? — Ele franze o cenho. — Como assim?
Hesito, sem saber se devo continuar. Mas, agora, já comecei.
— É como se soubessem quem eu sou — explico.
— Por que, a pessoa fala o seu nome?
— Não. Ele não diz nada. Mas aí é que está o problema.
— Tem alguém ofegando na linha?
— Na verdade, ele nem respira.
— Então o que ele faz?
— Nada, mas sei que tem alguém na linha.
— Como?
— Eu consigo sentir.
Matthew parece confuso.
— Não tem como saberem quem você é, Cass. Você não passa de um número numa lista enorme de números. A única coisa que querem é fazer perguntas para uma pesquisa ou vender alguma coisa. De qualquer maneira, como você sabe que é um homem?
Surpresa, eu o encaro.
— O quê?
— Você disse "ele". Então, como você sabe que é um homem? Pode ser uma mulher.
— Não, com certeza é um homem.
— Mas, se a pessoa não fala nada, como você sabe?
— Eu sei. Só isso. Tem como rastrear a chamada mesmo sendo de um número restrito?
— É possível. Mas você não acha mesmo que seja algo pessoal, acha? Quer dizer, por que seria?
É difícil dar voz ao meu medo.
— Tem um assassino à solta.
— E o que isso tem a ver com os telefonemas?
— Eu não sei.
Ele franze o cenho, tentando entender.

— Quer dizer que você acha que o assassino está por trás dessas ligações? — pergunta ele, tentando não soar tão incrédulo.

— Não, não exatamente — respondo, com pouca convicção.

— Meu amor, entendo que você esteja assustada. Qualquer um estaria, até porque o assassinato aconteceu muito perto daqui e o criminoso ainda está solto. Mas, se estão ligando para um telefone fixo, não tem como você, especificamente, ser o alvo deles, não é? — Ele pensa um pouco. — O que acha de eu trabalhar de casa na quinta e na sexta? Ajudaria se eu passasse alguns dias com você?

Sou inundada pelo alívio.

— Sim, ajudaria muito.

— Vai ser legal tirar uns dias de folga para o meu aniversário — continua ele, e assinto com a cabeça, me perguntando como posso ter esquecido que o aniversário dele está chegando. — De qualquer forma, pelo que ouvi no rádio mais cedo, a polícia acha que o assassino pode ser um conhecido da Jane.

— Talvez, mas não acredito que eles fossem amantes — declaro. — Ela simplesmente não parecia o tipo de mulher que trai o marido.

— Pode ser, mas até que ponto você a conhecia? Você só esteve com ela duas vezes.

— Deu para perceber que ela amava o marido — afirmo, com insistência. — Ela não o teria traído.

— Bem, se ela conhecia mesmo a pessoa que a matou, como a polícia acredita, é pouco provável que o assassino vá atrás de outra pessoa. Muito menos fique ligando para ela.

Visto desse ângulo, eu só posso concordar.

— Você tem razão.

— Promete que não vai mais ficar preocupada com isso?

— Prometo — respondo, desejando que fosse fácil assim.

Quarta-feira, 5 de agosto

Estou sentada no banco embaixo do pé de ameixa, no dia seguinte, olhando para o outro lado do jardim, pensando no presente perfeito para Matthew: um minigalpão. Já perdi a conta de quantas vezes ele disse que adoraria ter um. Se eu encomendar hoje, ele provavelmente será entregue até o final da semana, e Matthew poderá montá-lo no sábado ou no domingo.

Quando resolvo entrar em casa para procurar um minigalpão na internet, o telefone toca. Não importa que parte de mim soubesse que, em algum momento, isso iria acontecer, o barulho do telefone ainda me deixa paralisada e faz com que eu congele onde estou, na metade do caminho entre a casa e o jardim, na metade do caminho entre a fuga e a luta. A raiva vence. Corro até o hall e agarro o telefone.

— Me deixe em paz! — grito. — Se você me ligar de novo, vou chamar a polícia!

Eu me arrependo das palavras assim que elas saem da minha boca. Chocada, respiro fundo, mal conseguindo acreditar que acabei de ameaçá-lo usando exatamente o que ele mais deve temer. Agora, é provável que pense que eu realmente o vi naquela noite. Quero dizer a ele que, na verdade, não foi bem assim. Não há nada que eu possa ter dito à polícia. A única coisa que quero é que ele pare de me ligar. Mas o medo toma conta da minha voz.

— Cass? — A confirmação de que ele sabe quem eu sou me paralisa. — Cass, está tudo bem? — A voz soa novamente pela linha. — É o John.

Minhas pernas ficam bambas.

— John. — Solto uma risada trêmula. — Me desculpe. Pensei que fosse outra pessoa.

— Você está bem?

— Agora estou. — Tento me acalmar. — Esse povo de telemarketing tem enchido o meu saco ultimamente, e achei que estivessem ligando de novo.

Ele dá uma risadinha.

— Esse pessoal é muito inconveniente mesmo, não é? Mas não se preocupe, se você falar grosso com eles como acabou de fazer, não há a menor chance de ligarem de novo! — brinca ele, bem-humorado.

— Espero que não se importe que eu diga isso, mas... você não acha que ameaçar chamar a polícia é um pouco demais?

— Desculpe — repito. — Acho que perdi a cabeça.

— Não é para menos. Mas, olhe, não quero tomar o seu tempo. Só estou ligando para saber se você quer sair para tomar um drinque com o pessoal da escola na sexta. Estou vendo com todo mundo para saber quem está livre.

— Sexta? — Meus pensamentos voam para os próximos dias. — É que o Matthew vai estar de folga nos próximos dois dias, e talvez a gente saia da cidade. Será que posso responder depois?

— Claro.

— Eu te ligo.

— Ótimo. Bem, tchau, Cass. Espero que você consiga ir. E, se ligarem de novo, diga que estão enchendo o saco.

— Pode deixar — prometo. — Tchau, John, obrigada por ter ligado.

Ele desliga o telefone, e eu fico ali em pé, me sentindo uma imbecil, me perguntando o que ele deve estar pensando de mim agora. Naquele instante, o telefone começa a tocar de novo ainda em minha mão, e um tremor apavorante toma conta de mim dessa vez. Quero desesperadamente acreditar que é John ligando de novo porque acabou de se lembrar de alguma coisa, então atendo à ligação. O silêncio na linha é gritante, e odeio o fato de, novamente, estar fazendo o que ele quer.

Ou talvez não. Talvez meu silêncio o deixe frustrado. Talvez ele queira que eu berre no telefone, exatamente como acabei de fazer com John, talvez queira que eu ameace chamar a polícia para que tenha uma desculpa para me matar, assim como fez com Jane. Eu me apego a essa ideia, contente de ter tido a oportunidade de descontar minha frustração em John. E me sinto ligeiramente vitoriosa quando desligo assim como aliviada porque, agora que a ligação já foi feita, vou poder seguir adiante com a minha vida.

Só que não consigo fazer isso. A casa está tão opressiva que corro para escolher um minigalpão para Matthew, mais preocupada com a promessa de entrega para sexta do que com as dimensões. Desço outra vez, pego um livro e uma garrafa d'água e vou para o jardim. Demoro um pouco para escolher onde me sentar; não quero dar condições para alguém chegar de mansinho pelas minhas costas, o que sei que é improvável porque, para isso, essa pessoa teria de escalar uma cerca viva de quase dois metros. A não ser que a pessoa entre pelo portão. Escolho um local na lateral da casa com vista para a pista de acesso, irritada que minha casa não seja mais o santuário que foi um dia. Mas, até a polícia prender o assassino, não há muito o que eu possa fazer.

Quando decido preparar meu almoço, recebo uma mensagem de Rachel com o endereço que eu tinha pedido, então pego o cartão dentro da bolsa e me sento para escrever para o marido de Jane. É mais fácil do que achei que seria simplesmente porque escrevo de coração e, quando termino, releio para ver se o que escrevi está bom.

Querido Sr. Walters,

Espero não estar sendo inconveniente com esta carta. Eu só queria dizer que fiquei muito triste ao receber a terrível notícia sobre Jane. Tivemos pouco contato, mas, nesse curto período, ela já conseguiu me cativar. Nós nos conhecemos há um mês, numa festa de despedida de um funcionário da Finchlakers. Depois disso, há duas semanas, almoçamos juntas em Browbury. Espero que compreenda quando lhe digo que perdi uma amiga, pois é o que sinto.

Meus pensamentos estão com você e com sua família,

Cass Anderson

Feliz por ter uma desculpa para sair de casa por alguns minutos, pego um selo e caminho os quinhentos metros até a caixa de correio no início da rua. Não há ninguém por perto, mas, enquanto empurro o envelope pela abertura, tenho a sensação de estar sendo observada, exatamente como no dia que liguei do telefone público para a polícia. Os pelos da minha nuca se arrepiam, e eu me viro de repente, o coração batendo acelerado, mas não vejo ninguém por perto, apenas os galhos das árvores, a cerca de seis metros de mim, se agitando no ar. Exceto que hoje não tem vento nenhum soprando.

Não é medo o que sinto, é pavor. Ele faz o sangue fugir do meu rosto, rouba meu fôlego, dá um nó nas minhas entranhas e enfraquece meus braços e minhas pernas. Em seguida, perco todo o bom senso e começo a correr para longe das casas do início da rua, em direção à minha, lá no final, perto do bosque. Meus pés batem com força no asfalto, ruidosos no silêncio da tarde e, quando faço uma curva fechada para pegar a pista de acesso, o peito arfando, a respiração pesada, derrapo no cascalho solto. Vou de encontro ao chão, que parece esmurrar meus pulmões para expulsar o ar. E, enquanto fico ali, deitada, lutando para respirar, mãos e joelhos já ardendo, a voz dentro da minha cabeça zomba de mim: *Não tem ninguém aí!*

Eu me levanto devagar e vou mancando até a porta, puxando as chaves de dentro do meu bolso com cuidado, usando o indicador e o polegar para proteger a pele esfolada das palmas das minhas mãos. Na entrada, me dirijo à escada, feliz por não ter acionado o alarme quando saí porque estou num estado tão deplorável que provavelmente o dispararia outra vez. Subo a escada, os olhos ardendo com lágrimas não derramadas. Só as deixo cair quando estou me limpando, porque assim posso fingir que estou chorando por causa do estrago que fiz nas mãos e nos joelhos. Mas a verdade é que já não sei quanto de mim consigo aturar. Fico envergonhada de ver quão patética e frágil eu me tornei desde o assassinato de Jane. Se não estivesse com problemas de memória antes, sei que estaria lidando melhor com as coisas. Mas a possibilidade de ter demência me fez perder toda a confiança em mim mesma.

Sexta-feira, 7 de agosto

Estamos deitados na cama, curtindo a preguiça, quando ouço o barulho de um caminhão parando em frente à nossa casa.

— Não é dia do caminhão do lixo, é? — pergunto, me fazendo de inocente, sabendo que o presente de Matthew deve chegar hoje.

Ele se levanta da cama e vai até a janela.

— É entrega. Deve ser para aquele homem que acabou de se mudar aqui para a rua — comenta ele, vestindo uma calça jeans e uma camiseta. — Ele recebeu várias entregas de móveis nos últimos dias.

— Que homem?

— Aquele que se mudou para a casa que estava à venda, no começo da rua.

Meu coração acelera.

— Pensei que tinha sido vendida para um casal que ia se mudar em setembro.

— Não, acho que não.

O barulho de alguém esmagando o cascalho na pista de acesso seguido do toque da campainha faz Matthew descer as escadas correndo. Eu me recosto nos travesseiros pensando no que ele acabou de me contar. Talvez o homem que vi lá fora tenha sido nosso novo vizinho. Eu devia me sentir tranquila, mas não me sinto. Em alguma parte dos recessos mais sombrios de minha mente, já estou me perguntando se é ele quem está por trás das ligações silenciosas. Talvez ninguém estivesse me seguindo ontem, quando saí correndo, mas tenho certeza de que tinha alguém me observando enquanto eu colocava a carta na caixa de correio. Queria poder contar isso a Matthew, mas não posso, não hoje, não sem algum tipo de prova. Ele já está mexido demais com esses meus lapsos de memória.

De repente, fico impaciente por ele ainda não ter voltado. Jogo as cobertas para longe para ir ao seu encontro, mas paro quando ouço passos na escada.

— Surpresa! — grito, assim que ele entra no quarto.

Matthew me encara, perplexo.

— Então não é brincadeira?

— Não, é claro que não — respondo, pega de surpresa ao notar sua falta de animação. — Por que eu faria isso?

Ele se senta na beirada da cama.

— Eu só não entendo por que você comprou um agora.

— Porque achei que seria um gesto legal?

— Continuo sem entender.

Matthew parece tão desconcertado que meu bom humor se evapora num instante.

— É o seu presente de aniversário!

Ele assente lentamente com a cabeça.

— Tudo bem. Mas por que para mim? Deveria ser para nós dois, não?

— Por quê? Até parece que eu vou usar, não é?

— E por que não?

— Porque você é quem fica falando o tempo todo que queria ter um! Mas não importa. Se quiser, eu devolvo.

— Eu nunca disse que queria um, não especificamente. E, de qualquer forma, não é que eu não queira, só não vejo necessidade, só isso. Ainda nem começamos a nos planejar para ter um bebê, talvez ainda leve anos até a gente conseguir ter um filho.

Eu o encaro.

— O que planejar ter filhos tem a ver com o seu presente?

— Desisto — diz ele, se levantando. — Não estou entendendo nada. Vou lá para baixo.

— Eu pensei que você ia ficar feliz! — grito quando ele sai. — Achei que ia gostar de ter um minigalpão para o jardim! Desculpe se estava enganada em relação a isso também!

Matthew volta para o quarto.

— Um minigalpão para o jardim?

— É. Achei que você quisesse um — afirmo, em tom acusador.

— Mas é claro que eu quero um.

— Qual é o problema, então? É o tamanho? Porque, se for, a gente pode trocar.

Ele franze o cenho.

— Espere aí. Você comprou um minigalpão de jardim para mim?

— Sim. Por que, não foi isso que entregaram?

— Não — responde ele, caindo na gargalhada. — Não é à toa que eu não estava entendendo nada! Eles se enganaram, meu anjo. Não entregaram um minigalpão de jardim, entregaram um carrinho de bebê! Meu Deus, fiquei muito preocupado por um instante. Achei que você tivesse enlouquecido de vez.

— Um carrinho de bebê? — Olho para ele, incrédula. — Como isso aconteceu?

— Só Deus sabe. Até admito que é uma graça, azul-marinho e branco. É exatamente do tipo que eu imaginaria que a gente fosse comprar um dia... Bem, é melhor eu ligar para a transportadora e ver se alguém pode voltar aqui para recolher o carrinho. O caminhão não deve estar muito longe.

— Espere um minuto. — Afasto mais uma vez as cobertas e me levanto da cama. — Onde ele está?

— Na entrada. Mas nem adianta se apaixonar por ele. Sinto dizer que vamos devolver — brinca Matthew. — É óbvio que foi outra pessoa quem o comprou.

Corro para o andar debaixo com uma sensação estranha na boca do estômago. Ao lado da porta, com a embalagem caída à sua volta, está o carrinho de bebê que vi na loja de Castle Wells, o que escolhi por ser o mais prático.

Os braços de Matthew me envolvem.

— Agora você entende por que fiquei tão surpreso? — Ele encosta o nariz em meu pescoço. — Nem acredito que você comprou um minigalpão de jardim para mim.

— Eu sei que você sempre quis ter um — comento, distraída.

— Eu te amo — murmura ele no meu ouvido. — Obrigado. Muito, muito obrigado. Mal posso esperar para ver. E não tem como não sentir pena do coitado que ainda vai se dar conta de que o minigalpão que ele acabou de receber não é para ele.

— Não estou entendendo — resmungo, olhando para o carrinho.

— Você comprou o minigalpão pela internet?

— Sim.

— Então eles trocaram dois pedidos. Nós recebemos o carrinho de bebê de alguém, e essa pessoa está com o nosso minigalpão. Vou ligar para a transportadora e, se tivermos sorte, hoje mesmo fazem a troca.

— Mas eu vi esse carrinho numa loja em Castle Wells na terça. Tinha um casal jovem lá. Eles me perguntaram o que eu achava daquele monte de carrinhos, então resolvi dar uma olhada e disse que achava esse o melhor.

— Então eles encomendaram esse?

— Devem ter encomendado.

— Então está explicado. Mandaram para a gente por engano.

— Mas como a loja conseguiu o nosso endereço?

— Sei lá. Que tipo de loja era? Se era uma loja de departamentos e você comprou alguma coisa lá, pode ter dado o nosso endereço.

— Não era uma loja de departamentos, era uma loja de roupas de bebê.

— Roupas de bebê?

— É. Comprei um pijaminha para o nosso futuro bebê. Era para eu ter te dado, mas, com aquela confusão toda do alarme, acabei esquecendo. Ainda deve estar no carro. Queria dizer que a gente pode começar a pensar em ter um bebê. Pareceu uma boa ideia na hora, mas agora você deve estar achando que sou uma boba.

Ele me abraça com mais força ainda.

— Não, não acho, não. Achei a ideia maravilhosa, e você ainda pode me dar a roupinha.

— Agora estraguei tudo — digo, triste. — Deu tudo errado.

— Não deu, não — insiste ele. — Olhe, quando você comprou a roupinha, tem certeza de que não deu o nosso endereço para a loja?

— Preenchi um formulário para um cartão de fidelidade — respondo, me lembrando. — Tive que dar meu nome e endereço.

— Pronto! Problema resolvido! Que loja foi?

— A Baby Boutique. Deve ter uma nota fiscal aqui ou algum comprovante de compra. — Espio por dentro do carrinho. — Olhe só, achei.

Ele pega o telefone.

— Fale o número deles que eu ligo para lá. Enquanto faço isso, quer ir preparando o café da manhã?

Leio o telefone em voz alta e vou para a cozinha preparar o café. Enquanto ligo a cafeteira, eu o escuto explicar à atendente que um carrinho de bebê foi entregue em nossa casa por engano. Não consigo deixar de ficar contente por saber que o casal seguiu meu conselho. Ouço Matthew brincar dizendo que, se o carrinho fosse do jovem casal que estava na loja junto com a mulher dele, na terça, eu merecia uma comissão por tê-los convencido a comprá-lo.

— Me deixe adivinhar: eles disseram que a gente pode ficar com ele para o nosso futuro bebê. — Sorrio quando ele entra na cozinha.

— Então é verdade. — Ele balança a cabeça, deslumbrado. — Não acreditei de início. Achei que a atendente estava enganada. — Ele se aproxima de mim e me abraça. — Você está mesmo grávida, Cass? Quer dizer, é maravilhoso se estiver. Só não vejo como é possível. — Ele olha para mim, confuso. — A não ser que os médicos tenham se enganado. Disseram que eu não podia ser pai, mas talvez tenham se enganado, talvez eu possa, sim, talvez eu não tenha problema nenhum, afinal.

A expressão no rosto dele faz com que eu me odeie mais do que nunca.

— Não estou grávida — digo, baixinho.
— O quê?
— Não estou grávida.
— Mas a vendedora me deu os parabéns. Ela se lembrou de você, se lembrou de você ter comprado o carrinho para o nosso bebê.

É difícil suportar a decepção dele.

— Ela deve ter me confundido com outra pessoa. Eu disse que tinha um casal na loja...
— Ela disse que você contou para ela que estava grávida. — Ele se afasta de mim. — O que está acontecendo, Cass?

Eu me sento à mesa.

— Eu disse que o pijaminha era para mim, porque era mesmo, e ela pressupôs que eu estivesse grávida — explico, com toda a calma. — Não contestei porque, na hora, me pareceu mais fácil deixar que ela pensasse assim.
— E o carrinho?
— Não sei.

Ele não consegue disfarçar a frustração.

— Como assim, você não sabe?
— Eu não me lembro!
— Bem, induziram você a comprar o carrinho?
— Eu não sei — volto a dizer.

Ele se senta à minha frente e toma minhas mãos nas suas.

— Olhe, meu amor, será que ajudaria se você conversasse com alguém?

— Como assim?

— Você não tem sido você mesma ultimamente e... bem, é só que esse assassinato parece ter mexido mais do que deveria com você. E ainda tem essa história dos telefonemas.

— O que tem eles?

— Parece que você está levando isso a sério. Não posso julgar, já que nunca atendi nenhum deles, mas...

— A culpa não é minha se o telefone não toca quando você está em casa! — vocifero, estranhamente irritada por não ter recebido nenhuma ligação nas últimas duas manhãs. Ele olha para mim, surpreso. — Desculpe. — Deixo escapar um suspiro. — Só fico frustrada por ele não ligar quando você está comigo. — A palavra "ele" paira no ar.

— Bem, não vai fazer nenhum mal se você marcar uma consulta com o Dr. Deakin, só para fazer um check-up.

— Por quê? — pergunto, mais uma vez na defensiva. — Eu estou cansada, só isso. A Rachel acha que pode ser estresse, já que passei por tanta coisa desde que a mamãe morreu.

Ele fecha a cara.

— Desde quando ela virou médica?

— Bom, acho que ela tem razão.

— Talvez. Mas não faria mal nenhum se você marcasse uma consulta com um médico.

— Eu estou bem, Matthew. É sério. Só preciso descansar. — Vejo dúvida em seus olhos.

— Por favor, pode me deixar marcar uma consulta para você? Se não quiser fazer isso por si mesma, faça por mim. Eu não aguento continuar vendo você desse jeito, não aguento mesmo.

Tento me manter calma.

— E se descobrirem que tem alguma coisa de errado comigo? — pergunto, querendo prepará-lo.

— Como o quê?

— Não sei. — Eu mal consigo pronunciar a palavra. — Demência ou algo assim.

— Demência? Você é nova demais para estar com demência. É mais provável ser estresse, como você mesma disse. Mas não custa nada procurar ajuda de um especialista só para garantir que está tudo bem. — Ele sacode minhas mãos ligeiramente. — Então, posso marcar uma consulta?

— Se isso vai deixar você feliz...

— Estou torcendo para que deixe *você* feliz. Porque acho que você não está muito feliz no momento. Ou está?

Meus olhos ficaram marejados. Parece que estou sempre à beira das lágrimas.

— Não — confesso. — Na verdade, não estou.

SÁBADO, 8 DE AGOSTO

Matthew conseguiu um encaixe de última hora com o Dr. Deakin para hoje de manhã, depois que um paciente cancelou uma consulta. Estou nervosa. Ele é nosso médico desde que mudamos para a casa em Nook's Corner, mas eu ainda não tinha ido a nenhuma consulta porque não havia ficado doente. E achava que Matthew também não. No entanto, quando somos chamados, descubro que nosso médico já o conhece — e fico surpresa pelo Dr. Deakin estar ciente dos meus lapsos de memória.

— Não sabia que meu marido já tinha conversado com o senhor — digo, aturdida.

— Ele estava preocupado com você — explica o Dr. Deakin. — Você consegue me dizer quando notou que estava tendo dificuldade para lembrar as coisas?

Matthew aperta minha mão num gesto tranquilizador, e eu resisto ao desejo de puxá-la. Tento ignorar a sensação de ter sido traída, mas saber que eles andaram conversando sobre mim pelas minhas costas faz com que eu me sinta em desvantagem.

— Não tenho certeza. — Não quero admitir coisas que Matthew não percebeu na época, coisas que consegui esconder. — Há algumas semanas, eu acho. Matthew teve que ir me buscar no supermercado porque eu tinha esquecido a carteira em casa.

— Mas, antes disso, você percorreu o caminho inteiro até Castle Wells sem se dar conta de que não estava com a sua bolsa. E teve também aquela vez que você deixou metade das compras no supermercado — acrescenta Matthew, baixinho.

— Ah, é verdade — concordo, percebendo, tarde demais, que acabo de admitir outros dois lapsos de memória.

— Esse tipo de coisa pode acontecer com qualquer um — garante o Dr. Deakin em tom tranquilizador.

Fico aliviada por ele fazer o tipo "médico vovozinho" que já viu de tudo e que sabe como é a vida, e não alguém que acabou de se formar em medicina e que faz tudo conforme aprendeu na faculdade.

— Não acho que isso seja motivo de preocupação. Mas preciso perguntar sobre seu histórico familiar — continua ele, acabando com minha esperança de que nossa consulta tenha terminado aqui. — Sei que seus pais já se foram. Pode me dizer do que eles morreram?

— Meu pai morreu num acidente de carro. Foi atropelado ao atravessar a rua, em frente à nossa casa. E minha mãe morreu de pneumonia.

— E algum dos dois demonstrou sinais de outras doenças antes de morrer? — pergunta ele.

— Minha mãe sofria de demência. — Matthew solta uma exclamação de surpresa ao meu lado. É sutil, mas ainda assim consigo registrá-la.

— E você sabe me dizer quando ela foi diagnosticada com a doença?

Minha pele fica tão quente que tenho certeza de que o Dr. Deakin consegue perceber que estou ficando corada. Olho para baixo, fazendo os cabelos caírem em meu rosto.

— Em 2002.

— E ela estava com quantos anos?

— Quarenta e quatro — respondo, baixinho. Não consigo encarar Matthew.

A partir de então, as coisas só pioram. Meu rosto fica mais vermelho ainda quando me dou conta de que Matthew não se deixou enganar por nenhuma das minhas tentativas de disfarçar meus lapsos e que sempre esteve bem mais consciente do que eu imaginava de tudo que estava acontecendo. O número de incidentes que o Dr. Deakin acrescenta à sua lista só aumenta, e tudo o que eu mais quero agora é ir embora antes que haja um estrago maior.

Mas ele e Matthew ainda não terminaram. A questão do assassinato ainda não foi discutida. Os dois concordam que é compreensível eu ficar perturbada com isso, levando em conta que conhecia Jane. Eles também acham que minha preocupação tem fundamento, já que o crime aconteceu tão perto de onde moramos. Mas, quando Matthew conta ao Dr. Deakin que acho que o assassino está ligando para mim, tenho certeza de que o médico vai chamar os homens de jaleco branco.

— Quer me contar sobre essas ligações? — O Dr. Deakin olha para mim de maneira encorajadora, então não tenho escolha senão falar, mesmo sabendo que ele vai me diagnosticar com paranoia, já que não posso explicar o motivo da minha suspeita.

Quando saio do consultório, uma hora depois, estou me sentindo tão mal que me recuso a segurar a mão de Matthew enquanto vamos andamos até o estacionamento. No carro, eu me viro para a janela, para não ter de encará-lo, tentando não me entregar às lágrimas de mágoa e humilhação. Talvez ele ache que estou no meu limite, pois não diz nada e, quando para na farmácia para comprar o remédio que o Dr. Deakin me receitou, fico no carro e deixo que cuide de tudo. Fazemos o restante do caminho até nossa casa em silêncio, e eu salto do carro assim que chegamos, antes mesmo de Matthew ter tido tempo de desligar o motor.

— Amor, não fique assim — implora ele, me seguindo até a cozinha.

— Como você quer que eu fique? — Eu me viro para ele, zangada. — Não consigo acreditar que você conversou com o Dr. Deakin sem eu saber. Onde está a sua lealdade?

Ele encolhe os ombros.

— Onde sempre esteve e onde sempre vai estar, bem ao seu lado.

— Então por que você fez questão de mencionar cada coisinha que eu já esqueci na vida?

— Porque o Dr. Deakin pediu. Eu não ia mentir para ele. Estou preocupado com você, Cass.

— Por que não conversou comigo, então, em vez de ficar inventando desculpas e fingindo que estava tudo bem? E por que contou que eu disse que estava grávida à vendedora da loja em que comprei o pijaminha? O que isso tem a ver com meus problemas de memória? Nada, nadinha. Agora, além de tudo, você me fez passar por alguém que fica inventando história! Eu expliquei para você, expliquei que a vendedora entendeu errado quando eu disse que o pijaminha era para mim e que demorei para me dar conta de que ela tinha deduzido que eu estava grávida. Só achei mais fácil deixar para lá. Não consigo entender por que você resolveu contar isso ao Dr. Deakin.

Ele se senta à mesa da cozinha e apoia a cabeça nas mãos.

— Você comprou um carrinho de bebê, Cass.

— Eu não comprei um carrinho de bebê!

— E também não encomendou um alarme.

Pego a chaleira com raiva e a bato na torneira enquanto a encho.

— Não foi você mesmo que disse que devem ter me induzido a encomendar o alarme?

— Olhe, eu só quero ajudar você. — Ele faz uma pausa. — Não sabia que a sua mãe tinha sido diagnosticada com demência aos 44 anos.

— Demência não costuma ser hereditário — retruco, rispidamente.

— O Dr. Deakin disse isso.

— Eu sei, mas seria idiotice continuar fingindo que você não está com algum problema.

— Como assim algum problema? Você quer dizer que eu sofro de amnésia, alucinação e paranoia?

— Pare com isso, Cass.

— Bem, não vou tomar o que quer que seja que ele tenha receitado para mim.

Ele ergue a cabeça e me encara.

— É só um remédio para estresse. Mas não precisa tomar se você acha que consegue ficar bem sem ele. — Ele dá uma risada forçada. — Talvez eu tome por você.

Alguma coisa em sua voz me faz parar de falar. Quando noto quão cansado Matthew parece, me sinto péssima por nunca ter me colocado no lugar dele, por nunca ter parado para pensar em como deve ser me ver desmoronar desse jeito. Então eu me aproximo do meu marido e me agacho ao lado da cadeira dele, envolvendo-o em um abraço.

— Sinto muito.

Matthew beija o topo da minha cabeça.

— A culpa não é sua.

— Não acredito que fui tão egoísta. Não acredito que nunca parei para pensar em como deve ser para você ter que aturar isso.

— O que quer que seja, vamos enfrentar juntos. Talvez você só precise pegar leve por um tempo. — Ele se desvencilha dos meus braços e olha para o relógio. — Vamos começar agora mesmo. Enquanto eu estiver aqui, não vou deixar você fazer nada. Por que não se senta enquanto preparo um almoço para nós?

— Está bem — concordo, agradecida.

Eu me sento à mesa e o observo pegar alguns ingredientes para a salada na geladeira. Estou tão cansada que poderia dormir aqui mesmo, neste instante. Apesar da humilhação de ter meus problemas expostos, pensando racionalmente, estou contente de ter ido me consultar com o Dr. Deakin, especialmente porque ele acha que só estou estressada.

*

Olho para a caixa do remédio receitado pelo Dr. Deakin, que está perto da chaleira. Não quero ficar pensando muito nisso, mas é reconfortante saber que os tenho ali para o caso de, em algum momento, eu achar que não estou conseguindo lidar com as coisas. Principalmente agora que as folgas de Matthew acabaram e sem a Rachel — que está indo para Siena hoje — por perto. Mas, com todos os planos de aulas que preciso preparar nas próximas duas semanas, vou estar ocupada demais para me preocupar com qualquer coisa.

Sentada ali, me lembro do dia em que encontrei minha mãe em pé na cozinha, olhando fixamente para a chaleira. Quando perguntei o que estava fazendo, ela disse que não lembrava como fazia para ligá-la. De repente, sinto mais saudade da mamãe do que jamais senti. A dor é aguda, quase física, e me deixa sem ar. Quero, mais do que tudo, poder pegar sua mão na minha e dizer que a amo. Quero que ela me abrace e diga que vai ficar tudo bem. Porque, às vezes, não tenho certeza se vai.

Domingo, 9 de agosto

Nunca me vi como o tipo de garota que fazia bricolagem, mas estou curtindo ajudar o Matthew com o minigalpão do jardim. É bom poder focar a atenção em algo diferente e, no fim do dia, ter a sensação de que fiz alguma coisa. Além de ser uma maneira legal de passar o aniversário dele.

— Hora do gim-tônica — anuncia ele, enquanto admiramos o resultado do nosso trabalho. — Dentro do minigalpão. Eu pego os drinques, você pega as cadeiras.

Então, arrasto duas cadeiras para dentro do minigalpão, e nós brindamos a instalação com mais uns drinques especiais de Matthew, que ele prepara usando suco de limão fresco e um pouco de refrigerante de gengibre. Curtimos um jantar bem demorado ao ar livre. Quando começa a anoitecer, entramos e vamos para a sala assistir a um documentário sobre viagens. Deixamos a louça na pia, para lavarmos mais tarde. Não demora muito até Matthew começar a bocejar, então digo a ele para ir para a cama enquanto arrumo tudo.

Vou para a cozinha cuidar dos pratos empilhados ao lado da lava-louças. De repente, pelo canto do olho, eu a vejo. Está em cima da bancada, do outro lado do cômodo, perto da porta que dá para o jardim. Fico paralisada entre um passo e o outro, com um dos braços parcialmente estendidos à minha frente, e não ouso me mexer. O perigo permeia o ar, pairando sobre minha pele, me mandando fugir, sair correndo daquela cozinha, da casa, mas minhas pernas estão pesadas, minha mente se sente caótica demais para seguir essa ordem. Quero chamar Matthew, mas minha voz, assim como meu corpo, está paralisada de medo. Segundos se passam, e a ideia de que *ele* poderia entrar na casa pela porta dos fundos a qualquer instante desperta minhas pernas, então cambaleio até o corredor.

— Matthew! — grito, desabando nos degraus. — Matthew!

O medo que ouve em minha voz faz com que ele saia do quarto em disparada.

— Cass — brada ele, correndo escada abaixo e me alcançando em segundos. — O que houve? O que foi que aconteceu? — pergunta, me abraçando.

— Na cozinha! — Meu queixo está batendo de tal maneira que mal consigo pronunciar as palavras. — Está na cozinha, em cima da bancada!

— O quê?

— A faca! Está lá, na cozinha, em cima da bancada, perto da porta! — Tenho noção de que não estou fazendo muito sentido. Mesmo assim, agarro o braço dele. — Ele está lá fora, Matthew! Você tem que ligar para a polícia!

Ele me solta e coloca as mãos sobre meus ombros.

— Fique calma, Cass. — Sua voz é firme, tranquilizadora, e eu respiro fundo. — Agora, comece outra vez: o que foi que aconteceu?

— A faca está na bancada da cozinha!

— Que faca?

— A que ele usou para matar a Jane! Nós temos que ligar para a polícia, talvez ele ainda esteja no jardim!

— Quem?

— O assassino!

— Isso não faz nenhum sentido, meu amor.

— Só ligue para a polícia — imploro, retorcendo as mãos. — Ela está lá. A faca. Na cozinha!

— Está bem. Mas, primeiro, preciso ir até lá dar uma olhada.

— Não! Só ligue para a polícia. Eles vão saber o que fazer!

— Espere. Vou conferir primeiro.

— Mas...

— Eu vou ligar para eles, prometo. — Matthew faz uma pausa para que eu fique calma. — Mas, antes, preciso ver a faca, porque eles vão me pedir para descrevê-la e vão querer saber onde exatamente ela está. — Ele se desvencilha de mim com cuidado e caminha até a cozinha.

— E se ele estiver aqui dentro? — pergunto, amedrontada.

— Eu vou olhar da porta.

— Está bem, mas não entre na cozinha!

— Pode deixar. — Ele segue em direção ao cômodo. — Onde você disse que estava? — pergunta, espichando o pescoço pelo vão da porta.

Meu coração bate acelerado.

— Na bancada, perto da porta dos fundos. Ele deve ter vindo do jardim.

— Estou vendo a faca que usei mais cedo para cortar os limões — diz ele, com calma. — E só.

— Está aí, eu vi!

— Você pode vir aqui me mostrar?

Eu me levanto da escada e, me apoiando nele, olho, ainda assustada, lá dentro da cozinha. Perto da porta, em cima da bancada, vejo uma de nossas faquinhas de cozinha de cabo preto.

— Foi isso que você viu, Cass? — pergunta Matthew, olhando para mim. — Foi essa a faca que você viu?

Nego com a cabeça.

— Não, não foi essa. Era muito maior, como a da foto.

— Bem, então ela sumiu — afirma ele, bastante razoável. — A não ser que esteja em algum outro lugar. Vamos dar uma olhada?

Eu o sigo pela cozinha, ainda agarrada a ele. Matthew faz alarde, querendo me agradar, e eu sei que não acredita que havia outra faca aqui em algum momento. Então, começo a chorar. É patético. O desespero está me deixando louca.

— Está tudo bem, amor. — A voz de Matthew é gentil, mas ele não me abraça. É como se não conseguisse se obrigar a me reconfortar.

— Eu vi a faca — digo com um soluço. — Tenho certeza de que vi. E não é essa.

— O que você está querendo dizer então? Que alguém entrou na cozinha, substituiu a faca que usei mais cedo por uma faca maior e depois a trocou outra vez?

— Só pode ter sido isso.

— Se é isso que você acha mesmo, é melhor ligar para a polícia, porque com certeza tem um louco à solta por aí.

Eu o encaro através das lágrimas.

— É isso que venho tentando dizer! Ele está querendo me assustar. Quer que eu fique medo!

Matthew caminha até a mesa e se senta como se estivesse refletindo sobre o que acabei de dizer. Espero para ouvir o que vai falar, mas ele apenas fica ali sentado, com o olhar perdido. Então percebo que está sem fala porque não há palavras para descrever como minha insistência de que há um assassino atrás de mim o faz se sentir.

— Se existisse um motivo, por menor que fosse, para um assassino estar atrás de você, talvez eu conseguisse entender — declara ele, baixinho. — Mas não existe razão para isso, caramba! Sinto muito, Cass, mas não sei se consigo aguentar mais essas coisas.

O desespero na voz dele me faz cair em mim. Luto para recuperar o autocontrole, mas o medo que sinto de Matthew me deixar é maior do que o medo que tenho de o assassino me pegar.

— Devo ter me confundido — declaro, hesitante.

— Então você não quer chamar a polícia?

Contenho o enorme desejo de dizer que sim, que quero que a polícia venha fazer uma busca no jardim.

— Não, está tudo bem.

Ele se levanta.

— Posso te dar um conselho, Cass? Tome o remédio que o médico receitou. Aí quem sabe nós dois conseguimos ter um pouco de paz.

Ele sai da cozinha, não exatamente batendo a porta, mas quase. No silêncio que se segue, olho para a faquinha apoiada inocentemente sobre a bancada. Até mesmo olhando pelo canto do olho, seria impossível confundi-la com algo bem mais ameaçador. A não ser que a pessoa fosse louca, alucinada, neurótica.

Então tomo uma decisão. Caminho até a chaleira e pego a cartela de comprimidos. O Dr. Deakin disse para eu começar com um, três vezes ao dia, mas que poderia aumentar a dose para dois se me sentisse muito ansiosa. Muito ansiosa não chega nem perto de descrever como estou me sentindo agora, mas dois é melhor do que nada, então pego os comprimidos e os engulo com um copo d'água.

Segunda-feira, 10 de agosto

Um vulto paira sobre mim, me despertando de um sono profundo. Abro a boca para gritar, mas não sai nada.

— Você sabe que não precisava dormir aqui embaixo, não é?

A voz de Matthew parece estar muito longe. Demoro um pouco para me dar conta de que estou deitada no sofá da sala. De início, não tenho certeza do motivo, mas logo me lembro.

— Tomei dois comprimidos — murmuro, juntando todas as minhas forças para me sentar. — Depois vim para cá. Devo ter apagado.

— Acho melhor você tomar um só da próxima, já que não está acostumada. Eu só vim avisar que estou indo trabalhar.

— Está bem. — Afundo outra vez nas almofadas. Tenho a sensação de que Matthew ainda está zangado comigo, mas sou dragada pelo sono. — A gente se vê mais tarde.

Quando abro os olhos de novo, inicialmente penso que ele voltou, ou que nem chegou a sair, porque estou ouvindo sua voz. Mas Matthew não está em casa, a voz dele vem da secretária eletrônica.

Eu me levanto, me sentindo estranhamente desorientada. Devia estar mesmo num sono pesado para não ter ouvido o telefone tocar.

Olho para o relógio; são nove e quinze. Vou até o corredor e aperto o botão da secretária eletrônica para ouvir a mensagem.

— Cass, sou eu. Acho que você ainda deve estar dormindo ou tomando banho. Ligo mais tarde.

Quando a mensagem acaba, fico sem entender. Levo alguns segundos para clarear a mente, então retorno a ligação.

— Desculpe, eu estava no banho.
— Só queria saber como você está.
— Estou bem.
— Você voltou a dormir?
— Sim, dormi mais um pouquinho.

Ele faz uma pausa, então ouço um pequeno suspiro.

— Sinto muito por ontem à noite.
— Eu também.
— Vou para casa assim que puder.
— Não precisa.
— Eu ligo antes de sair.
— Está bem.

Desligo o telefone, ciente de que aquela foi uma das conversas mais forçadas que já tivemos. De repente, me dou conta de quanto isso tudo tem afetado nosso relacionamento e me pego desejando não ter soado tão mal-agradecida quando ele se ofereceu para voltar para casa mais cedo. Desesperada para resolver as coisas entre nós, pego o telefone, mas o aparelho toca imediatamente. Tenho certeza de que é Matthew de novo, ligando para dizer que se sente tão mal quanto eu.

— Já ia ligar para você — digo. — Desculpe se soei ingrata. Eu ainda estava grogue por causa do remédio.

Ele não diz nada, e, pensando que Matthew não ficou muito impressionado com meu pedido de desculpas, decido me empenhar mais. Até que me dou conta de que não é o meu marido do outro lado da linha.

Minha boca fica seca.

— Quem é? — pergunto, de repente. — Alô?

O silêncio ameaçador confirma meu pior medo: não de que *ele* esteja de volta, mas de que nunca tenha ido embora. O único motivo para não ter ligado na quinta ou na sexta-feira foi porque Matthew estava em casa. Se ligou hoje, é porque sabe que estou sozinha agora. O que significa que está observando a minha casa. E que está por perto.

O medo se arrasta pelo meu corpo, provocando um formigamento em minha pele. Se eu precisava de alguma prova de que a faca que vi na cozinha ontem à noite era real, e não fruto da minha imaginação, agora a tenho. Deixo o telefone cair, corro até a porta e passo o trinco com dedos trêmulos. Eu me viro para o alarme, tentando recordar como isolar determinados cômodos. Meus pensamentos estão acelerados. Luto para encher os pulmões de ar e acalmar a respiração, tentando descobrir em que lugar da casa estarei mais segura. Na cozinha, não, porque ele conseguiu entrar pela porta dos fundos ontem à noite. Em um dos quartos também não, porque, se ele entrar, vou ficar encurralada lá em cima. Na sala de estar então.

Armo o alarme, corro para a sala e bato a porta. Ainda não me sinto segura, porque não há chave para trancá-la, então procuro alguma coisa para bloquear a porta. O móvel mais próximo é uma poltrona, e, enquanto a empurro até lá, o telefone começa a tocar de novo.

O medo comprime o pouco ar que ainda tenho em meus pulmões. Só consigo pensar na faca que vi ontem à noite. Tinha sangue nela? Não consigo lembrar. Corro os olhos pela sala à procura de algo que possa servir como arma, quando vejo um tenaz de ferro solto na lareira. Corro até lá e o pego depressa, então vou até as janelas e fecho as cortinas — primeiro as da janela que dá para o jardim dos fundos, depois a da frente da casa, apavorada com a possibilidade de ele estar me observando, que esteja lá fora espiando dentro da minha casa. A súbita escuridão só faz meu pavor aumentar, então acendo a luz rapidamente. Mal consigo pensar direito. Quero ligar para Matthew, mas a polícia chegaria antes. Olho à minha volta atrás do telefone, e, quando percebo que o deixei na entrada e que meu celular, mesmo que estivesse comigo, não funcionaria aqui embaixo, toda minha coragem me abandona. Não há nada que eu possa fazer. Não posso sair para pegar o telefone, porque pode ser que ele já esteja lá fora. A única coisa a fazer é esperar que venha atrás de mim.

Vou cambaleando até o sofá e me agacho atrás dele, segurando o tenaz com força. Meu corpo todo treme. E o telefone, que tinha parado de tocar, começa a chamar outra vez, como se estivesse me provocando. Lágrimas de medo transbordam dos meus olhos até que noto que o telefone parou de tocar. Prendo a respiração — então ele toca mais uma vez. As lágrimas jorram dos meus olhos, então os toques cessam, e eu prendo a respiração, pensando que agora pode ter mesmo acabado. Mas, então, o telefone toca de novo, destruindo minha esperança. Presa nesse ciclo vicioso de medo, esperança, medo, esperança, perco completamente a noção do tempo. Até que, por fim, cansado de brincar com meus sentimentos, ele para de ligar.

De início, o silêncio é bem-vindo. Mas, logo, torna-se tão ameaçador quanto os toques incessantes. Isso pode significar qualquer coisa. Talvez ele não tenha desistido de me atormentar. Talvez tenha parado de me ligar porque está aqui, dentro de casa.

Ouço um barulho na entrada: o clique da porta da frente se abrindo, e então se fechando. O som abafado de passos se aproximando. Encaro a porta da sala de estar com pavor, e, quando a maçaneta começa a girar, o terror me atinge com força e me envolve como uma manta, sua ameaça me embrulhando, me sufocando até que eu não consiga mais respirar. Agora, soluçando abertamente, me levanto em um pulo e corro até a janela, abrindo as cortinas em desespero e empurrando os vasos de orquídeas que estão em cima do parapeito. Enquanto escancaro a janela, vejo que alguém está tentando abrir a porta, empurrando a poltrona, e estou prestes a pular para o jardim pela janela quando uma sirene começa a tocar. Acima daquele barulho estridente, ouço Matthew chamar meu nome do outro lado da porta.

É difícil descrever como me sinto depois que tiro a poltrona do caminho e o abraço, falando histericamente que o assassino está lá fora.

— Espere aí, me deixe desligar o alarme!

Ele tenta me fazer soltá-lo, mas, antes que consiga, o telefone começa a tocar outra vez.

— É ele! — grito. — É ele! Ele passou a manhã inteira me ligando!

— Me deixe desligar o alarme! — repete Matthew. Desvencilhando-se de mim, ele caminha até o teclado, e o barulho cessa. Só o toque agudo do telefone permanece.

Matthew atende.

— Alô? Sim, aqui é o Sr. Anderson. — Eu o encaro com os olhos arregalados, me perguntando por que ele está dando seu nome para o assassino. — Desculpe, senhor, sinto dizer que foi mais um alarme falso. Vim em casa ver se estava tudo bem com a minha mulher, porque ela não estava atendendo o telefone, e não sabia que ela tinha armado o alarme, então ele acabou disparando quando tentei entrar. Sinto muito pela inconveniência. Não, de verdade, está tudo bem.

As fichas vão caindo com agonizante lentidão, uma depois da outra. Ondas de vergonha inundam meu corpo, fazendo minha pele esquentar. Eu me deixo afundar nos degraus da escada, dolorosamente ciente de que, de alguma maneira, me enganei novamente. Tento me recompor, tanto pelo bem de Matthew quanto pelo meu, mas não consigo parar de tremer. Minhas mãos parecem ter ganhado vida própria, e, querendo evitar que ele veja, cruzo os braços na frente do corpo e as escondo.

No telefone, Matthew diz à polícia que não é necessário mandar ninguém à nossa casa e, depois, dá outro telefonema, garantindo também àquela pessoa que está tudo bem e que não há nada com que se preocupar.

— Quem era? — pergunto.

— Era o escritório. — Ele continua de costas para mim, como se não conseguisse me olhar nos olhos. Não o culpo. Se estivesse no lugar dele, eu sairia daquela casa e nunca mais voltaria. — Valerie pediu que eu desse notícias suas.

Então, ele se vira para mim, e eu preferia que não tivesse feito isso. Não gosto de ver a expressão confusa em seu rosto.

— O que está acontecendo, Cass? Por que você não atendeu nenhuma das minhas chamadas? Estava morrendo de preocupação. Fiquei ligando por quase uma hora. Cheguei a ligar para o seu celular, pensando que podia estar lá em cima. Achei que tivesse acontecido alguma coisa com você.

Solto uma gargalhada exagerada.

— Como o quê? Achou que eu tinha sido assassinada?

Percebo o choque em seu rosto.

— Era isso que você queria que eu pensasse?

No mesmo instante, me arrependo do que disse.

— Não. É claro que não.

— Então por que você não atendeu o telefone?

— Não sabia que era você.

— É claro que sabia! Aparece o meu número! — Ele passa a mão pelos cabelos, tentando entender o que está acontecendo. — Você estava querendo me ensinar alguma lição, é isso? Porque, se for, vai ser difícil conseguir perdoar isso. Você faz ideia do que acabei de passar?

— E eu? — rebato. — E pelo que *eu* tenho passado? Por que você ficou ligando? Você sabe das ligações que ando recebendo.

— Fiquei ligando porque, quando você desligou sem se despedir, percebi que estava chateada e quis ter certeza de que estava bem! Por que você não conferiu o número antes de pressupor alguma coisa? Nada do que você está dizendo faz sentido, nada!

— Não olhei quem era porque recebi outra daquelas ligações logo depois da sua! E aí fiquei assustada demais para atender. Estava com medo de ser ele de novo.

— Assustada a ponto de fazer uma barricada e se esconder na sala de estar?

— Bem, pelo menos agora você sabe como essas ligações me deixam assustada.

Ele balança a cabeça, parecendo cansado.

— Isso precisa acabar, Cass.

— Você acha que eu também não quero que acabe? — Ele se dirige à porta. — Aonde você vai?

— Voltar para o trabalho.

Olho para ele, desanimada.

— Você não pode ficar?

— Não. Pedi que reagendassem uma reunião quando não consegui falar com você.

— Então você pode voltar assim que terminar?

— Não, eu acho que não. Tem muita gente viajando.

— Mas você tinha falado que ia tentar vir para casa cedo!

Ele deixa escapar um suspiro.

— Acabei de tirar uma hora para vir conferir se estava tudo bem com você, então só tenho como estar em casa no horário de sempre — explica ele, pacientemente. Matthew pega a chave do carro no bolso. — Preciso ir.

Ele vai embora, fechando a porta com firmeza ao sair, e eu me pergunto quanto ele ainda aguenta antes de surtar de vez. Eu me odeio. Odeio a pessoa que me tornei.

Desesperada por uma xícara de chá, vou até a cozinha e ligo a chaleira. Se não tivesse visto a faca na bancada ontem à noite, não teria reagido dessa forma hoje. O telefonema teria me deixado abalada, é claro, mas eu não ficaria tão surtada a ponto de nem verificar quem estava ligando. Se tivesse feito isso, teria visto que era Matthew, teria atendido a ligação e estaria tudo bem. Agora, só pareço ridícula por ter ficado tão apavorada a ponto de fazer uma barricada na sala de estar para me esconder. *Você está ficando louca*, diz uma vozinha dentro da minha cabeça. *Você está ficando louca*.

Levo meu chá para a sala de estar. A janela por onde pensei em fugir continua aberta. Quando vou fechá-la, me dou conta de que o alarme pode ter disparado por causa disso, e não de Matthew. A ideia de que talvez tenha havido mais de um motivo — eu com a janela, Matthew com a porta — me faz cair na gargalhada, e a sensação é tão boa que nem tento controlá-la. Ainda estou rindo ao caminhar em direção à outra janela, a da frente da casa, e reconheço que minha reação beira a histeria. Abro as cortinas, e a risada morre na garganta. Porque, lá fora, de pé na rua, encontra-se o homem: o homem que vislumbrei antes, passando pela casa, o homem que pode ser nosso novo vizinho, o homem que pode estar por trás das ligações silenciosas; o homem que pode ter matado Jane. Nós nos encaramos por um instante, então ele sai andando, não em direção às casas do começo da rua, e sim na direção oposta, para o bosque.

O resquício de força que ainda existia em mim se esvai do meu corpo, e vou para cozinha, não para pegar meu computador, mas para tomar alguns comprimidos. Eles acabam fazendo com que o restante do dia seja quase suportável. Fico encolhida no sofá praticamente o dia todo e só me levanto uma hora antes de Matthew chegar. E, quando ele chega, temos o jantar mais silencioso que já tivemos.

QUARTA-FEIRA, 12 DE AGOSTO

Sou despertada por um barulho incessante de chuva. Minhas pernas e meus braços estão pesados, como se eu estivesse caminhando dentro d'água. Forço meus olhos a se abrirem, me perguntando por que tudo está tão difícil, até que me lembro dos comprimidos que tomei no meio da noite, como uma criança comendo escondido em plena madrugada. É impressionante a rapidez com a qual eles se tornaram minha muleta. Eu já havia tomado dois ontem, que engoli com pressa ao beber meu chá assim que Matthew saiu para trabalhar. Fiz isso porque sabia que não podia me dar ao luxo de deixar meu comportamento do dia anterior se repetir. E o remédio funcionou; quando recebi mais uma daquelas ligações, não entrei em um pânico cego. Apenas atendi, tentei escutar e desliguei. Ou seja, fiz o que ele queria que eu fizesse. O que não o impedira de ligar outra vez, mas, a essa altura, eu já estava grogue demais para atender. Então, depois disso, dormi um sono tão profundo que não teria escutado o telefone tocar de qualquer maneira. Quando finalmente acordei, pouco antes de Matthew voltar, fiquei chocada ao perceber a facilidade com que dormi o dia todo, outra vez, e jurei não iria tomar mais nenhum comprimido.

Mas, então, ontem à noite, foi divulgada uma informação nova sobre o assassinato de Jane no noticiário. Agora a polícia acha que ela apanhou a pessoa que a matou antes de chegar ao acostamento — o que significa que ele estaria no carro quando passei por ela.

— Então ela realmente tinha um amante — comentou Matthew.

— Por que você diz isso? — exigi saber, tentando disfarçar minha agitação. — Talvez ela só estivesse dando carona para alguém.

— Só se ela fosse louca. Não consigo imaginar nenhuma mulher sendo tola o bastante de parar e dar carona para um estranho. Quer dizer, você pararia?

— Não, não pararia. Mas aquela tempestade foi horrível, e talvez ele tenha feito sinal para ela parar.

— Pode ser. Mas acho que a polícia vai acabar descobrindo que tinha razões para suspeitar que ela tinha um amante. Sendo assim, quem quer que a tenha matado estaria atrás dela e de mais ninguém. Como eu disse antes, o motivo foi pessoal.

Embora ainda não acreditasse que Jane tivesse um amante, as palavras de Matthew me acalmaram.

— Espero que você esteja certo — comentei.

— Sei que estou. Não precisa ficar preocupada, Cass. Quem quer que tenha feito isso vai estar atrás das grades antes que você se dê conta.

De repente, o noticiário mostrou o marido de Jane sendo perseguido por um repórter que lhe perguntou se sua mulher tinha um amante. Ele se recusou a responder. Seu silêncio foi honroso, assim como no enterro da mulher. Quando vi a cena, a tenebrosa culpa que sempre sinto quando penso em Jane foi ampliada cem vezes. Fui esmagada pela intensidade desse sentimento.

Matthew e eu subimos para o quarto, mas não consegui dormir pensando no assassino me observando pelo para-brisa, enquanto eu passava pelo carro de Jane. Fiquei tão tensa que tive de descer às três da manhã e tomar dois comprimidos para suportar o restante da noite. E é por isso que agora estou me sentindo tão lenta.

Olho para Matthew deitado ao meu lado, seu rosto relaxado enquanto dorme. Meus olhos pousam no relógio: são oito e quinze. Hoje provavelmente é sábado, senão ele já teria se levantado. Estendo a mão e acaricio seu rosto com o dedo pensando no quanto o amo. Detesto saber que ele tenha visto um lado meu cuja existência nem eu mesma conhecia. Odeio que ele deva estar se perguntando no que foi se meter ao se casar comigo. Será que ele *teria* se casado comigo se eu tivesse sido sincera e contado que minha mãe foi diagnosticada com demência aos 44 anos? Essa pergunta vem me atormentando há um tempo. Mas não tenho certeza se gostaria de saber a resposta.

A necessidade de mostrar quanto sou grata clareia minha mente. Pensando em trazer o café da manhã na cama para ele, jogo as cobertas longe, coloco as pernas para fora da cama e me sento por um instante, já que ficar em pé me parece muito esforço. Meus olhos recaem sobre as roupas de trabalho de Matthew, dispostas cuidadosamente sobre a cadeira — uma camisa limpa, uma gravata diferente da que ele usou ontem. Então percebo que não é sábado, e sim, quarta-feira e que, pela primeira vez desde que o conheci, meu marido perdeu a hora.

Sabendo que ele vai ficar chocado com isso, estico o braço para acordá-lo, mas minha mão congela no ar. Se eu o deixar dormir, é possível que ainda esteja em casa quando a pessoa ligar. Assim, ele pode atender o telefone.

Com o coração martelando pela perspectiva de enganá-lo mais uma vez, eu me deito novamente e cubro a cabeça com as cobertas, em silêncio. Viro de frente para o relógio, mal ousando respirar, com medo de acordá-lo, e vigio os ponteiros enquanto se movimentam num ritmo dolorosamente lento em direção às 8h30, depois às 8h45. Eu me sinto mal em deixá-lo se atrasar para o trabalho, mas digo a mim mesma que, se ele tivesse levado os telefonemas a sério, eu não precisaria recorrer a isso. No entanto, como posso culpá-lo por não acreditar em mim se nunca lhe contei que vi Jane no carro dela aquela noite? Se eu tivesse contado, ele entenderia meus motivos.

Matthew acorda sozinho um pouco antes das nove, pulando da cama com um grito de susto.

— Cass! Cass, você viu que horas são? São quase nove!

Finjo que estou despertando de um sono profundo.

— O quê? Não, não pode ser.

— É, sim! Olhe!

Esfregando os olhos, eu me sento na cama.

— O que aconteceu com o seu despertador? Você se esqueceu de programar?

— Não, eu devia estar num sono pesado. Você não ouviu tocar?

— Não, se tivesse escutado, teria te acordado. — A mentira sai com facilidade e soa tão falsa que tenho certeza de que ele não vai acreditar. Mas Matthew nem percebe. Ele olha do relógio para as roupas e passa a mão nos cabelos, tentando compreender como pôde ter perdido a hora.

— Nem se eu quisesse conseguiria chegar ao escritório muito antes das dez — geme ele.

— Mas isso tem tanta importância assim? Você nunca se atrasa e trabalha muito mais do que deveria.

— Não, acho que não — admite ele.

— Acho melhor você tomar um banho enquanto preparo o café.

— Está bem. — Ele estende a mão em direção ao telefone. — É melhor eu avisar a Valerie.

Ele liga para Valerie para dizer que não vai chegar antes das dez, depois entra no banho enquanto vou para a cozinha, me sentindo tensa, como de costume, apesar de Matthew estar em casa. Nunca pensei que ia querer receber uma daquelas ligações, e a ideia de que o telefone pode não tocar me deixa enjoada de nervoso. Porque, se ele não ligar, significa que sabe que não estou sozinha.

— Você não está com fome? — pergunta Matthew durante o café, olhando para meu prato vazio.

— Ainda não. — Eu hesito. — Olhe, se o telefone tocar, você pode atender? Se for uma daquelas ligações, eu queria que você ouvisse.

— Contanto que liguem nos próximos dez minutos.

— E se não ligarem?

Ele franze a testa, então tenta ser solidário.

— Não posso ficar o dia inteiro aqui, amor.

No entanto, menos de dez minutos depois, minhas preces são atendidas. O telefone toca, e vamos juntos até o aparelho. Ele tira o fone do gancho e verifica o número: restrito.

— Não diga nada — articulo com a boca sem deixar um som escapar. — Apenas escute.

— Ok.

Ele atende à ligação e, depois de escutar durante alguns segundos, habilita o viva voz para que eu possa ouvir o silêncio. Dá para ver que ele está louco para dizer alguma coisa, perguntar quem está falando, então levo o dedo aos lábios e faço sinal para que desligue.

— É só isso? — pergunta ele, nada impressionado.

— É. Mas não foi igual às outras ligações. — Deixo as palavras escaparem da minha boca, sem conseguir me conter.

— Como assim não foi igual?

— Não sei, mas teve alguma coisa diferente.

— Como assim?

Dou de ombros, sentindo meu rosto enrubescer.

— Normalmente, consigo sentir que tem alguém do outro lado da linha. Hoje não senti isso. O silêncio foi diferente.

— Silêncio é silêncio, Cass. — Ele verifica o relógio. — Preciso ir.

Fico ali em pé, muda, e ele aperta meu ombro.

— Talvez tenha soado diferente porque estava no viva voz.

— Talvez.

— Você não parece muito convencida.

— É só que as ligações costumam ser mais ameaçadoras.

— Ameaçadoras?

— É.

— Bem, talvez seja porque você costuma atender quando está sozinha. Não tem nada de sinistro nessas ligações, meu anjo, então pare de achar que tem. Deve ser alguém tentando vender alguma coisa.

— Você deve ter razão — concordo.

— Tenho, sim — insiste ele com firmeza e soa tão convincente que, de repente, decido acreditar nisso, decido acreditar que, durante esse tempo todo, as ligações são de alguma empresa de telemarketing do outro lado do mundo. Sinto um peso enorme ser tirado dos meus ombros. — Por que você não relaxa hoje no jardim? — sugere ele.

— Preciso fazer compras primeiro. Não tem quase nada para comer nessa casa.

— Que tal um *curry* para hoje à noite?

— Boa ideia — respondo, animada com a ideia de passar a tarde entretida na cozinha.

Ele me dá um beijo antes de sair, e corro até o andar de cima para pegar minha bolsa. Quero chegar ao mercado de Browbury antes que fique cheio demais.

Quando fecho a porta, o telefone começa a tocar. Paro no hall, indecisa sobre o que fazer. E se ele percebeu que não fui eu que atendi o telefone na primeira chamada e está ligando de novo? Na mesma hora, fico irritada comigo mesma. Eu não tinha acabado de me convencer de que era apenas uma empresa de telemarketing me ligando? *Vai lá*, uma vozinha me provoca. *Volte lá e atenda, aí você vai saber.* Mas não quero testar minha autoconfiança recém--descoberta.

Dirijo até Browbury e passeio pelo mercado. Compro legumes e coentro para o *curry* e figos para a sobremesa. Na barraca de flores, compro um enorme buquê de lírios, depois vou até a loja de bebidas e escolho uma garrafa de champanhe para hoje à noite. Então passo uma tarde feliz cozinhando. Em algum momento, acima do som do rádio, penso estar ouvindo o telefone tocar, mas, em vez de entrar em pânico, aumento um pouco o volume do rádio, decidida a me agarrar ao que escolhi acreditar.

*

— Estamos comemorando alguma coisa? — pergunta Matthew, ao me ver tirando uma garrafa de champanhe da geladeira.

— Estamos.

Ele sorri.

— Posso perguntar o quê?

— Estou me sentindo bem melhor e queria comemorar — respondo, empolgada por ter conseguido passar o dia todo sem tomar nenhum remédio.

Matthew tira o champanhe das minhas mãos e me envolve em seus braços.

— Essa é a melhor notícia que recebo há tempos. — Ele roça o nariz no meu pescoço. — Quão melhor você está?

— O suficiente para a gente começar a pensar em ter um bebê.

Ele olha para mim, encantado.

— Sério?

— Sério — afirmo, lhe dando um beijo.

— Então, que tal a gente levar o champanhe lá para cima, para a cama? — sussurra ele.

— Fiz nosso *curry* preferido.

— Eu sei, estou sentindo o cheiro. A gente pode comer mais tarde.

— Te amo — sussurro com um suspiro.

— Te amo mais — diz ele, me pegando no colo. E me sinto feliz como não me sentia havia um bom tempo.

Quinta-feira, 13 de agosto

Durmo até mais tarde no dia seguinte, então Matthew já saiu quando acordo. Penso na noite que tivemos e estremeço de prazer. Eu me levanto da cama, caminho devagar até o banheiro e tomo um banho sem pressa. O sol voltou a brilhar com toda sua força, por isso visto short e camiseta, enfio os pés num par de alpargatas e desço, levando o laptop comigo. Hoje vou trabalhar um pouco.

Tomo café, pego a papelada da escola em minha bolsa e ligo o computador. Mas é difícil me concentrar porque, para minha irritação, me pego com o ouvido atento ao telefone. O tique-taque do relógio também me distrai. Ele parece ficar mais alto a cada segundo que passa, atraindo meus olhos para os ponteiros à medida que eles se aproximam, lentamente, das 9h, depois das 9h30. Mas o tempo transcorre sem mais incidentes, e estou começando a acreditar que tudo passou quando o telefone toca.

Olho para o corredor de onde estou, na cozinha, com o coração batendo forte no peito. *Este é um novo dia*, eu me obrigo a lembrar, *e eu sou uma nova pessoa, alguém que não tem mais medo quando o telefone toca*. Empurro minha cadeira para trás e caminho decidida até o hall, mas, antes que eu consiga atender, a ligação cai na secretária eletrônica, e a voz de Rachel toma conta do aposento.

— *Oi, Cass, sou eu ligando da ensolarada Siena. Já tentei seu celular, então depois ligo de novo. Preciso te contar sobre o Alfie. Ah, meu Deus, ele é tããããão chato!*

Rindo de alívio, subo para retornar a ligação do meu celular. Estou na metade da escada quando o telefone fixo volta a tocar. Imaginando que é Rachel, desço correndo e o pego rapidamente. Mas, assim que o coloco no ouvido, eu sei: sei que não é Rachel, assim como soube que ontem, quando estava saindo de casa, era *ele* ligando, ainda que eu tivesse optado por acreditar que não era. Fico com tanta raiva por ter a esperança arrancada de mim que bato com o fone no gancho. Ele liga novamente, no mesmo instante, como imaginei que faria, então eu atendo e desligo de novo. Um minuto depois — como se não acreditasse no que fiz —, ele volta a ligar. Então eu atendo e desligo, e ele liga mais uma vez. Atendo e desligo de novo, e ficamos nesse ciclo por um tempo, porque, por algum motivo, nosso joguinho me diverte. Mas, então, percebo que não tenho como ganhar esse jogo porque ele não vai me deixar em paz até ter o que quer. Por isso, fico na linha e escuto sua ameaça silenciosa.

Então, ligo para Matthew.

A ligação cai direto na caixa postal, por isso tento o telefone principal do trabalho dele e peço a quem atende que transfira para a assistente dele.

— Alô. Valerie? É Cass, a mulher do Matthew.

— Oi, Cass. Tudo bem?

— Tudo bem. Tentei ligar para o Matthew, mas caiu direto na caixa postal.

— É que ele está em reunião.

— E já faz muito tempo que começou?

— Começou às nove.

— Imagino que ele só vá sair de lá quando terminar, não é?

— Bem, ele deve sair para pegar um café ou uma água. Mas, se for urgente, posso chamá-lo para você.

— Não, tudo bem, não se preocupe. Falo com ele mais tarde.

Bem, pelo menos tive um dia de trégua, digo a mim mesma sem muita convicção, ao tomar dois comprimidos com água. Pelo menos consegui acreditar por um dia que Matthew estava certo quando disse que as ligações eram de alguma empresa de telemarketing. E ainda bem que tenho o remédio para me ajudar a sobreviver ao dia agora que sei que não posso mais me enganar com essa história.

Enquanto espero o remédio fazer efeito, me jogo no sofá da sala de estar com o controle remoto na mão. Não sou muito de assistir à TV durante o dia, e, enquanto vejo quais são minhas opções, me deparo com um canal de compras. Fico vendo por algum tempo, impressionada com aquele monte de parafernália diferente que eu nunca soube que precisava ter. Quando vejo um par de brincos de prata compridos, que sei que Rachel iria adorar ganhar de presente, pego uma caneta depressa e anoto os detalhes para poder encomendá-los mais tarde.

Mais ou menos uma hora se passa até o telefone voltar a tocar e, como o remédio começou a fazer efeito, fico apenas apreensiva em vez de apavorada. Mas é Matthew.

— Bom dia, meu anjo. Dormiu bem? — A voz dele é doce, um efeito da nossa noite de amor no dia anterior.

— Dormi, sim. — Faço uma pausa, sem querer estragar aquele momento mencionando a ligação que recebi.

— Valerie disse que você ligou.

— É. Eu recebi outra ligação hoje de manhã.

— E? — Ele não consegue disfarçar a decepção, e me arrependo de não ter pensado em algo mais carinhoso para dizer antes de arrastá-lo novamente para o meu pesadelo.

— Só achei que devia contar, só isso.

— O que você quer que eu faça?

— Não sei. Talvez a gente deva ir à polícia.

— Até poderíamos, mas não tenho certeza se levariam uns telefonemas silenciosos a sério, não quando estão ocupados procurando um assassino.

— Talvez levassem se eu dissesse a eles que as ligações são do assassino. — As palavras saem antes que eu consiga contê-las, e, embora Matthew não diga nada na hora, posso imaginá-lo reprimindo um suspiro de impaciência.

— Olhe, você está cansada, abatida... e é fácil tirar conclusões precipitadas quando se está um pouco fragilizada. Mas não é lógico supor que as ligações sejam do assassino. Pense nisso.

— Pode deixar — respondo, obedientemente.

— Vejo você mais tarde.

— Está bem.

Desligo o telefone, odiando o fato de ter destruído tudo. Ontem mesmo disse a ele que estava me sentindo bem melhor. Deixo meu laptop de lado e volto a assistir ao canal de compras até afundar no esquecimento.

O telefone me desperta. Lá fora, a tarde já caiu, e, à medida que a minha mente vai clareando, instintivamente prendo a respiração. Mas a ligação cai na secretária eletrônica, e meus pulmões desabam de alívio. Fico esperando ouvir a voz de Rachel novamente, mas acho que é a voz de Mary, a diretora da escola, falando alguma coisa sobre o dia de treinamento. Não quero me sentir mais pressionada do que já estou me sentindo, então bloqueio o som da voz dela da mente. Mas, assim que o recado termina, me sentindo como uma aluna que não fez o dever de casa, pego o laptop e vou para o escritório para trabalhar na escrivaninha.

Mal comecei quando um carro acelera lá fora, me assustando. Ouço-o percorrendo a rua, em direção às outras casas, o som do motor ficando mais fraco a cada segundo, e me pergunto por que não o ouvi se aproximar. Será que ele estava parado em frente à nossa casa esse tempo todo?

Tento ignorar essa ideia mas não consigo. O pânico se aloja dentro de mim, e as perguntas criam um turbilhão febril em minha mente. Será que o carro estava ali mais cedo, enquanto eu estava apagada?

Quem estava dirigindo? O assassino? Será que estava me observando pela janela enquanto eu dormia no sofá? Sei que isso parece loucura, minha própria mente diz que é, mas o medo que sinto é muito real.

    Corro para o hall, pego as chaves do carro em cima da mesa e destranco a porta da frente. A claridade do sol me pega desprevenida, e, enquanto corro em direção ao carro, baixo a cabeça, protegendo os olhos com a mão. Dou partida e começo a dirigir, sem pensar muito aonde estou indo, apenas decidida a sair dali, e percebo que estou na estrada para Castle Wells. Quando chego, tento os dois estacionamentos menores, mas ambos estão cheios, então paro no edifício-garagem. Caminho sem rumo pelas lojas, compro umas coisas, beberico uma xícara de chá numa cafeteria, depois dou outra volta pelas lojas, tentando adiar o momento em que terei de retornar para casa. Às seis horas, sigo novamente para o estacionamento, torcendo para que Matthew já esteja em casa, porque a ideia de voltar para uma casa vazia faz com que eu sinta certo pânico.

    De repente, alguém atrás de mim agarra meu braço e, com um grito, giro nos calcanhares. Mas é apenas Connie, com um enorme sorriso estampado no rosto. Fico aliviada quando olho para ela, então a abraço.

    — Não faça mais isso! — repreendo-a, tentando me recompor. — Você tem sorte de eu não ter tido um infarto!

    Ela me abraça também, e sinto seu perfume floral familiar e tranquilizador.

    — Desculpe, não queria assustar você. Como está, Cass? Aproveitando as férias?

    Afasto os cabelos do rosto e assinto com a cabeça, me perguntando se estou parecendo tão louca quanto me sinto. Ela continua a me encarar, esperando uma resposta.

    — Estou, principalmente hoje que o dia está tão bonito — respondo, sorrindo para ela. — Está divino, não está? E você? O dia da viagem deve estar perto.

— Sim, vou no sábado. Mal posso esperar.

— Espero que não tenha se importado por eu não ter ido para a sua casa depois do jantar de férias — continuo, pois ainda me sinto culpada por ter desistido na última hora.

— Não, é claro que não. Só foi triste porque, como você não foi, John também não foi, então tivemos que inventar alguma coisa para nos divertir.

— Me desculpe — digo, fazendo uma careta.

— Mas deu tudo certo. Colocamos um karaokê na televisão e tentamos abafar o som dos trovões cantando. Tenho um vídeo disso em algum lugar.

— Você vai ter que me mostrar isso.

— Não se preocupe, eu mostro! — Ela pega o telefone e olha a hora. — Estou indo encontrar o Dan para um drinque. Quer vir com a gente?

— Não posso, mas obrigada. Eu estava voltando para o estacionamento. As malas já estão prontas?

— Quase. A Mary ligou para você confirmando que o treinamento de professores vai ser na sexta, dia 28, não é? A única coisa que falta é preparar o material antes de viajar, já que só volto na quarta. Já estou quase terminando, e você?

— Também — minto.

— A gente se vê no dia 28 então.

— Com certeza. — Eu a abraço uma última vez. — Divirta-se!

— Você também!

Continuo seguindo para o estacionamento, me sentindo bem mais animada depois de ver Connie, apesar de ter mentido para ela sobre já ter feito as tarefas do treinamento. Agora vou ter de escutar o recado que Mary deixou na secretária eletrônica para saber se há alguma coisa que ela queira que eu mencione na reunião. A preocupação começa a me corroer. Como vou conseguir trabalhar com tanta coisa acontecendo? Se ao menos o assassino estivesse preso. Talvez esteja, em breve, digo a mim mesma. Agora que a polícia suspeita ser algum conhecido de Jane, com certeza vai conseguir encontrá-lo.

Chego ao edifício-garagem, pego o elevador até o quarto andar e me dirijo à Fila E, onde deixei meu carro. Ou onde pensei ter deixado, porque ele não está ali. Eu me sinto uma idiota indo de um lado para o outro sem conseguir encontrá-lo. Então me viro e vou para a Fila F. Mas meu carro também não está lá.

Intrigada, começo a percorrer as outras fileiras, apesar de saber que estacionei na Fila E. E tenho certeza de que foi no quarto andar porque, sabendo que não encontraria vaga nos dois primeiros, segui direto para o terceiro, que também estava cheio e, por isso, tive de subir mais um andar. Então, por que não consigo encontrar meu carro? Em poucos minutos, percorri o andar inteiro, então subo a escada e vou para o quinto, porque talvez eu tenha me enganado. Mais uma vez, caminho pelas fileiras, desviando dos carros que entram e saem das vagas, tentando não demonstrar que não sei onde o meu está. Mas também não há sinal do meu Mini aqui.

Volto para o quarto andar e paro, tentando me orientar. Só tem um elevador, então caminho até ele e refaço os passos que teria dado naquela manhã, só que na direção oposta, até chegar onde meu carro deveria estar. Mas ele também não está aqui. Lágrimas de frustração pinicam meus olhos. A única coisa que posso fazer é descer até a cabine do térreo e relatar o sumiço.

Vou até o elevador, mas, no último minuto, mudo de ideia e desço a pé, parando em cada andar para checar novamente. No térreo, localizo a cabine, onde há um homem de meia-idade sentado em frente a um computador.

— Com licença, acho que meu carro foi roubado — digo, me esforçando para não parecer histérica.

Ele continua olhando para a tela e, presumindo que não me ouviu, falo novamente, só que mais alto.

— Eu ouvi — retruca ele, erguendo a cabeça e me encarando através do vidro.

— Ah. Bem, então, nesse caso, o senhor pode me dizer o que fazer?
— Sim, a senhora deve olhar de novo.
— Eu já olhei — retruco, indignada.
— Onde?
— No quarto andar, onde o deixei. Também procurei no segundo, no terceiro e no quinto andar.
— Então a senhora não tem certeza de onde o deixou.
— Tenho, sim! Tenho certeza absoluta!
— Se eu ganhasse uma libra por cada pessoa que vem me dizer que o carro dela foi roubado, estaria rico. Está com o seu tíquete?
— Estou — respondo, tirando a carteira de dentro da bolsa e a abrindo. — Aqui. — Passo o tíquete pela abertura no vidro, esperando que ele o pegue.
— Então como a pessoa que levou o carro da senhora conseguiu passar pela cancela sem o tíquete?
— Imagino que tenha dito que o perdeu e que pagaria aqui na saída.
— Qual é a placa?
— R-V-zero-sete-B-W-W. É um Mini preto.
Ele olha para a tela do computador e balança a cabeça.
— Não tem registro de tíquete reemitido com essa placa.
— O que o senhor quer dizer com isso?
— Quero dizer que o carro da senhora não foi roubado.
— Onde está ele então?
— Provavelmente onde a senhora estacionou.

Ele volta a olhar para a tela, e eu o encaro, chocada com o ódio repentino que sinto. Sei que é mais pelo que a situação significa do que por qualquer outro motivo — mais provas da minha memória em deterioração —, mas odeio o fato de aquele homem ser tão desdenhoso comigo. E, de qualquer forma, *sei* onde estacionei o carro. Dou um tapa no vidro, e ele olha para mim com cautela.

— Se o senhor me acompanhar, provo que o meu carro não está aqui — digo, segura.

Ele me encara por um momento, então se vira e berra por cima do ombro.

— Patsy, fique de olho aqui para mim! — Uma mulher sai do escritório que fica atrás dele. — Essa moça aqui teve o carro roubado — explica ele.

Ela olha para mim e sorri.

— É claro que sim.

— Eu vou provar que sim! — vocifero.

O homem sai da cabine.

— Então vamos.

Juntos, caminhamos em direção ao elevador e, enquanto o aguardamos chegar, meu celular toca. Tenho medo de que seja Mary porque não sei se quero atendê-la, mas vai parecer esquisito se eu ignorar a ligação, então pego o aparelho na bolsa. Quando vejo que é Matthew, sou inundada pelo alívio.

— Alô?

— Você parece feliz em falar comigo — observa ele. — Onde você está? Acabei de chegar.

— Estou em Castle Wells. Vim fazer umas compras, mas tive um probleminha. Acho que meu carro foi roubado.

— Roubado? — A voz dele sobe um tom. — Tem certeza?

— Bem, é o que está parecendo.

— Tem certeza de que não foi rebocado? Você se esqueceu de colocar o bilhete no para-brisa ou ficou mais tempo do que devia?

— Não — respondo, me afastando do funcionário do estacionamento e do sorrisinho cínico estampado em seu rosto. — Eu estacionei no edifício-garagem.

— Então com certeza não foi rebocado?

— Não, foi roubado.

— Você não esqueceu onde estacionou, esqueceu?

— Não! E, antes que você pergunte, sim, já olhei o estacionamento inteiro.

— Ligou para a polícia?

— Ainda não. Estou com um funcionário do estacionamento, e nós estamos subindo para verificar.

— Então você não tem certeza de que foi roubado?

— Posso ligar para você daqui a um minuto? — pergunto, com o rosto ardendo. — O elevador chegou.

— Está bem.

As portas do elevador se abrem, e um monte de gente sai de lá de dentro. O funcionário e eu entramos, e ele me observa apertar o botão do quarto andar. Durante o trajeto, paramos no segundo, depois no terceiro andar. No quarto, eu saio, e o homem vem logo atrás de mim.

— Estacionei bem ali — digo, apontando para a outra extremidade do estacionamento. — Fila E.

— Vá na frente.

Vou costurando por entre as fileiras de carros.

— Deveria estar em algum lugar por aqui.

— R-V-zero-sete-B-W-W?

— Isso. — Assinto com a cabeça.

— Está bem ali.

— Onde?

— Ali — repete ele, apontando para o carro.

Meus olhos seguem o dedo dele, e me vejo fitando meu carro.

— Não é possível. Ele não estava aqui antes, eu juro. — Caminho em direção ao carro, desejando, com ardor, que seja o errado. — Não estou entendendo. Conferi a fileira inteira, duas vezes.

— Acontece — diz ele, generoso na vitória.

— Não sei o que dizer.

— Bem, a senhora não é a primeira e com certeza não vai ser a última. Não se preocupe com isso.

— Mas o carro não estava aqui, não estava mesmo.

— Talvez a senhora não estivesse no andar certo.

— Estava, sim — insisto. — Eu vim direto para cá e, quando não consegui encontrá-lo, fui até o quinto, depois conferi o terceiro. Conferi até o segundo.

— A senhora foi ao sexto?

— Não, porque eu sabia que não tinha ido até o último andar do estacionamento.

— O sétimo é o último.

— Não importa. Eu estacionei no quarto.

— Estacionou mesmo — concorda ele. — Porque o carro da senhora está aqui.

Olho à minha volta.

— Tem algum outro elevador?

— Não.

Enfim, me dou por vencida.

— Bem, sinto muito se fiz o senhor desperdiçar o seu tempo — me desculpo, desesperada para sair dali. — Obrigada.

— De nada — responde ele, se afastando com um aceno.

Na segurança do meu carro, encosto a cabeça no assento e fecho os olhos, vasculhando minha memória, tentando entender como não vi meu carro quando subi ao quarto andar pela primeira vez. A única conclusão a que posso chegar é que eu não estava no andar certo. Como pude cometer um erro tão mas tão idiota? O pior de tudo é ter de contar isso a Matthew. Se pelo menos ele não tivesse me ligado, se pelo menos eu não tivesse falado que o meu carro tinha sido roubado. Sei que deveria ligar para ele e contar que o encontrei, mas não consigo admitir a mim mesma que cometi um erro.

Dou partida no carro e me dirijo lentamente à saída, com a mente pesada de exaustão. Na cancela, percebo que, com tudo o que aconteceu, me esqueci de pagar antes de sair do quarto andar. Olho pelo retrovisor; os carros já estão fazendo fila atrás de mim, esperando impacientemente que eu passe e, em pânico, aperto o botão de ajuda.

— Eu me esqueci de pagar! — grito, com a voz trêmula. Uma buzina soa atrás de mim. — O que eu faço?

Quando começo a me perguntar se o cara do estacionamento vai me castigar e me fazer saltar do carro e ir até a máquina mais próxima, atraindo a ira de meia dúzia de motoristas, a cancela levanta.

— Obrigada — articulo com a boca, grata, olhando para a cabine. Antes que o homem possa mudar de ideia e baixe a cancela em cima de mim, saio em disparada pisando no acelerador.

Estou tão agitada durante o trajeto que reconheço que deveria parar no acostamento para me acalmar antes de continuar. Meu celular toca, me dando a desculpa perfeita para fazer isso, mas, como imagino que seja Matthew, continuo dirigindo. A ideia de não ir para casa, de ficar no carro e dirigir até a gasolina acabar, é tentadora, mas eu amo demais meu marido para querer deixá-lo preocupado.

Meu celular toca mais algumas vezes enquanto sigo viagem, e, quando faço a curva na pista de acesso, Matthew sai correndo de casa em minha direção. Seu rosto está transtornado de preocupação, e minha culpa se confunde com meu cansaço.

— Você está bem? — pergunta ele, abrindo a porta antes mesmo de eu soltar o cinto de segurança.

— Estou — respondo, levando a mão ao espaço na frente do assento do carona para pegar minha bolsa, para não ter de encarar seu olhar.

— Você podia ter me avisado. — Ele me repreende. — Eu fiquei preocupado.

— Desculpe.

— O que foi que aconteceu?

— Alarme falso. Estava procurando no andar errado.

— Mas você disse que procurou em todos os andares.

— E isso realmente importa? O carro não foi roubado. Já não está bom?

Nós dois ficamos em silêncio, e eu vejo que ele luta para não me perguntar como consegui perder meu carro.

— Você tem razão — concorda ele, reconsiderando. Saio do carro e entro em casa. — Você parece exausta. Eu preparo o jantar, se quiser.

— Obrigada. Vou tomar um banho.

Passo um bom tempo no banheiro e mais tempo ainda vestindo minha calça velha de moletom, adiando o momento em que terei de olhar para Matthew outra vez. Estou me sentindo tão deprimida que só quero mesmo cair na cama e dormir durante o restante desse péssimo, *péssimo* dia. Fico esperando que Matthew me chame, querendo saber se está tudo bem, mas o único som que vem da cozinha é o barulho que ele faz enquanto prepara o jantar.

Quando finalmente desço, me forço a conversar sobre tudo e qualquer assunto — sobre a escola, sobre o tempo, sobre meu encontro com Connie —, decidida a não dar abertura para que Matthew fale, decidida a fazê-lo acreditar que não saber onde parei o carro não mexeu nem um pouco comigo. Até anoto o dia do treinamento de professores no calendário ao dizer que estou ansiosa para rever todo mundo e voltar ao trabalho. Mas a apreensão vai me consumindo por dentro, e empurro o risoto que ele preparou goela abaixo. Quero contar a Matthew sobre minha suspeita de que havia um carro estacionado em frente à nossa casa mais cedo, mas como posso fazer isso depois do que aconteceu? Vai soar apenas como mais histeria e paranoia minha.

Sexta-feira, 14 de agosto

Já se passaram exatamente quatro semanas desde o assassinato de Jane, e mal posso acreditar em quanto minha vida mudou em tão pouco tempo. O medo e a culpa se tornaram tão constantes que nem lembro mais como é viver sem eles. E não saber onde meu carro estava ontem realmente mexeu comigo. Se eu precisava de mais provas de que estou apresentando sinais de demência, isso foi o suficiente.

É difícil não me sentir deprimida. Vou para a sala de estar e me sento no sofá. A televisão está sintonizada no mesmo canal de compras entorpecedor. Perto das dez, alguém me liga. Quando escuto o telefone tocar, imediatamente entro em pânico, a respiração fica presa nos pulmões, o coração acelera a ponto de me deixar tonta, e me dou conta de que estou condicionada a sentir medo toda vez que o telefone toca. A ligação cai na secretária eletrônica — o que significa que não é meu interlocutor silencioso —, mas, mesmo assim, não me sinto aliviada, porque *sei* que ele vai ligar.

A caixa de correio chacoalha, e eu me sobressalto. Como foi que cheguei a esse ponto? Qualquer barulho me deixa assustada, faz meu coração disparar, minha pele formigar de inquietação. Quando foi que fiquei tão medrosa? Tenho vergonha disso. Tenho vergonha de não ser mais a pessoa forte que era antes, tenho vergonha de ter deixado uma coisa tão pequena me afetar. Odeio perceber que estou prendendo a respiração, prestando atenção ao som do cascalho para confirmar se foi mesmo o carteiro que colocou alguma correspondência na caixa de correio e agora está fazendo o caminho de volta, e não o assassino. Odeio sentir meu estômago se revirar quando pego a correspondência e vejo uma carta endereçada a mim. Odeio que minhas mãos comecem a tremer quando encaro o envelope escrito à mão, temendo que seja *dele*. Não quero abri-lo, mas sou impelida por uma força maior e o rasgo. Dentro do envelope, há uma única folha de papel. Eu a desdobro lentamente, mal ousando ler as palavras escritas ali.

Querida Cass,

Obrigado pela sua carta. Não tenho como lhe dizer quanto significa para mim saber que você guarda lembranças tão boas de seu almoço com Jane. Eu me lembro desse dia. Ela voltou para casa falando que vocês duas se deram muito bem, então fico contente que você tenha se sentido da mesma forma. Agradeço muito por ter dedicado um tempo para me escrever, cartas como a sua são incrivelmente importantes nesse terrível momento.

Agradeço também por ter perguntado pelas meninas. Elas sentem uma falta enorme da mãe, mas felizmente são pequenas demais para compreender o que aconteceu. A única coisa que sabem é que a mãe foi embora e virou anjo.

Pelo seu endereço, posso ver que você mora relativamente perto, então, se por acaso algum dia você me vir na rua (infelizmente meu rosto se tornou reconhecível), por favor, fale comigo. Entendo que as pessoas talvez não saibam o que dizer, mas é difícil quando percebo que estão me evitando.

Cordialmente,

Alex

Minha respiração, que eu nem percebi que estava prendendo, sai entrecortada, e meus olhos embaçam com lágrimas de alívio por ser apenas uma carta inocente e pela desesperadora tristeza que sinto pelo marido de Jane. Suas amáveis palavras de gratidão são como um bálsamo para minha alma — a não ser pelo fato de que ele jamais as teria escrito se soubesse que abandonei Jane na estrada naquela noite. À medida que releio sua carta, cada palavra me atinge como uma flecha, perfurando minha consciência — e, de repente, sinto uma súbita vontade de contar a verdade àquele homem. Talvez ele me condenasse. Mas, quem sabe, me dissesse que não havia nada que eu pudesse ter feito, que Jane estava fadada a morrer muito antes de eu passar por ela. E, vindo dele, eu poderia até acreditar.

O telefone toca, me trazendo de volta à realidade, onde não há consolo ou perdão, apenas medo e perseguição implacáveis. Agarro o fone depressa, querendo berrar para que ele me deixe em paz, mas não quero que saiba quanto estou apavorada, então nós dois esperamos, cada um com seus próprios objetivos. Os segundos vão passando. Então, me dou conta de que, se consigo sentir sua ameaça silenciosa, ele também consegue sentir meu medo. Estou prestes a desligar quando percebo algo de diferente na ligação.

Eu me esforço para ouvir melhor, tentando descobrir o que é. Em algum lugar, bem ao fundo, ouço o mais sutil dos sons; um leve sussurro do vento, talvez, ou o suave farfalhar de uma folha. Seja lá o que for, posso dizer que está ao ar livre. No mesmo instante, o Medo, que voltou a se aninhar na boca do meu estômago, se revolta dentro de mim, ameaçando me consumir. A Adrenalina entra em ação, me conduzindo até o escritório, afastando o pânico cego dos meus olhos para que eu possa olhar para a rua. Mas não há ninguém ali. O Alívio intervém, mas o Medo, que não gosta de perder, me lembra que isso não quer dizer que o assassino não esteja lá fora. O Pavor se apodera de mim e faz com que minúsculas gotas de suor escorram pela minha pele. Quero ligar para a polícia, mas alguma coisa — a

Razão, talvez — me diz que, mesmo se eles fizessem uma busca no jardim, não o encontrariam. Ele — meu algoz — é inteligente demais para se deixar ser capturado.

Não posso ficar aqui parada esperando que aconteça o que quer que ele tenha planejado fazer comigo, como se eu fosse um alvo fácil. Então corro até a entrada, calço o primeiro par de sapatos que encontro, pego as chaves do carro em cima da mesa e abro a porta. Olho à minha volta: a pista de acesso está livre, mas não quero correr nenhum risco, então destravo o carro de onde estou e percorro os poucos metros até lá em dois segundos. Dentro do carro, tranco as portas e dirijo rápido até o portão, respirando com dificuldade. Ao passar pela casa que estava à venda, vejo um homem de pé no jardim e o reconheço: era ele que estava perto da minha casa no outro dia. Não consigo ver se está segurando um celular, mas isso não importa. Pode ser que seja ele a pessoa por trás das ligações silenciosas, pode ser que ele tenha matado Jane, pode ser que seja o amante secreto dela. Ele também está em uma posição estratégica para ver Matthew sair para trabalhar todas as manhãs, para saber quando estou sozinha.

Preciso ir à polícia. Mas primeiro tenho de falar com Matthew, preciso contar a ele sobre minhas suspeitas. Quero saber se elas têm fundamento, porque não quero estar enganada outra vez. Prefiro fazer papel de idiota na frente do meu marido a ser desacreditada perante à polícia. Como posso pedir que investiguem o homem que mora no início da rua sem algum tipo de prova ou sem o apoio de Matthew? Eles já me acham uma imbecil por ter disparado o alarme de casa...

Em meio à agitação que sinto, quase avanço um sinal vermelho e, com medo de sofrer um acidente, me obrigo a ficar calma. Queria não ter de ficar sozinha durante o dia, mas Rachel ainda está em Siena, e meus colegas de trabalho também estão de férias ou prestes a viajar.

Por fim, decido ir até Browbury. Olho pelo retrovisor o tempo todo, para me certificar de que ninguém está me seguindo. Estaciono na rua principal, pensando em procurar um lugar para me sentar, matar o tempo e fingir que estou ali para almoçar. Aliviada por ter um plano, tateio à procura da minha bolsa e percebo, horrorizada, que não está comigo. Na pressa de sair, acabei esquecendo-a em casa. Preciso ter dinheiro para pelo menos comprar uma bebida, então vasculho o porta-luvas atrás de algumas moedas. Uma batida repentina na janela quase me mata de susto. Endireitando o corpo, vejo John sorrir para mim.

Estou tão abalada que não consigo retribuir o sorriso, então me viro outra vez para o porta-luvas para fechá-lo, tentando ganhar tempo. Por fim, recupero a compostura e giro a chave na ignição para abrir a janela.

— Você me assustou — reclamo, tentando sorrir.

— Desculpe — pede ele, com remorso. — Não quis assustar você. Está chegando ou indo embora?

— As duas coisas. — Ele olha para mim, confuso. — Acabei de chegar, mas parece que deixei a bolsa em casa, então vou ter que voltar para buscá-la — explico.

— Posso fazer alguma coisa para ajudar?

Hesito, considerando minhas opções. Não quero encorajá-lo, e ele sabe que estou com Matthew. Mas também não quero voltar para casa, embora não possa ficar vagando sem rumo por Browbury pelo restante do dia sem ter dinheiro para comprar um café ou um jornal.

— Você pode me convidar para um café.

— Estava torcendo para você dizer isso. — Ele enfia a mão no bolso e puxa duas moedas de uma libra. — Vou até pagar o estacionamento para você... A não ser que queira levar uma multa.

— Eu me esqueci desse detalhe — confesso, com uma careta. — Mas uma libra vai ser o bastante; só vou precisar de uma hora.

— Não se eu convidar você para um almoço também.

— Por que não? — Fico bem mais animada ao pensar que, assim, duas horas do meu dia já estarão ocupadas. — Contanto que você me deixe retribuir o favor.

— Combinado.

Ele se aproxima do parquímetro, enfia as moedas nele e me entrega o tíquete pela janela.

— Obrigada.

Salto do carro, e ele acena com a cabeça em direção aos meus pés.

— Belos sapatos.

Olho para meus pés e vejo um par de mocassins marrons velhos, que eram da minha mãe e que uso para cuidar do jardim.

— Eu estava limpando o jardim e me esqueci de trocar — comento, rindo. — Tem certeza de que quer ser visto comigo?

— Absoluta. Aonde você quer ir?

— Você escolhe.

— Que tal o Costello's?

— Está com tempo livre?

— Com certeza. E você? Não está com pressa, está?

— Nem um pouco.

Eu me divirto tanto nas duas horas seguintes que não quero ter de ir embora. A ideia de voltar para casa e ter apenas minha mente fervilhando como companhia me deixa deprimida outra vez. Tomo um rápido gole de água.

— Obrigada — digo, agradecida, enquanto John faz sinal para o garçom, pedindo a conta. — Eu estava realmente precisando disso.

— Eu também.

— Por quê? — pergunto.

— Ando me sentindo um pouco perdido desde que terminei o namoro. E você? Por que precisava sumir por algumas horas? Pararam de importunar você com aqueles telefonemas, não é?

Olho para ele, séria.

— Como assim?

— As ligações da empresa de telemarketing. Meus ouvidos levaram um bom tempo para se recuperar.

— Isso ainda me deixa morrendo de vergonha — gemo.

— Espero que não tenha sido por isso que você não saiu com a gente na sexta. Sentimos sua falta.

— Eu esqueci completamente! — Fico ansiosa de repente. — Me desculpe, John, estou me sentindo péssima!

— Não se preocupe. Você bem falou que o Matthew ia tirar uns dias de folga e que vocês talvez viajassem para algum lugar.

Sei que deveria dizer alguma coisa, perguntar se a noite foi boa, mas estou arrasada demais para conseguir falar.

— Você está bem? — pergunta ele. — Parece um pouco triste.

Assinto com a cabeça e olho para a rua principal, para todas aquelas pessoas vivendo suas vidas.

— É que esse verão tem sido bem estranho.

— Você quer falar sobre isso?

Balanço a cabeça devagar.

— Você vai pensar que estou louca.

— Eu nunca pensaria isso.

Olho para ele e tento sorrir.

— Na verdade, existe uma possibilidade real de que eu esteja ficando louca. Minha mãe viveu os últimos anos com demência, e estou preocupada de sofrer do mesmo mal.

Ele estende o braço, e, por um instante, penso que vai segurar minha mão. Mas ele pega o copo de água.

— Demência e loucura não são a mesma coisa — afirma ele, tomando um gole.

— Não, não são — concordo.

— Você já foi diagnosticada com demência?

— Não, ainda não. Tenho que marcar uma consulta com um especialista, mas provavelmente vou me esquecer de ir. — Nós dois começamos a rir, e eu não consigo parar. — Meu Deus, como é bom voltar a rir.

— Bem, se a minha opinião vale alguma coisa, você não me parece nem um pouco louca.

— É porque você não tem que conviver comigo no dia a dia. Matthew não acha muito divertido quando faço coisas idiotas, sabe? Como quando esqueço de trocar os sapatos antes de sair, quando deixo a bolsa em casa...

— Isso é um sinal de que você estava com pressa, não de que está ficando louca. — Ele olha para mim com uma expressão inquisitiva, seus olhos pretos intensos se recusando a desviar dos meus. — Você saiu de casa com pressa?

— Não gosto mais de ficar em casa sozinha — confesso, dando de ombros.

— Desde o assassinato da Jane?

— É que tudo me assusta. Nossa casa é isolada demais para o meu gosto.

— Mas tem outras casas por perto, não tem?

— Tem. — Hesito, me perguntando se devo me abrir com ele sobre a verdadeira natureza das ligações que estou recebendo e sobre o homem do início da rua. Então, nesse instante, a garçonete chega com a conta, e o momento se perde.

— Ainda bem que as aulas já vão começar — comenta John, pegando a carteira. — Vamos ter tanta coisa para fazer que você não vai ter tempo para ficar pensando em outro assunto. — Ele faz uma careta. — O treinamento é no dia 28. Por favor, não me diga que você já terminou de preparar os planos de aula para o próximo semestre.

— Ainda nem olhei o programa — confesso.

Ele se espreguiça, fazendo com que sua camiseta se erga e revele a pele bronzeada.

— Nem eu — diz ele, sorrindo.

— Sério?

— Sério.

Deixo escapar um suspiro de alívio.

— Você não tem ideia do quanto isso faz com que eu me sinta melhor. Esbarrei com a Connie ontem em Castle Wells, e ela me disse que já está quase terminando.

— Ai! — Ele faz outra careta.

Olho para ele com curiosidade.

— Ela disse que você não foi para a casa dela aquela noite, depois do nosso jantar de final de ano letivo.

— Não, eu não estava nem um pouco a fim de ir.

— Sei como é.

— Afinal, que graça teria se você não estava lá?

— Graça nenhuma — concordo. — Eu sou a alegria da festa.

Ele ri.

— Exatamente. — Mas nós dois sabemos que não foi isso que ele quis dizer.

Quando saímos do restaurante, John me acompanha até o carro.

— Você comprou o pijaminha, aliás? — pergunto.

— Comprei. Azul com um elefante estampado na frente. Minha amiga pareceu um pouco surpresa. Escolhi aquele porque gostei, mas esqueci que o bebê era menina.

— Fico feliz por não ser a única com uma péssima memória brinco.

— Viu só? Essa é a prova de que acontece com todo mundo. Tem algum programa para esse fim de semana?

— Vou só curtir o meu jardim e descansar, espero.

— Bem, bom descanso então. — Ele indica o meu carro, acenando com a cabeça. — Esse é o seu, não é?

— É, sim. — Eu lhe dou um abraço. — Obrigada por tudo, John.

— O prazer foi meu — diz ele, todo sério agora. — Vejo você na escola, Cass. Dirija com cuidado.

Ele espera na calçada até eu tirar o carro da vaga. Dirijo pela rua principal, me perguntando o que posso fazer para preencher o restante do tempo até dar o horário de Matthew voltar para casa. Quando chego ao cruzamento onde normalmente dobraria à direita, vejo a placa que indica Heston e, de repente, me pego seguindo em direção ao vilarejo onde Jane morava, para onde ela estava voltando na noite em que foi assassinada. Por um instante, sinto certo pânico ao me perguntar o que estou fazendo e o que espero encontrar indo até lá. Mas, por algum motivo, sou compelida a seguir em frente.

Em apenas cinco minutos já estou em Heston. Estaciono na rua, entre o parque e um pub, e saio do carro. O parque é pequeno, mas muito bem conservado. Atravesso o portão e caminho devagar pela trilha, admirando a maravilhosa variedade de flores. Os poucos bancos à sombra estão ocupados, a maioria por casais idosos descansando de suas caminhadas vespertinas. Acabo me sentando em um banco ao sol mesmo, feliz por ter encontrado um lugar onde posso matar o tempo. Penso em Jane e me pergunto quantas vezes ela se sentou neste banco, quantas vezes caminhou por esta trilha. Tem uma área infantil do outro lado do parque onde há criancinhas balançando para a frente e para trás em brinquedos de madeira. Eu a imagino ajudando as filhas a subir e descer deles ou tomando conta delas, ansiosa, enquanto sobem e descem pelo escorregador, como alguns adultos estão fazendo agora. E, como sempre, a culpa que sinto quando penso em Jane me corrói.

Enquanto observo, me perguntando com tristeza se Matthew e eu algum dia seremos abençoados com filhos, uma garotinha tenta descer de seu balanço. Apesar de toda sua determinação, percebo que ela não vai conseguir porque um dos pés está preso. Por instinto, abro a boca para gritar, para avisar a um dos adultos que ela vai cair, mas, antes que eu consiga dizer qualquer coisa, ela leva um tombo. Ao ouvir seus gritos de dor, um homem vem correndo, mas outra menininha estende os braços na direção dele, querendo descer do balanço em que está, então ele a pega no colo depressa e se abaixa para ajudar a menina que caiu. E, enquanto eu o observo limpá-la e beijar sua cabecinha loura, me dou conta de que é o marido de Jane.

O choque percorre meu corpo. Eu o encaro, em dúvida se é ele mesmo. Mas aquele rosto, estampado em todos os jornais e nos noticiários nas últimas semanas, já se tornou familiar. Além do mais, as duas garotinhas parecem ser gêmeas. Sinto um impulso de sair correndo, de deixar aquele parque o mais rápido possível antes que ele me veja. Mas, então, me acalmo. Ele não sabe que eu poderia ter salvado a vida da mulher dele.

Ele está saindo do parquinho, levando a garotinha que se machucou no colo e puxando a outra pela mão. As duas caminham chorando pela calçada em direção ao banco onde estou sentada, e posso ouvir enquanto ele tenta consolá-las com promessas de curativos e sorvetes. Mas a menina no colo não se deixa reconfortar, chateada por ter ralado os joelhos — e um deles está sangrando bastante.

— Você quer um lenço de papel? — pergunto, sem conseguir me conter.

Ele para bem na minha frente.

— Talvez seja uma boa ideia — responde, aliviado. — Estamos um pouco longe de casa.

Tiro um lenço do bolso e o entrego a ele.

— Está limpo.

— Obrigado.

Ele senta a filha machucada ao meu lado no banco e se agacha na frente dela antes de lhe mostrar o lenço.

— Viu o que essa moça boazinha me deu? Vamos ver se ele faz seu joelho melhorar?

Usando o lenço, ele aperta o machucado com cuidado para absorver o sangue, e as lágrimas dela cessam como um milagre.

— Melhorou, Lottie? — pergunta a irmã, olhando para ela com nervosismo.

— Melhorou — responde a menina, fazendo que sim com a cabeça.

— Graças a Deus. — O marido de Jane ergue os olhos solenemente para mim. — Imagine se tivesse sido no concreto, como acontecia com a gente quando éramos pequenos.

Então ele retira o lenço.

— Sumiu — declara para a menina.

A filhinha dele olha para o joelho e, parecendo satisfeita, desce do banco.

— Brincar — diz ela, correndo para o gramado.

— E agora elas não querem ir para casa — geme ele, se levantando.

— Elas são umas graças — elogio, sorrindo. — Lindas.

— Na maior parte do tempo. Mas dão um pouco de trabalho quando querem.

— Devem sentir falta da mãe. — Paro, horrorizada com o que acabei de dizer. — Eu... sinto muito — gaguejo. — É só que...

— Por favor, não se desculpe — pede ele. — Pelo menos você não fingiu que não sabe quem eu sou. Você nem imagina quantas pessoas vêm a Heston na esperança de esbarrar comigo, como se eu fosse alguém famoso. Puxam papo, geralmente falando das meninas primeiro, depois me perguntam sobre a mãe delas. Querem saber se ela está em casa fazendo almoço ou se é loura como as filhas. No início, antes de perceber o que estavam fazendo, eu acabava contando que ela tinha morrido. Aí os curiosos faziam mais perguntas ainda, até eu explicar que ela tinha sido assassinada. Eles fingiam surpresa e diziam que sentiam muito, falavam sobre o quanto devia ter sido difícil para mim. Só depois que uma mulher foi longe demais e me perguntou como eu me senti quando a polícia me deu a notícia que fiquei mais esperto. — Ele balança a cabeça, como se não acreditasse nas próprias palavras. — Deve existir um nome para esse tipo de gente, mas não sei qual é. Pelo menos o pub e o comércio daqui estão tendo um movimento fenomenal por conta disso — acrescenta ele, com um sorriso de pesar.

— Eu sinto muito — digo novamente. Quero dizer quem eu sou, que recebi sua carta esta manhã, mas, depois do que ele acabou de me contar, com certeza vai achar que vim até aqui na esperança esbarrar com ele também. Nem tenho motivo algum para estar em Heston. Afinal de contas, ele não me convidou para vir.

Por isso, eu me levanto.

— Eu tenho que ir.

— Espero que não seja por causa do que contei. — Sob a intensa luz do sol, vejo mechas grisalhas em seus cabelos castanhos e me pergunto se elas já existiam antes de Jane morrer.

— Não, de jeito nenhum — digo, querendo tranquilizá-lo. — É que eu tenho mesmo que ir andando.

— Bem, obrigado por ter me ajudado. — Ele olha para o lugar onde as meninas estão brincando. — Tudo já passou agora, graças a Deus.

— De nada. — Tento sorrir, mas é difícil fazer isso quando penso na ironia das palavras dele. — Aproveite o restante da tarde.

— Você também.

Estou saindo do parque, o coração batendo forte no peito enquanto suas palavras, sobre tê-lo ajudado, ressoam em meus ouvidos. Elas zombam de mim por todo o caminho até a saída do parque e enquanto sigo até o carro. Não consigo pensar em mais nada que tenha me motivado a vir até aqui a não ser minha necessidade de absolvição. O que aconteceria se eu voltasse e contasse a ele quem eu sou e que vi Jane parada no acostamento naquela noite? Será que ele iria me dar aquele sorriso triste e me dizer que não tinha importância, que foi bom eu não ter parado porque poderia ter morrido também? Ou será que ficaria indignado comigo e apontaria o dedo para mim e contaria para o parque inteiro que eu não havia feito nada para ajudar a mulher dele? Como não tenho como saber, dou partida no carro e vou para casa, mas tudo em que consigo pensar é no marido de Jane e nas duas garotinhas que ela deixou para trás.

Embora eu dirija bem devagar, estou em casa antes das cinco. Quando cruzo o portão, minha ansiedade vem correndo ao meu encontro, e sei que não serei capaz de entrar em minha própria casa, não até Matthew voltar. Por isso, fico no carro. Faz calor até mesmo à sombra, então abro as janelas para que o ar corra. Meu telefone apita com uma notificação de mensagem, e, quando vejo que é de Mary, desligo o celular. Fico tão preocupada com o trabalho que ainda nem comecei a fazer que não noto o tempo passar, então, num primeiro momento, quando vejo o carro de Matthew apontar na pista de acesso, penso que ele está chegando em casa mais cedo. Mas, quando dou uma olhadela rápida para o relógio, vejo que já são seis e meia.

Matthew para ao meu lado, e eu tiro as chaves da ignição, para dar a entender que acabei de chegar.

— Cheguei primeiro — brinco, sorrindo.

— Você parece estar com calor — observa ele, depois de me dar um beijo. — Não estava com o ar ligado?

— Eu só fui até Browbury. A viagem é tão curta, nem me dei ao trabalho de ligar.

— Foi fazer compras?

— Fui.

— Comprou alguma coisa legal?

— Não.

Caminhamos em direção à entrada, e ele destranca a porta com a própria chave.

— Onde está a sua bolsa? — pergunta ele, indicando minhas mãos vazias com a cabeça.

— No carro. — Entro em casa depressa. — Pego daqui a pouco, preciso beber alguma coisa primeiro.

— Espere aí, me deixe desligar o alarme primeiro! Ah, não está ligado. — Tenho a sensação de que ele está franzindo a testa atrás de mim. — Você não ligou antes de sair?

— Não. Não pretendia ficar fora por muito tempo, então não achei necessário.

— Bem, eu preferiria que você ligasse da próxima vez. Agora que nós temos um alarme, é melhor a gente usar.

Deixo que ele vá se trocar, faço um chá e levo a xícara para o jardim.

— Não me diga que você saiu usando isso — comenta ele ao me encontrar no jardim logo depois.

Olho para meus pés. Sem querer dar a ele mais motivos para se preocupar, solto uma risada forçada.

— Não, acabei de colocar.

Ele sorri e se senta ao meu lado esticando as pernas compridas.

— Então, o que você fez hoje em Browbury?

— Preparei mais umas aulas — respondo, sem saber por que não menciono que esbarrei com John.

— Que bom. — Ele olha para o relógio. — São sete e dez. Quando terminar o chá, troque os sapatos que eu vou te levar para jantar. Vamos começar o fim de semana em grande estilo.

Sinto um aperto no coração porque ainda estou satisfeita do almoço com John.

— Tem certeza? — pergunto, em dúvida. — Você não prefere ficar em casa?

— Só se tiver sobrado um pouco do *curry* do outro dia.

— Não, desculpe.

— Então vamos sair para comer.

— Está bem — concordo, aliviada por ele não ter sugerido irmos ao Costello's comer massa.

*

Subo para trocar de roupa e pego uma bolsinha no armário, que escondo embaixo do casaco que escolhi para levar. Enquanto Matthew está armando o alarme, vou até meu carro e finjo que a estou pegando no banco de trás. Seguimos para Browbury e vamos ao nosso restaurante indiano favorito.

— Você conhece nosso novo vizinho? — pergunto, enquanto olhamos o menu. — Já falou com ele alguma vez?

— Já. Falei com ele ontem quando fui procurar você na rua, antes de você voltar de Castle Wells. Ele estava passando em frente à nossa casa, e começamos a bater um papo. Parece que a mulher o deixou quando eles estavam de mudança.

— Aonde ele estava indo?
— Como assim?
— Você disse que ele estava passando em frente à nossa casa.
— Ah, ele estava voltando para a casa dele. Devia estar dando uma volta. Eu disse que iríamos convidá-lo para jantar qualquer noite dessas.

Meu coração martela no peito.
— E o que ele falou?
— Que iria adorar. Tudo bem, não?

Baixo os olhos para o cardápio, fingindo estudá-lo.
— Contanto que ele não seja o assassino.

Matthew cai na gargalhada.
— Você está brincando, não está?
— É claro. — Forço um sorriso. — Então, como ele é?
— Pareceu bem simpático.
— Quantos anos tem?
— Não sei. Uns 60 e poucos, eu acho.
— Ele não me pareceu tão velho quando o vi.
— Ele é aposentado. Foi piloto. Talvez precise se manter em forma.
— Você perguntou por que ele vive plantado em frente à nossa casa?
— Não, eu nem sabia disso. Mas ele comentou que achava a nossa casa linda, então deve ter ficado reparando. — Matthew olha para mim, carrancudo. — Ele vive mesmo em frente à nossa casa?
— Já o vi umas duas vezes.
— Isso não chega a ser crime exatamente — comenta ele, parecendo saber aonde quero chegar com as minhas perguntas, como se estivesse me pedindo que parasse.
— Eu não disse que era.

Ele me dá um sorriso animado.
— Que tal a gente escolher o que vai comer?

Tenho vontade de dizer que, mesmo sendo um piloto aposentado, simpático, de 60 e poucos anos, aquele homem ainda assim poderia ser um assassino. Mas sei que ele não vai querer discutir o assunto, muito menos alertar a polícia.

SÁBADO, 15 DE AGOSTO

O baque forte da caixa de correio batendo ecoa pela casa enquanto tomamos o café da manhã. Matthew se levanta, com metade de uma torrada amanteigada pendurada na boca, e caminha até o corredor. Instantes depois, ele volta com duas cartas e um pacote pequeno.

— Tome — diz ele, me entregando o pacote. — É para você.

Olho apreensiva para o embrulho. A carta de ontem foi de Alex, mas é pouco provável que o pacote seja dele.

— O que é?

— Não sei. — Ele estuda a embalagem branca simples. — Você encomendou alguma coisa?

— Não. Nada. — Nervosa, coloco o pacote em cima da mesa da cozinha, quase como se tivesse medo de tocá-lo. Teria sido enviado pela mesma pessoa que vem me ligando?

— Tem certeza? — Matthew coloca a mão em meu ombro.

— Absoluta.

— Quer que eu abra?

— Não, tudo bem — respondo, apressada. Embora pudesse facilmente rasgar o envelope e abri-lo, eu o levo para o escritório. Pego uma tesoura na gaveta e começo a cortar a embalagem. Dentro dela, há uma caixinha. Eu a pego e abro a tampa com cuidado, meu coração batendo acelerado. É um delicado par de brincos de prata, aninhados em uma almofada de veludo preto, e, quando os reconheço, sou invadida pelo alívio.

— Bonitos, hein — comenta Matthew, espiando por cima do meu ombro.

Não percebi que ele tinha me seguido.

— São para a Rachel — explico, fechando a caixa. — Não esperava que fossem chegar tão rápido.

— Presente de aniversário?

Penso no chalé na Ilha de Ré.

— São — respondo.

Sorrindo em aprovação, ele sai do escritório e vai para o jardim cortar a grama. Guardo os brincos numa gaveta e fico ali por um momento, olhando pela janela do escritório, para o campo que fica em frente à nossa casa, do outro lado da rua. Eu costumava me sentir tão segura aqui, como se nada jamais pudesse nos atingir...

*

Quando o telefone de casa toca, eu gelo no mesmo instante, até me lembrar de que é fim de semana. Nunca recebi nenhuma daquelas ligações num sábado. Ainda assim, deixo que o telefonema caia na secretária eletrônica. É Mary querendo saber se recebi os inúmeros recados que ela deixou falando do treinamento. Meu coração se aperta. As férias logo vão terminar, e eu ainda não fiz o trabalho que devia ter feito. Ela continua falando e acrescenta, com humor, que espera que eu não tenha perdido o celular — ela me mandou várias mensagens também.

Assim que Mary desliga, o telefone toca outra vez, quase que imediatamente. Verifico o número para ver se ela é tão insistente quanto meu interlocutor silencioso. Mas vejo que é Rachel e então atendo.

— Oi — cumprimento, animada.

— E aí, como você está?

Enlouquecendo, é o que quero responder.

— Ocupada preparando aulas — digo.

— Recebeu mais alguma ligação?

— Não. Pelo menos não recentemente — minto. — E você? Como está Siena?

— Maravilhosa. Estou me divertindo horrores, apesar do Alfie. — Sua risada rouca ecoa pelo telefone. — Mal posso esperar para contar tudo sobre ele, mas nós vamos sair agora.

— Não teremos casamento, então? — pergunto, fazendo graça.

— Definitivamente, não. De qualquer maneira, você me conhece. Não penso em me casar. Por que não nos encontramos para almoçar na terça, quando já estarei aí? É feriado na segunda, mas terça já volto a trabalhar. Seria legal ter alguma coisa para me deixar animada. E você só tem que voltar para a escola na quarta, não é?

— Isso mesmo. Seria ótimo um almoço na terça. No Sour Grapes?

— A gente se encontra lá.

Enquanto desligo, me dou conta de que só tenho mais duas semanas das férias de verão. Uma bênção e uma maldição. Mal posso esperar para ter de sair de casa e ficar longe do telefone, mas, com todo esse trabalho ainda por fazer, a volta às aulas parece impossível.

— Pronta? — Ergo os olhos e vejo Matthew ali me esperando. Ele está usando calça cáqui e camisa polo, todo elegante, e carrega uma pequena bolsa de ginástica.

— Pronta para o quê? — Franzo o cenho.

— Para nossa tarde no spa.

Faço que sim e dou um sorriso forçado. Na verdade, não estou pronta. Tinha me esquecido completamente de que, ontem, no restaurante, ele me contou que fizera uma reserva para nós dois, para hoje à tarde, num spa perto de Chichester, aonde fomos logo que ficamos noivos. O gesto abrandou a tensão que ficara entre nós após a conversa sobre nosso novo vizinho.

— Só preciso trocar meus sapatos. — Aliso a saia de algodão que resolvi vestir hoje, em vez do short que costumo usar. Será que, quando acordei, eu me lembrava do dia no spa?

Corro lá para cima e enfio um biquíni na bolsa, pensando no que mais posso precisar.

— A gente precisa ir, Cass!

— Estou indo! — Arranco a camiseta que estou usando e abro o armário à procura de algo um pouco mais elegante. Pego uma camisa branca de algodão com botões minúsculos e a visto. No banheiro, penteio os cabelos bem depressa. Estou prestes a aplicar um pouco de maquiagem, quando Matthew grita outra vez lá de baixo:

— Cass, você me ouviu? Estamos agendados para as duas!

Olho para o relógio e vejo que só temos 45 minutos para chegar a Chichester.

— Desculpe — digo, descendo a escada correndo. — Estava procurando meu biquíni.

Entramos no carro e, quando saímos da pista de acesso, apoio a cabeça no encosto e fecho os olhos. Estou exausta, mas aqui no carro com Matthew, onde nenhum perigo pode me alcançar, eu me sinto segura. Fazemos uma curva súbita e, arremessada de encontro à porta, abro os olhos e pisco algumas vezes, tentando me localizar. E então me dou conta de onde estamos.

— Matthew! — Consigo ouvir o medo em minha voz. — Nós estamos indo na direção errada!

Ele olha para mim e franze o cenho.

— Estamos indo para Chichester.

— Eu sei, mas por que pegamos a Blackwater Lane? — As palavras parecem engrossar em minha língua.

— Porque é mais rápido por aqui. Vamos economizar uns dez minutos. Não podemos chegar atrasados.

Meu coração bate acelerado no peito. Não quero seguir por este caminho — não posso! Através do para-brisa, vejo o acostamento se aproximando, e minha cabeça começa a rodar. Em pânico, me viro para a porta, meus dedos buscando a maçaneta.

— Cass! — grita Matthew, assustado. — O que está fazendo? Você não pode simplesmente saltar do carro! Estamos a mais de sessenta por hora!

Ele coloca o pé no freio, e o carro dá um solavanco, me atirando para a frente. Em um instante, Matthew faz o carro parar exatamente em frente ao acostamento onde Jane foi morta. Há flores ali, e o plástico que as envolve farfalha com a brisa. Alguém deve ter feito uma homenagem. Horrorizada por estar de volta ao local onde meu pesadelo começou, desato a chorar.

— Não! — exclamo, soluçando. — Por favor, Matthew, nós não podemos parar aqui!

— Ah, meu Deus! — exclama ele, parecendo cansado. Ele engata a marcha e está prestes a dar partida, mas então para. — Isso é loucura.

— Desculpe — digo, ainda soluçando.

— O que você quer que eu faça? Quer que eu continue? Ou quer ir para casa? — Ele parece estar no limite.

Estou chorando tanto que mal consigo respirar. Ele estende os braços e tenta me abraçar, mas eu o afasto. Com um suspiro, Matthew começa a fazer a volta no meio da rua, virando o carro outra vez na direção da nossa casa.

— Não — digo, ainda aos prantos. — Não posso ir para casa, não posso.

Ele para na metade da manobra, deixando o carro numa posição perigosa.

— O que você quer dizer com isso?

— Não quero ir para casa, só isso.

— E por que não? — A voz dele é calma, mas consigo notar a tensão por trás dela, ocultando algo mais sério.

— Eu só não me sinto mais segura lá.

Ele respira fundo mais uma vez, tentando se acalmar.

— De novo essa coisa do assassinato? Que isso, Cass! O assassino não está perto da nossa casa e ele não sabe quem você é. Entendo que o assassinato da Jane tenha te deixado perturbada, mas você precisa superar isso.

Eu me viro para ele, furiosa.

— Como posso superar quando o assassino ainda não foi preso?

— O que você quer que eu faça então? Já mandei instalar alarme na casa toda. Quer que eu deixe você num hotel? Ou em algum outro lugar? É isso que você quer? Porque, se for isso, é só falar que eu faço!

Quando chegamos à nossa casa, estou num estado tão deplorável que Matthew tem de ligar para o Dr. Deakin. Ele, na mesma hora, se oferece para vir me ver. Mas não consigo parar de chorar nem para recebê-lo. O Dr. Deakin pergunta se eu tenho tomado o remédio e, quando Matthew lhe diz que não venho tomando com regularidade, ele fecha a cara e diz que, se receitou, é porque estou precisando. Sob seu olhar vigilante, engulo feliz dois comprimidos e espero até que eles me carreguem para um lugar onde mais nada tem importância.

Enquanto aguardo o efeito dos comprimidos, o Dr. Deakin me faz algumas perguntas, querendo descobrir o que desencadeou minha crise. Matthew conta sobre o dia em que fiz uma barricada na sala durante seu horário de trabalho e, quando o Dr. Deakin pergunta se apresentei qualquer outro comportamento preocupante, meu marido menciona que, na semana anterior, fiquei histérica porque pensei ter visto uma faca enorme em cima da bancada da cozinha quando, na verdade, era apenas uma faquinha. Percebo a troca de olhares entre os dois, então eles começam a falar sobre mim como se eu não estivesse presente. Ouço a expressão "colapso nervoso", mas não ligo porque os comprimidos começaram a exercer seu encanto.

O Dr. Deakin vai embora, implorando a Matthew que se certifique de que vou descansar e pedindo ao meu marido que ligue para ele caso eu piore. Passo o restante da noite deitada no sofá, sonolenta, enquanto Matthew assiste à televisão ao meu lado, nossas mãos unidas. Quando o programa que está vendo termina, ele desliga a televisão e me pergunta se tem mais alguma coisa me preocupando.

— Só o trabalho que tenho que fazer antes de começarem as aulas — respondo, as lágrimas enchendo meus olhos, apesar do efeito do remédio.

— Mas você já fez bastante coisa, não fez?

Sou pega em minhas mentiras.

— Um pouco, mas ainda há muita coisa para fazer e não tenho certeza se vou conseguir terminar a tempo.

— Bem, você poderia pedir a ajuda de alguém.

— Não posso, todo mundo já tem muito trabalho para fazer.

— Eu posso ajudar então?

— Não. Na verdade, não. — Olho para ele, me sentindo sem esperança. — O que vou fazer, Matthew?

— Se você não consegue arranjar ninguém para te ajudar e não consegue fazer sozinha, então não sei.

— É que eu me sinto cansada o tempo todo.

Ele afasta meu cabelo do rosto.

— Se você acha que não vai dar conta, por que não pede para trabalhar meio período?

— Não posso.

— Por que não?

— Porque é tarde demais para que eles encontrem alguém para me substituir.

— Bobagem! Se alguma coisa acontecesse com você, eles teriam que encontrar outra pessoa.

Eu o encaro.

— O que você quer dizer com isso?

— Só estou dizendo que ninguém é indispensável.

— Mas por que você disse que alguma coisa poderia acontecer comigo?

As sobrancelhas dele se unem.

— Era só um exemplo, só isso. Se você quebrasse uma perna ou fosse atropelada por um ônibus, eles teriam que arrumar um substituto.

— Mas você falou como se soubesse que alguma coisa vai acontecer comigo.

— Não seja ridícula, Cass! — O tom cortante trai sua irritação, e eu me encolho, porque Matthew não costuma erguer a voz para mim. Ele percebe meu gesto e deixa escapar um suspiro. — É só jeito de falar, está bem?

— Desculpe — balbucio. O remédio está expulsando o pânico e trazendo o sono.

Ele me abraça e me puxa para perto, mas a sensação que isso me traz é de desconforto.

— Pense na minha sugestão de conversar com a Mary sobre trabalhar meio expediente, está bem? — sugere ele.

— Ou posso simplesmente não voltar. — Eu me ouço dizer.

— É isso que você quer, parar de trabalhar? — Ele se afasta e olha para mim, confuso. — Na quinta você disse que estava ansiosa para voltar à escola.

— É que não sei se consigo fazer tudo o que esperam de mim, não quando estou me sentindo desse jeito. Talvez eu pudesse pedir mais umas duas semanas de folga e voltar em meados de setembro, se estiver me sentindo melhor.

— Duvido que permitiriam isso, a não ser que o Dr. Deakin desse um atestado para você.

— Você acha que ele faria isso? — pergunto, ainda que uma parte de mim esteja me mandando parar, me dizendo para me lembrar das ligações, para me lembrar de Jane, para não esquecer que não estou segura em casa. Mas esses pensamentos me escapam rapidamente, impedindo que eu me concentre neles.

— Talvez. Vamos ver como você fica tomando o remédio regularmente. Faltam duas semanas para as aulas começarem. Agora que você vai tomar direitinho, provavelmente vai se sentir bem melhor.

Sexta-feira, 28 de agosto

Escuto a porta lá embaixo bater. Matthew saiu. Do quarto, eu o ouço ligar o carro, dirigir até o portão e desaparecer na rua. Então o silêncio se instala na casa. Eu me sento com dificuldade, estendo a mão em direção aos dois comprimidos cor de pêssego que estão na bandeja com meu café da manhã e os enfio na boca, engolindo-os com suco de laranja. Ignorando as duas torradas de pão integral, cortadas ao meio e dispostas de maneira cuidadosa no prato em vez de estarem apenas empilhadas, e a tigelinha de iogurte grego com granola, eu me recosto nos travesseiros e fecho os olhos.

Matthew tinha razão. Agora que estou tomando o remédio regularmente, me sinto bem melhor. Dá para ver que houve uma melhora significativa na última... semana? Semanas, talvez? Abro os olhos e, apertando-os para enxergar o relógio, olho para a data. Sexta-feira, 28 de agosto. Treze dias, então. Posso até não conseguir me lembrar de muita coisa, mas a data de 15 de agosto está entranhada em meu cérebro como o dia em que tive um colapso nervoso. É também a data do aniversário de mamãe. Eu só me lembrei disso depois que o Dr. Deakin foi embora aquela noite. Quando me dei conta de que não havia ido ao túmulo dela prestar minha homenagem, fiquei transtornada novamente e culpei Matthew por não ter me lembrado, o que não foi muito justo, pois nunca lhe dissera quando mamãe fazia aniversário. Ele fez questão de não apontar esse detalhe — em vez disso, sugeriu que eu fosse ao cemitério na manhã seguinte.

Mas ainda não fui porque não me sinto fisicamente capaz. Tomo dois comprimidos antes de me deitar para conseguir dormir a noite inteira e, toda manhã, antes de ir para o trabalho, Matthew — que está levando a sério a recomendação do Dr. Deakin de que preciso descansar — me traz mais dois junto com a bandeja do café da manhã. Isso significa que, quando vou tomar banho e me vestir, a ansiedade que sempre sinto quando ele sai para trabalhar já se atenuou. O lado ruim disso é que fico tão entorpecida que é difícil simplesmente colocar um pé na frente do outro. Passo a maior parte dos meus dias meio desperta, meio adormecida, esparramada no sofá, com a televisão ligada no canal de compras, porque não consigo reunir energia suficiente para colocar em outro programa. De vez em quando, consigo ouvir o telefone tocando, lá longe, mas, como nunca atendo, as ligações são cada vez menos frequentes. Ele ainda liga, só para que eu saiba que não se esqueceu de mim; nessas horas, gosto de imaginá-lo se sentindo frustrado por eu não atender o telefone.

A vida é fácil. O remédio, por mais forte que seja, faz com que eu funcione, de certa forma. As roupas são lavadas, a louça é colocada na máquina e a casa está arrumada. Na verdade, nunca me lembro de ter feito nada disso, o que deveria me deixar mais preocupada, porque isso significa que os comprimidos estão prejudicando ainda mais minha memória. Se eu fosse sensata, reduziria a dose pela metade. Mas, se eu fosse sensata, não precisaria dos comprimidos para início de conversa. Talvez, se eu comesse um pouquinho mais, o remédio não me afetaria tanto, mas parece que perdi o apetite, assim como a razão. O café da manhã que Matthew leva para mim vai para a lata do lixo, e nunca almoço porque estou grogue demais para comer. Então, a única refeição que faço é a que preparo à noite para comer com meu marido.

Ele não tem a menor ideia de como são os meus dias. Como o efeito do remédio passa cerca de uma hora antes de Matthew estar em casa, tenho tempo de me situar, pentear os cabelos, fazer uma leve maquiagem e preparar algo para o jantar. Então, quando ele pergunta o que fiz durante o dia, invento que arrumei alguns armários e que fiz outras coisas.

Queria poder isolar o mundo inteiro lá fora. Venho recebendo inúmeras mensagens — de Rachel, de Mary e de Hannah, me chamando para tomar um café, e de John, querendo trocar ideias sobre os planos de aulas. Mas ainda não respondi nenhuma delas porque não estou com vontade de ver ninguém, muito menos de conversar sobre trabalho. Isso só faz com que eu me sinta ainda mais pressionada, e, de súbito, concluo que a melhor solução seria perder meu telefone. Se eu o perder, não preciso responder a ninguém. E, como ele mal funciona dentro de casa, não me é de grande valia mesmo.

Pego meu celular e vejo que há duas mensagens de voz e três de texto, mas o desligo sem ler nenhuma. Desço até a sala de estar e olho à minha volta, procurando algum lugar para escondê-lo. Vou até uma das orquídeas, tiro-a do vaso, coloco o aparelho ali dentro e recoloco a planta por cima.

*

Caso o remédio me faça esquecer que tenho demência, há sempre pequenos lembretes de que minha mente está se deteriorando lentamente. Já não me lembro de como usar o micro-ondas, por exemplo — queria preparar um chocolate quente outro dia, mas tive de recorrer a uma panela, já que aqueles vários botões não faziam o menor sentido para mim. E as coisas das quais me lembro de ter visto no canal de compras, mas que não tenho a menor recordação de ter comprado, continuam chegando pelo correio.

Ontem, recebi mais um pacote. Matthew o encontrou em frente à porta quando chegou do trabalho.

— Isso estava lá na entrada — avisou ele, com calma, embora fosse o segundo em três dias. — Você comprou mais alguma coisa?

Eu me virei para que não visse a confusão em meus olhos. Por que eu não podia ter comprado mercadorias de tamanho menor, que passassem pela abertura da caixa de correios, para que eu fosse capaz de escondê-las dele? O fato de essa encomenda ter chegado agora, logo depois de eu ter recebido o fatiador em espiral, foi humilhante.

— Abra e veja — sugeri, tentando ganhar tempo.

— Por que, é para mim? — perguntou ele, sacudindo a caixa. — Parece que é alguma ferramenta.

Observei-o enquanto abria a embalagem, vasculhando desesperadamente meu cérebro para ver se conseguia lembrar o que havia comprado.

— Um cortador de batatas. — Ele me lançou um olhar inquisitivo.

— Pareceu legal. — Dei de ombros, me lembrando de ter visto uma batata sendo reduzida a finas fatias em segundos no canal de compras.

— Não me diga: é para combinar com o negócio de cortar legumes em espiral que chegou na terça? Caramba! Onde você anda comprando essas coisas?

Expliquei que tinha visto os produtos em uma das revistas do jornal de domingo porque me pareceu melhor do que admitir que os encomendara por um canal de compras. No futuro, para resistir à tentação, preciso deixar a bolsa no quarto. Adquiri o hábito de descer com ela de manhã, caso precise sair correndo — e isso significa que tenho fácil acesso ao meu cartão de crédito. Mas, mesmo se a pessoa que está me ligando aparecesse por aqui, eu não conseguiria ir muito longe. Como estou tomando o remédio, dirigir está fora de cogitação, então eu chegaria no máximo até o jardim, o que não ajudaria muito.

De vez em quando, tenho a impressão de que ele esteve aqui. Acordo sobressaltada, o coração batendo descompassado, convencida de que ele está me observando pela janela. Como meu instinto é fugir, me levanto parcialmente da poltrona, mas depois me afundo nela outra vez, sem me importar de verdade, dizendo para mim mesma que, se ele de fato estiver aqui... bem, pelo menos isso tudo iria terminar. Continuo lúcida o suficiente para compreender que, apesar de ser minha salvação, o remédio também será minha morte, de uma forma ou de outra. Ou, pelo menos, a morte do meu casamento. Afinal, por quanto tempo Matthew é capaz de suportar meu comportamento cada vez mais estranho?

Percebendo que os comprimidos começaram a deixar minha mente embotada, tomo um banho rápido e visto uma calça jeans larga e uma camiseta, peças que praticamente se tornaram meu uniforme. Descobri que elas ficam apresentáveis até mesmo depois de eu passar um dia inteiro no sofá. Uma vez, eu estava de vestido, e ele ficou tão amassado que, quando Matthew chegou, brincou que eu devia ter passado o dia todo rastejando pelo jardim.

Deixo a bolsa onde está, levo a bandeja para o andar de baixo, esfarelo a torrada e levo os pedaços para o jardim, para dar aos pássaros. Queria poder me sentar por um instante e curtir o sol, mas só me sinto segura dentro de casa, com as portas trancadas. Não saio mais desde que comecei a tomar o remédio com regularidade. Esqueço comida congelada para nossos jantares e passei a recorrer às caixas de leite longa vida que guardamos para emergências. Ontem à noite, Matthew comentou que a geladeira está praticamente vazia, então tenho esperança de que ele sugira que façamos compras amanhã.

Meu corpo está pesado quando volto para dentro de casa. Reviro o freezer e encontro umas linguiças, então vasculho meu cérebro em busca de receitas com as quais possa prepará-las. Sei que tem duas cebolas por aqui em algum lugar e que deve ter um vidro de tomates no armário. Decidido o que fazer para o jantar, sigo feliz até a sala de estar e me afundo no sofá.

Os apresentadores do canal de compras parecem velhos amigos. Hoje, estão anunciando relógios cravejados de pequenos cristais, e eu fico contente por estar cansada demais para pegar a bolsa no quarto. O telefone fixo toca, mas fecho os olhos e deixo o sono me levar. Adoro a sensação de ser lentamente carregada para o esquecimento e, quando o efeito dos comprimidos começa a passar, algumas horas mais tarde, de ser puxada suavemente de volta à realidade.

Hoje, enquanto cochilo naquela terra de ninguém, entre o sono e a vigília, sinto uma presença, sinto alguém perto de mim. Tenho a sensação de que ele está ali, no mesmo cômodo, me observando, e não lá fora, do outro lado da janela. Continuo deitada, completamente imóvel, meus sentidos se aguçando com o passar dos segundos, minha respiração se tornando mais superficial, meu corpo enrijecendo. Até que, quando já não consigo mais esperar, abro os olhos de repente, esperando encontrá-lo na frente do sofá com uma faca na mão. Meu coração está batendo tão forte que consigo ouvi-lo martelar dentro do peito. Mas não há ninguém aqui e, quando viro a cabeça em direção à janela, também não tem ninguém lá.

Uma hora depois, quando Matthew chega, a caçarola de linguiça está no forno, a mesa, posta, e, para compensar a falta de um segundo prato, abri uma garrafa de vinho.

— Isso está com uma cara boa — elogia ele. — Mas, primeiro, preciso de uma cerveja. Quer alguma coisa? — Ele caminha até a geladeira e abre a porta. Até eu me encolho diante das prateleiras vazias. — Ah, você não fez compras hoje?

— Pensei em sairmos amanhã para comprar umas coisas.

— Você disse que ia fazer isso quando voltasse da reunião — comenta ele, tirando uma cerveja da geladeira e fechando a porta. — Como foi, aliás?

Olho discretamente para o calendário pendurado na parede e vejo as palavras TREINAMENTO DE PROFESSORES embaixo da data de hoje. Meu coração se aperta.

— Decidi não ir. Não fazia muito sentido, já que não vou voltar para a escola.

Ele olha para mim, surpreso.

— Quando você decidiu isso?

— A gente conversou a respeito, lembra? Eu falei que não estava com vontade de voltar, e você disse que iria conversar com o Dr. Deakin.

— A gente também combinou que esperaria para ver como você iria se sentia depois de duas semanas de remédio. Mas, se é isso que você quer... — Ele pega um abridor na gaveta e abre a cerveja. — Será que Mary vai conseguir alguém para substituir você assim, tão em cima da hora?

Eu me viro para que ele não veja minha expressão.

— Não sei.

Ele toma um gole da cerveja.

— Bem, o que ela falou quando você disse que não ia voltar?

— Não sei — murmuro.

— Ela deve ter dito alguma coisa.

— Não contei a ela ainda. Só resolvi hoje.

— Mas ela deve ter perguntado por que você não iria à reunião.

Sou salva pelo toque da campainha. Deixo Matthew atender à porta e me sento à mesa, colocando a cabeça entre as mãos, sem saber como consegui esquecer o treinamento de professores. Só quando ouço Matthew se desculpando várias vezes é que me dou conta de que é Mary à nossa porta. Horrorizada, rezo para que ele não a convide para entrar.

— Era a Mary. — Ergo a cabeça e o vejo parado na minha frente. Ele espera uma reação minha, quer que eu diga alguma coisa, mas não consigo; não sei mais o que fazer. — Ela já foi — acrescenta. Pela primeira vez desde que nos casamos, ele parece zangado. — Você não contou nada para ela, não foi? Por que não respondeu a nenhuma mensagem que ela mandou?

— Não vi. Perdi meu celular — respondo, tentando fingir que estou preocupada. — Não consigo encontrá-lo em lugar nenhum.

— Quando foi a última vez que você o usou?

— Acho que talvez na noite que saímos para jantar. Não tenho usado esses dias, então só dei falta hoje.

— Deve estar em algum por aqui.

Nego com a cabeça.

— Já procurei em todos os cantos; no carro também. Tentei ligar para o restaurante, mas também não ficou lá.

— Bem, e o seu computador? Perdeu também? E por que você não tem atendido o telefone? A escola inteira tem tentado entrar em contato com você, ao que parece: Mary, Connie, John. Primeiro eles pensaram que tínhamos viajado de última hora, mas, quando você não apareceu na reunião hoje, Mary achou melhor vir aqui verificar se estava tudo bem.

— É o remédio — sussurro. — Ele me faz apagar.

— Então é melhor a gente pedir ao Dr. Deakin que reduza a dose.

— Não. — Nego com a cabeça. — Não quero.

— Se você é capaz de encomendar produtos vendidos por uma revista, também é capaz de falar com os seus colegas, especialmente com a sua chefe. Mary foi muito compreensiva, mas deve estar zangada.

— Pare de me dar bronca.

— Bronca? Acabei de salvar a sua pele, Cass!

Sei que ele tem razão, então me calo.

— O que foi que a Mary falou?

Ele pega a garrafa de cerveja, que havia deixado em cima da bancada quando foi atender à porta.

— Não tinha muita coisa que ela pudesse dizer. Eu contei para ela que você teve alguns problemas de saúde no verão, mas que já estava medicada. Ela não ficou de todo surpresa. Parece que estava preocupada com você desde o semestre passado.

— Ah — digo, desanimada.

— Ela não falou nada na época porque achou que você estivesse ficando esquecida por causa do cansaço e acreditava que, depois das férias de verão, tudo voltaria ao normal.

Forço uma risada.

— Então ela deve estar aliviada por eu não voltar. — Fico horrorizada que Mary tenha notado meus lapsos de memória.

— Pelo contrário, ela disse que todos vão sentir sua falta e que é para você avisar assim que estiver se sentindo melhor para voltar.

— Que legal da parte dela — digo, me sentindo culpada.

— Todo mundo está torcendo por você, Cass. Todos nós queremos que você fique boa.

As lágrimas embaçam meus olhos.

— Eu sei.

— Você vai precisar pegar um atestado médico com o Dr. Deakin.

— Você pode pedir a ele?

Sinto Matthew olhando para mim.

— Está bem.

— E será que você pode me levar ao mercado? Não quero dirigir enquanto estiver tomando esse remédio, mas a gente precisa de comida.

— O remédio está afetando você tanto assim?

Hesito; se eu disser que sim, pode ser que ele peça ao Dr. Deakin que reduza a dosagem.

— Eu só prefiro não correr nenhum risco dirigindo.

— Tudo bem então. Amanhã vamos ao mercado.

— Você não se importa de me levar?

— É claro que não. Se eu puder fazer qualquer coisa para facilitar a sua vida, é só me falar que faço.

— Eu sei — afirmo, agradecida. — Eu sei.

TERÇA-FEIRA, 1º DE SETEMBRO

Estou louca para que Matthew traga minha bandeja do café da manhã com os comprimidos. Tinha esquecido que ontem era feriado bancário, então não tomo há três dias. Evito fazer isso quando Matthew está em casa para que não veja quanto o remédio me afeta. Nos fins de semana, escondo os comprimidos na gaveta. De qualquer forma, quando estou com Matthew, nem sinto necessidade de tomá-los para ficar bem durante o dia. No entanto, ainda preciso deles à noite — senão fico acordada pensando em Jane, no assassinato, na pessoa que ainda não foi presa. E que continua ligando para mim.

Houve dois momentos durante o fim de semana nos quais me peguei considerando tomar pelo menos um comprimido, só para me acalmar. O primeiro foi no sábado de manhã, quando voltamos para casa com o carro abarrotado de compras. Saímos para tomar café na rua, e gostei de estar de volta ao mundo real, mesmo que só por um tempinho. Em casa, enquanto eu guardava as compras, maravilhada com o sentimento que ver uma geladeira cheia de comida me trouxe, como se eu tivesse recuperado o controle da minha vida, Matthew abriu uma cerveja.

— Já que pretendo beber hoje, é melhor começar logo — disse ele, animado.

— Como assim? — perguntei, imaginando se ele queria se embebedar só para conseguir me aturar.

— Bem, se o Andy fizer *curry* hoje, provavelmente vai ter cerveja também.

Demorei a responder arrumando na geladeira os queijos que havíamos comprado, tentando ganhar tempo.

— Tem certeza de que foi hoje que combinamos de ir à casa da Hannah e do Andy?

— Sim, marcamos no sábado antes do feriado. Foi o que você me disse. Quer que eu ligue para eles para confirmar?

A informação não acendia nenhuma lembrança em minha mente, mas eu não queria que Matthew percebesse que eu havia esquecido.

— Não, tudo bem.

Ele tomou um gole da cerveja e pegou o celular no bolso.

— Acho que vou confirmar mesmo assim. Mal não vai fazer.

Matthew ligou para Hannah, que confirmou que estava, sim, à nossa espera.

— Parece que você vai levar a sobremesa — comentou ele ao desligar.

— Ah, é — respondi, lutando contra o pânico, torcendo para ter ingredientes para fazer pelo menos um bolo, do sabor que fosse.

— Posso comprar alguma coisa na Bértrand, se você quiser.

— Talvez aquela torta de morango deles — sugeri, agradecida. — Você se importa?

— É claro que não.

Apesar de Matthew ter evitado mais um constrangimento, meu ânimo despencou. Olhei para o calendário pendurado na parede e vi alguma anotação no quadrado referente a sábado. Esperei até ele sair da cozinha e fui ver o que estava escrito: CASA DE HANNAH E ANDY 19H. Tentei não ficar triste, mas foi difícil.

Então, durante o jantar, Hannah perguntou se eu estava ansiosa para voltar a dar aulas. Ainda não havia pensado no que diria às pessoas, então um silêncio desconfortável se instalou entre nós, até que Matthew o quebrou.

— Cass decidiu tirar um tempo sabático — explicou.

Hannah foi educada demais para perguntar o motivo, mas, durante o café, ela e Matthew ficaram conversando. Observei tudo de longe enquanto Andy me entretinha com fotos das férias das quais haviam acabado de voltar.

— Sobre o que você e Hannah estavam conversando? — perguntei, no carro, durante o caminho para casa.

— Ela estava preocupada com você — respondeu ele. — É normal, vocês são amigas.

Ainda bem que íamos direto para a cama dormir quando chegássemos, senão eu teria um bom motivo para tomar meus comprimidos.

Ouço os passos de Matthew na escada, então fecho os olhos e finjo que estou dormindo. Se ele me vir acordada, vai querer conversar, e a única coisa que quero é tomar meu remédio. Ele pousa a bandeja e dá um beijo carinhoso em minha testa. Então eu me mexo, como se estivesse acordando.

— Continue dormindo — diz ele, baixinho. — Volto mais tarde.

Os comprimidos estão na minha boca antes mesmo de ele chegar ao pé da escada. Então, exausta com todo o esforço dos últimos três dias, decido ficar na cama em vez de trocar de roupa e descer para a sala de estar como costumo fazer.

A próxima coisa da qual me dou conta é de um toque insistente me arrancando do sono profundo em que estou imersa. De início, penso que é o telefone, mas, quando persiste, ainda que tenha passado o tempo para que uma ligação caia na secretária eletrônica, percebo que é alguém tocando a campainha sem parar.

Fico ali deitada, sem me abalar com o fato de ter alguém à minha porta. Para início de conversa, estou dopada demais para me importar e, além disso, não é muito provável que o assassino esteja tocando a campainha para entrar na minha casa e me matar, então deve ser o rapaz dos correios entregando mais produtos que não me lembro de ter comprado. Só quando ouço alguém chamando é que percebo que é Rachel.

Visto um robe, desço e abro a porta.

— Até que enfim — diz ela, parecendo aliviada.

— O que você está fazendo aqui? — murmuro, ciente da minha voz arrastada.

— A gente combinou de almoçar hoje no Sour Grapes.

Olho para ela, consternada.

— Que horas são?

— Vou ver. — Ela pega o telefone. — Uma e vinte.

— Devo ter caído no sono. — Me soa mais educado contar essa mentira do que dizer que esqueci.

— Quando deu quinze para a uma e você não apareceu, tentei ligar para o seu celular e depois para cá, mas ninguém atendeu. Aí fiquei preocupada. Achei que o seu carro podia ter enguiçado no caminho ou que você tinha sofrido um acidente — explica ela. — Tinha certeza de que você teria me avisado se fosse se atrasar. Achei melhor dar um pulo aqui para verificar se estava tudo bem. Sabe o quanto fiquei feliz de ver o seu carro na garagem?

— Sinto muito por você ter tido que vir até aqui — digo, me sentindo culpada.

— Posso entrar? — Sem esperar pela minha resposta, ela cruza a entrada. — Você se importa se eu fizer um sanduíche?

Eu a sigo cozinha adentro e me sento à mesa.

— Fique à vontade.

— É para você. Parece que não come há dias. — Ela pega o pão no armário e abre a geladeira. — O que está acontecendo, Cass? Fico em Siena por três semanas e, quando volto, encontro você nesse estado.

— Tem sido um pouco difícil — respondo.

Ela coloca um vidro de maionese, um tomate e o queijo em cima da mesa e pega um prato antes de perguntar:

— Você está doente? — Rachel está tão linda... Ela voltou das férias com um bronzeado maravilhoso e está usando um vestido tubinho branco. Olhando para ela, me sinto insegura em meu pijama. Fecho o robe.

— Só mentalmente.

— Não diga uma coisa dessas. Mas você está mesmo com uma aparência horrível, e a sua voz está arrastada.

— É o remédio — explico, apoiando a cabeça na mesa. A madeira está fria quando encosto minha bochecha nela.

— Que remédio?

— O que o Dr. Deakin me receitou.

Ela franze a testa.

— Por que você está tomando remédio?

— Para me ajudar a lidar com as coisas.

— Por que, aconteceu alguma coisa?

Levanto a cabeça da mesa.

— Só o assassinato.

Rachel olha confusa para mim.

— Está falando do assassinato da Jane?

— Por que, teve mais algum?

— Cass, isso já faz semanas!

Pela minha visão, Rachel parece um pouco torta, então pisco os olhos com rapidez. Mas, como ela continua torta, é óbvio que o problema é comigo.

— Pois é, e quem a matou ainda está por aí.

Ela olha novamente para mim com a testa franzida.

— Você ainda acha que ele está te perseguindo?

— Aham — murmuro, assentindo com a cabeça.

— Mas por quê?

Deixo a cabeça cair outra vez em cima da mesa.

— Ainda estou recebendo aquelas ligações.

— Você me disse que não estava mais.

— Eu sei. É que elas não me incomodam mais, graças ao remédio. Nem atendo mais o telefone.

Pelo canto do olho, observo enquanto ela espalha maionese no pão, corta os tomates e fatia o queijo.

— Como você sabe que é ele quem está ligando, então?

— Eu só sei.

Rachel balança a cabeça, em desespero.

— Você sabe que não existe o menor fundamento para esse seu medo, não sabe? Estou preocupada com você, Cass. E o seu trabalho? As aulas não começam amanhã?

— Não vou voltar para a escola.

Rachel para o que está fazendo.

— Quanto tempo vai ficar afastada?

— Não sei.

— As coisas estão tão ruins assim?

— Estão piores do que antes.

Ela termina de preparar o sanduíche e coloca o prato na minha frente.

— Coma isso, depois a gente conversa.

— Talvez seja melhor esperar até as seis.

— Por quê?

— Porque até lá o efeito do remédio já vai ter passado e aí pode ser que eu fale coisa com coisa.

Ela me encara meio que sem acreditar.

— Está me dizendo que passa o dia todo desse jeito? Que diabos você está tomando? Antidepressivos?

Dou de ombros.

— Acho que estão mais para inibidores de imaginação.

— O que Matthew acha disso?

— Não gostou muito no início, mas acabou sendo vencido pela ideia.

Ela se senta ao meu lado e levanta o prato para me oferecer o sanduíche, já que não fiz a menor menção de pegá-lo.

— Coma! — exige.

Depois de comer as duas metades, conto a ela tudo o que aconteceu nas últimas semanas: que vi a faca na cozinha, que pensei que tivesse alguém no jardim, que fiz uma barricada na sala, que esqueci onde deixei o carro, que comprei um carrinho de bebê e conto sobre as coisas que não paro de pedir em um canal de televisão. Quando termino, percebo que ela não faz a menor ideia do que dizer. Não dá para fingir que estou apenas muito cansada.

— Sinto muito — diz ela, com uma carinha triste. — Como Matthew se sente sobre isso tudo? Espero que ele esteja sendo compreensivo.

— Está sendo, sim. E muito. Mas talvez as coisas fossem diferentes se ele soubesse como o futuro vai ser difícil se eu realmente sofrer de demência, como a mamãe.

— Você não tem demência. — A voz dela sai firme, severa até.

— Espero que esteja certa. — Queria eu ser tão confiante quanto ela.

Rachel vai embora logo depois, prometendo vir me visitar de novo assim que voltar de mais uma viagem de negócios a Nova York.

— Você tem tanta sorte — comento, melancólica. — Queria poder viajar.

— Por que não vem comigo? — convida ela, em um impulso.

— Eu não seria uma boa companhia.

— Mas ia te fazer um bem danado! Você pode ficar no hotel descansando enquanto eu estiver na conferência, e a gente se encontra à noite para jantar. — Ela pega minha mão, os olhos brilhando de empolgação. — Por favor, diga que sim, Cass, seria tão divertido! E, depois da conferência, vou tirar uns dias de folga. A gente podia aproveitar esses dias juntas.

Por um milésimo de segundo, fico tão animada quanto ela. Tenho a sensação de que realmente poderia viajar com Rachel. Mas, então, a realidade me atinge com força, e sei que eu não seria capaz de ir.

— Não posso — digo, baixinho.

Seu olhar é determinado.

— Você sabe muito bem que não existe isso de "não posso".

— Sinto muito, Rachel, mas não posso mesmo. Em outra ocasião, quem sabe.

Fecho a porta quando ela vai embora, me sentindo ainda mais infeliz. Há algum tempo, eu teria agarrado a oportunidade de passar uma semana em Nova York com Rachel sem pensar duas vezes. Agora, o simples pensamento de embarcar num avião, até mesmo de deixar minha casa, é demais para mim.

Querendo esquecer todos aqueles sentimentos, vou até a cozinha e tomo mais um comprimido. Apago tão rápido que só acordo quando ouço Matthew chamar meu nome.

— Desculpe — murmuro, morta de vergonha por ele ter me encontrado quase em coma no sofá. — Devo ter caído no sono.

— Não tem problema. Quer que eu vá começando a preparar o jantar enquanto você toma um banho para despertar?

— Boa ideia.

Grogue, me levanto do sofá e subo as escadas. Tomo um banho frio, visto roupas limpas e desço para a cozinha.

— Você está cheirosa — comenta ele, desviando o olhar da louça que está tirando da máquina.

— Desculpe por não ter feito isso.

— Tudo bem. Mas você lavou a roupa? Preciso da minha camisa branca para amanhã.

Eu me viro no mesmo instante.

— Vou lavar agora.

— Teve um dia de preguiça, foi? — provoca ele.

— Um pouco.

Vou até a área de serviço, separo as camisas do restante da roupa suja e as coloco na máquina. Mas, quando tento ligá-la, meus dedos travam, sem saber o que fazer, acima de uma fileira de botões. Fico assustada ao perceber que esqueci completamente qual devo apertar.

— Aproveite e coloque essa daqui junto. — Sobressaltada, giro nos calcanhares e me deparo com Matthew nu da cintura para cima, segurando a camisa que estava vestindo. — Desculpe, assustei você?

— Não, não — nego, atrapalhada.

— Você parecia estar longe.

— Está tudo bem.

Pego a camisa da mão dele e a coloco na máquina, com o restante das roupas. Fecho a tampa e fico ali em pé, sem conseguir pensar em nada.

— Está tudo bem?

— Não — respondo, tensa.

— Foi o meu comentário sobre você ter tido um dia de preguiça? — Ele parece estar se sentindo culpado. — Eu só estava brincando.

— Não... não é isso.

— O que é, então?

Meu rosto queima de vergonha.

— Não lembro como ligar a máquina.

O silêncio dura apenas alguns segundos, mas, para mim, parece uma eternidade.

— Tudo bem, pode deixar que eu cuido disso — retruca ele, rapidamente, estendendo os braços por trás de mim para alcançar os botões. — Pronto, não tem nenhum problema.

— É claro que tem um problema! — grito, furiosa. — Se eu não consigo nem lembrar como ligar a máquina, significa que meu cérebro não está funcionando direito!

— Ei, está tudo bem — diz ele, todo carinhoso, querendo me tranquilizar.

Matthew tenta me abraçar, mas saio de perto dele.

— Não! — berro. — Estou de saco cheio de fingir que está tudo bem quando, na verdade, não está!

Eu o empurro e passo por ele. Saio da cozinha pisando firme e vou para o jardim. O ar fresco me acalma, mas a deterioração cada vez mais rápida de minha memória é assustadora.

Matthew percebe que preciso de um tempo sozinha e, só depois de alguns minutos, vem falar comigo.

— Você precisa ler a carta do Dr. Deakin — diz ele, baixinho.

Eu gelo.

— Que carta do Dr. Deakin?

— A que chegou na semana passada.

— Não vi. — Mas, ao dizer isso, tenho uma vaga lembrança de ver uma carta com o timbre do consultório no envelope.

— Não é possível que você não tenha visto. Estava em cima da bancada, junto com a correspondência que você ainda não abriu.

Penso na pilha de cartas endereçadas a mim que deixei acumular nas últimas duas semanas por não estar com disposição para abri-las.

— Vou dar uma olhada amanhã — afirmo, sentindo o medo me dominar de repente.

— Foi o que você disse há dois dias quando perguntei sobre elas. Acontece que... — Ele se interrompe, parecendo desconfortável.

— O que foi?

— Eu abri a do consultório.

Fico boquiaberta.

— Você abriu uma carta que era para mim?

— Só a do consultório — ele se apressa em dizer. — Pensei que pudesse ser importante, que talvez o Dr. Deakin quisesse ver como você está, para trocar o seu remédio ou mudar a dosagem, não sei. E você não me pareceu muito disposta a enfrentar a situação.

— Você não tinha esse direito — declaro, fuzilando-o com o olhar.

— Onde está a carta?

— Onde você a deixou.

Tento disfarçar o medo que estou sentindo demonstrando raiva. Então vou até cozinha e folheio a pilha de cartas até encontrar a do Dr. Deakin. Meus dedos tremem enquanto tiro a única folha que há dentro do envelope já aberto e a desdobro. As palavras dançam diante dos meus olhos. *Conversei sobre seus sintomas com um especialista... Gostaria de solicitar alguns exames... Demência precoce... Marcar uma consulta o mais rápido possível...*

Deixo a carta cair. Demência precoce. As palavras brincam em minha boca, como se eu tentasse medir a dimensão do problema. Pela janela aberta, tenho a sensação de estar ouvindo um pássaro cantar: *demência precoce, demência precoce, demência precoce.*

Os braços de Matthew me enlaçam, mas continuo rígida de medo.

— Bem, agora você já sabe — digo, minha voz vacilante, as lágrimas descendo pelo rosto. — Satisfeito?

— É claro que não! Como você pode dizer uma coisa dessas? Eu só estou triste. E com raiva.

— Por ter se casado comigo?

— Não. Nunca.

— Se quiser ir embora, fique à vontade. Tenho dinheiro suficiente para me internar na melhor casa de repouso que existe.

Ele me sacode de leve.

— Ei, não fale esse tipo de coisa. Já disse que não tenho a menor intenção de deixar você, nunca. E o Dr. Deakin só quer pedir uns exames.

— Mas e se eu tiver mesmo demência? Sei como vai ser, sei quão frustrante e difícil vai ser para você.

— Se for esse o caso, vamos enfrentar tudo juntos. Ainda temos muitos anos pela frente, Cass, e eles podem ser muito bons, mesmo que você esteja doente. De qualquer maneira, existem remédios capazes de impedir o avanço da doença. Por favor, não se preocupe com isso agora. Sei que é difícil, mas você precisa ser otimista.

De alguma forma, consigo sobreviver ao restante da noite, mas, por outro lado, estou com medo. Como posso ser otimista quando não consigo lembrar como usar o micro-ondas ou como ligar a máquina de lavar roupas? Penso em mamãe com a chaleira elétrica e começo a chorar de novo. Quanto tempo vai levar até que eu não lembre mais como preparar uma xícara de chá? Quanto tempo até eu já não conseguir mais me vestir? Matthew nota minha tristeza e tenta me consolar afirmando que as coisas poderiam ser piores. Então rebato, lhe perguntando o que poderia ser pior do que estar perdendo a razão. Ele não consegue responder à pergunta, e me sinto mal por pressioná-lo. Sei que não adianta de nada ficar com raiva de Matthew. Afinal de contas, ele está fazendo o máximo que pode para se manter otimista. O problema é que, até então, eu pensava que minha perda de memória pudesse estar sendo causada por outro motivo. Mas Matthew tinha acabado de roubar meu último fio de esperança.

Domingo, 20 de setembro

Estou na cozinha, mexendo devagar o risoto que preparei para o almoço e olhando para Matthew, que está no jardim arrancando ervas daninhas dos canteiros de flores. Estou olhando para ele, mas não necessariamente prestando atenção, pois minha mente está vagando. Não tomei meus remédios no fim de semana.

Dois meses se passaram desde o assassinato de Jane, e não faço a menor ideia do que aconteceu nas últimas semanas. Graças ao remédio, elas passaram como um borrão. Com dificuldade, conto de trás para a frente, tentando saber quando recebi a carta do Dr. Deakin recomendando que fizesse os exames, e chego à conclusão de que foi há três semanas. Três semanas e ainda não aceitei que posso ter demência precoce. Talvez um dia eu consiga encarar isso — meus exames estão marcados para o final do mês que vem —, mas, no momento, não quero lidar com isso.

Do nada, penso em Jane. Vejo seu rosto em minha mente, mas não consigo visualizar direito sua expressão, exatamente como no dia em que a vi no bosque. É triste pensar que mal me lembro de como ela era. Parece que tudo aconteceu há muito tempo. Ainda assim, continuo recebendo aquelas ligações. Durante a semana, quando estou sozinha em casa, ao longo do dia, consigo ouvir o telefone tocando em intervalos regulares. Às vezes, apesar do nevoeiro que embaça meu cérebro, ouço Hannah, Connie ou John deixando um recado na secretária eletrônica. Mas, quando ninguém deixa recado ou não escuto o sinal da secretária eletrônica, sei que é ele quem está ligando.

Os produtos do canal de compras continuam chegando, e agora eu me superei. Estou encomendando joias em vez de utilidades domésticas. Na sexta-feira, Matthew chegou do trabalho trazendo mais um pacote, que havia sido deixado pelo carteiro na porta de nossa casa. Meu coração se apertou só de eu pensar em jogar mais uma rodada de "adivinhe o que tem dentro".

— Está com cheiro do meu prato favorito — comentou ele, sorrindo. Matthew me deu um beijo enquanto eu tentava descobrir o que tinha comprado desta vez.

— Achei que seria bom começar o fim de semana assim.

— Ótimo. — Ele levantou a caixa. — Mais uma engenhoca para a cozinha?

— Não — respondi, na esperança de que não fosse.

— O que é, então?

— Um presente.

— Para mim?

— Não.

— Posso olhar?

— Se você quiser...

Matthew pegou uma tesoura e abriu a embalagem com ela.

— Facas? — perguntou ele, tirando de dentro da embalagem duas caixas de couro pretas e achatadas.

— Por que você não abre e vê? — sugeri. Mas, de repente, sabia o que eram. — Pérolas — falei. — São pérolas.

Ele abriu a tampa de uma das caixas.

— Muito bonitas.

— São para a Rachel — eu disse, com confiança.
— Achei que você já tinha comprado um par de brincos para ela.
— Esse é presente de Natal.
— Mas nós ainda estamos em setembro, Cass.
— Não faz mal nenhum começar a se organizar cedo, faz?
— Não, acho que não. — Ele pegou a nota fiscal e deu um assobio baixinho. — Desde quando você gasta quatrocentas libras com as suas amigas?
— Posso fazer o que eu quiser com o meu dinheiro — retruquei, na defensiva. Sabia que meus motivos para não contar nada a ele sobre o chalé que comprei para Rachel na Ilha de Ré não eram infundados.
— É claro que pode. Então para quem é o outro?
A única coisa que me ocorreu foi que devia ter esquecido que tinha encomendado o primeiro e, por isso, comprei o segundo.
— Para você me dar de presente de aniversário.
Ele fechou a cara, menos disposto a entrar no jogo do que antes.
— Você já não tem um?
— Não igual a esse — respondi, torcendo para que não chegasse uma terceira caixa.
— Claro — disse Matthew simplesmente.
Eu podia sentir que ele estava olhando para mim de um jeito desconfiado. E isso tem acontecido com bastante frequência ultimamente.

*

Quando o risoto está pronto, chamo Matthew, e nós nos sentamos para almoçar. Estamos terminando de comer quando a campainha toca. Ele se levanta para atender.
— Você não me falou que a Rachel vinha hoje — comenta ele, trazendo-a até a cozinha. Apesar do sorriso em seu rosto, consigo perceber que ele não está muito feliz em vê-la. Por outro lado, *eu* estou, mas também sou pega de surpresa porque não tenho a menor

ideia se esqueci que Rachel tinha ficado de fazer uma visita ou se simplesmente apareceu sem avisar.

— A Cass não sabia... Fui eu que resolvi dar um pulinho aqui para a gente conversar um pouco — explica ela, me salvando. — Mas, se eu estiver incomodando, posso ir embora.

Rachel me lança um olhar questionador.

— Não, tudo bem — digo, apressada. Detesto o fato de ela sempre se sentir indesejada por causa de Matthew. — Nós acabamos de almoçar. Você já comeu ou quer que eu prepare alguma coisa para você?

— Um expresso seria ótimo.

Embora Matthew esteja de pé, ele não se mexe, então vou até o armário e pego algumas xícaras.

— Vai querer um também? — pergunto a ele.

— Por favor.

Coloco uma das xícaras no suporte da máquina e pego uma cápsula de café.

— Então, como você está? — pergunta Rachel.

— Bem, e você? Como foi a viagem? — continuo, sendo vaga de propósito, porque não consigo lembrar para onde ela foi.

— A mesma coisa de sempre. Adivinha o que comprei no aeroporto, na volta?

Enfio a cápsula na abertura, mas, em vez de deslizar para dentro da cafeteira, ela fica projetada para fora.

— O quê? — pergunto, tentando empurrá-la para dentro.

— Um relógio Omega.

Tiro a cápsula do compartimento e tento outra vez, sentindo os olhos de Matthew em mim.

— Uau. Deve ser lindo — comento. A cápsula continua não descendo.

— E é mesmo. Fiquei com vontade de me dar um presente.

Empurro a cápsula, tentando forçá-la para dentro.

— Com razão. Você merece.

— Precisa levantar a alavanca primeiro — explica Matthew, baixinho. Ruborizando, faço o que ele diz, e a cápsula desliza para o lugar.

— Por que não deixa que eu faço isso? — sugere ele. — Quer ir com a Rachel para o jardim? Podem se sentar lá que eu levo o café para vocês.

— Obrigada — digo, com gratidão.

— Está tudo bem? — pergunta Rachel, quando já estamos do lado de fora. — Acho que eu devia ter ligado primeiro, mas estava em Browbury hoje e me deu vontade de passar aqui.

— Não se preocupe, não é você, sou eu — declaro, fazendo-a rir. — Não conseguia lembrar como usar a cafeteira. Primeiro foi o micro-ondas, depois a máquina de lavar roupas. Agora é a cafeteira. Daqui a pouco vou esquecer como me vestir. — Faço uma breve pausa, me empertigando para o grande anúncio. — É provável que eu esteja com demência precoce.

— É, você me contou isso tem umas duas semanas.

— Ah — comento, desanimada.

— Você ainda não foi fazer os exames, foi?

— Não, ainda não.

— E o remédio? Continua tomando?

— Sim — digo mais baixo. — Mas nunca tomo no fim de semana. Não quero que Matthew veja o quanto eles me afetam. Só finjo que tomo e escondo tudo na gaveta.

Ela franze o cenho ao ouvir minha confissão.

— Cass! É óbvio que, se te afeta tanto assim, você nem devia estar tomando! Ou, pelo menos, devia reduzir a dose.

— Talvez, mas não quero. Sem isso, não sobreviveria à semana. O remédio faz com que eu me esqueça de que estou sozinha em casa. Nem me lembro dos telefonemas quando estou medicada.

— Continuam ligando para você?

— De vez em quando.

Ela toca meu braço.

— Você precisa procurar a polícia, Cass.

Eu a encaro.

— Para quê? Eles não podem fazer nada.

— Você não sabe se eles não podem. Talvez possam rastrear as ligações que você anda recebendo. O que o Matthew acha?

— Que não estou mais recebendo as ligações.

— Olhe o Matthew trazendo o nosso café — ela me interrompe falando bem alto, para me alertar da presença dele. Matthew coloca uma xícara na frente dela, e Rachel olha para ele com doçura. — Obrigada.

— É só chamar se quiserem mais.

— Pode deixar.

Uma hora depois, Rachel vai embora, mas se oferece para vir me buscar na sexta-feira seguinte para sairmos à noite. Ela sabe que não me sinto confiante o suficiente para dirigir por enquanto, e detesto o fato de que agora dependo do outros para ir a qualquer lugar. A saudade que sinto da vida que tinha antes é como uma dor física. Mas acabo percebendo que não foi a demência que roubou minha independência, ainda que isso possa se tornar realidade um dia. A culpa e o medo assolam cada momento que estou acordada, desde que passei por Jane naquela estrada, há dois meses. A culpa e o medo podaram minha confiança. Se nada daquilo houvesse acontecido com Jane, se eu não a tivesse conhecido, se ela ainda estivesse viva, eu conseguiria lidar melhor com o diagnóstico de demência precoce. Teria encarado isso de cabeça erguida e estaria, neste exato instante, analisando minhas opções, em vez de passar os dias dormindo no sofá.

Ter noção do que me tornei e do motivo pelo qual fiquei assim é um enorme alerta. Faz com que eu desperte da minha letargia e decida tomar uma atitude. Penso no que posso fazer para retomar as rédeas de minha vida — ou, pelo menos, a começar a colocá-la em ordem — e decido voltar a Heston. Se alguém pode me ajudar em minha busca por paz de espírito, essa pessoa só pode ser Alex, o viúvo de Jane. Não acho que ele vá acabar com a culpa que sinto, porque ela sempre vai me acompanhar, mas tive a impressão de que era um homem gentil e piedoso. Se ele conseguir ver que realmente sinto muito sobre não ter parado para ajudar Jane aquela noite, talvez encontre uma forma de me perdoar. E, então, quem sabe, talvez *eu* consiga me perdoar. Quem sabe até mesmo consiga fazer alguma coisa para acabar com esse medo, que vem sendo alimentado de forma meticulosa pelo homem misterioso que anda me ligando. Não sou ingênua a ponto de acreditar que todos os meus problemas serão solucionados com uma única ida a Heston. Mas, pelo menos, já é um começo.

Segunda-feira, 21 de setembro

Coloco os comprimidos que Matthew trouxe para mim de manhã na pequena pilha que já está em minha gaveta. Se quero ir a Heston hoje, preciso estar bem para dirigir. Tomo um banho demorado, deixando a água cair em meu corpo, e, quando enfim desligo o chuveiro, me sinto mentalmente mais forte, como não me sentia havia semanas. É como se eu tivesse renascido. Talvez seja por isso que, quando o telefone começa a tocar, lá pelas dez, decido atender. Em primeiro lugar, porque quero ter certeza de que as ligações não são fruto da minha imaginação e, em segundo, porque não consigo acreditar que ele continuaria ligando mesmo depois de ser ignorado há Deus sabe quanto tempo.

A inspiração súbita que ouço assim que atendo é uma prova de que o surpreendi. Maravilhada por tê-lo pego de surpresa, me sinto capaz de lidar com o silêncio melhor do que antes. Minha respiração, normalmente trêmula de medo, permanece regular.

— Senti sua falta. — Escuto as palavras sussurradas, que deslizam pela linha como seda, me atingindo com uma força invisível.

O medo ressurge, fazendo minha pele ficar arrepiada, me sufocando com seu veneno. Bato o fone no gancho. *Isso não significa que ele esteja por perto*, tento me tranquilizar e recuperar parte da calma que sentia mais cedo. *Só porque ele falou com você não significa que esteja te vigiando.* Respiro algumas vezes, me obrigando a lembrar que ele não estava esperando que eu atendesse, o que prova que ele não conhece meus passos. Mas é difícil não sentir aquele medo todo novamente. E se ele decidir me fazer uma visita agora que sabe que estou de volta à terra dos vivos?

Sigo para a cozinha, e meus olhos, por instinto, primeiro desviam para a janela, depois para a porta dos fundos. Tento girar a maçaneta, mas ela permanece imóvel. Fico mais tranquila. Ninguém pode entrar sem a minha permissão.

Penso em fazer um café, mas, lembrando que tive dificuldade com a máquina ontem, prefiro tomar um copo de leite. Então me pergunto: por que será que meu interlocutor silencioso resolveu falar comigo agora quando nunca fez isso antes? Será que queria me deixar abalada porque, pela primeira vez, não conseguiu sentir meu medo? Sou inundada por uma sensação de triunfo por ter mudado algo tão básico entre nós. Não que eu o tenha desmascarado exatamente, mas consegui fazer com que mostrasse um pouco de si, mesmo que tenha sido apenas um sussurro.

Não quero chegar a Heston muito cedo, então arrumo algumas coisas na casa para não ficar lembrando que estou sozinha. Mas minha mente não se aquieta. Preparo uma xícara de chá de menta, na esperança de que a bebida me acalme, e me sento na cozinha para bebê-la. O tempo passa devagar, mas, com muita força de vontade, aguento firme até as onze. Só então saio de casa, armando o alarme antes.

Enquanto cruzo Browbury, penso na última vez que estive aqui, no dia que esbarrei com John. Pelos meus cálculos, acho que faz umas cinco semanas. Quando lembro como estava assustada naquele dia, porque achei que o assassino estivesse no jardim, sinto uma raiva enorme. Como alguém conseguia incutir um medo tão grande em mim? E onde foram parar essas cinco semanas? Para onde foi meu verão?

Quando chego a Heston, paro o carro na mesma rua que estacionei naquele dia e caminho até o parque. Não há sinal do marido ou das filhas de Jane, mas não esperava mesmo que fosse ser tão fácil. Não quero nem pensar na possibilidade de que ele não venha ao parque em nenhum momento do dia ou no que farei se ele se recusar a me escutar. Então me sento em um banco, curtindo a sensação do sol de fim de setembro em meu rosto.

Por volta de meio-dia e meia, vou até o pub local, parando antes no mercado do vilarejo para comprar um jornal. Peço um café no bar e o levo para o jardim. Há um número surpreendente de pessoas almoçando aqui, e, de repente, me sinto em evidência. Não só porque estou sozinha, mas porque todo mundo parece se conhecer, ou pelo menos todos parecem ser fregueses regulares.

Encontro uma mesinha vaga debaixo de uma árvore, um pouco afastada dos outros clientes, e abro o jornal. As manchetes não são muito interessantes, então viro a página. Uma matéria com o título *Por que ninguém foi preso?* salta aos meus olhos. Não preciso ler para adivinhar que é sobre Jane.

A matéria traz a foto de uma mulher, amiga de Jane, que parece tão frustrada quanto eu com a investigação policial. *"Alguém tem que saber quem é o assassino"*, é o que ela diz. Essa citação dá um gancho para *"Há dois meses, uma jovem foi brutalmente assassinada"*. E o artigo termina com *"Alguém, em algum lugar, deve saber de alguma coisa."*

Fecho o jornal, sentindo meu estômago embrulhar. Até onde sei, a polícia parou de fazer apelos para a pessoa que viu Jane viva no carro naquela noite, mas talvez essa matéria traga o assunto à tona de novo.

Estou tensa demais para ficar sentada, então saio do pub e começo a andar pela rua à procura do marido de Jane. Agora, mais do que nunca, não quero ir embora sem falar com ele. Não faço a menor ideia de onde mora — se é no vilarejo mesmo ou no bairro novo que foi construído nos arredores. No entanto, quando estou passando por uma fileira de chalés de pedra, vejo dois triciclos idênticos em um dos jardins. Sem pensar duas vezes, subo a calçada que leva à entrada e bato à porta.

Vejo o marido de Jane olhar para mim pela janela, mas ele demora tanto para abrir a porta que penso que não vai me receber. Por fim, ele aparece e me olha de cima do degrau.

— A mulher do lenço de papel — diz, a voz nem simpática nem hostil.

— Sim — respondo, feliz por ele ter se lembrado de mim. — Sinto muito por estar incomodando, mas será que poderíamos conversar um minutinho?

— Não se você for jornalista.

Nego com a cabeça de imediato.

— Não sou jornalista.

— Se você for médium, também não estou interessado.

Abro um breve sorriso, quase desejando que esse fosse o motivo para minha visita.

— Não, nada do tipo.

— Vou adivinhar: você e a Jane se conheceram há séculos, e você quer me contar que está péssima por ter perdido contato com ela.

Balanço a cabeça novamente.

— Não exatamente.

— Então por que você quer conversar comigo?

— Eu sou a Cass.

— Cass?

— É. Escrevi para você há algumas semanas. Jane e eu almoçamos juntas um pouco antes de... — Deixo o restante da frase em suspenso, sem saber como terminá-la.

— Claro! — Então, ele fecha a cara. — Por que você não disse quem era quando nos encontramos no parque?

— Não sei. Acho que não queria que você pensasse que eu estava sendo intrometida. Estava passando por Heston naquele dia e me lembrei da Jane. Ela tinha comentado sobre o parque comigo, então decidi parar lá. Não imaginei que poderia esbarrar com você.

— Parece que fico o dia todo lá — comenta ele, com uma careta. — As meninas nunca se cansam. Querem ir todos os dias, até quando está chovendo.

— Como elas estão?

— Até que estão lidando muito bem com tudo. — Ele abre mais a porta. — Entre. Elas estão dormindo, então tenho alguns minutos.

Eu o sigo até a sala de estar, onde há brinquedos espalhados pelo chão. Vejo Jane me encarar de inúmeras fotos de família.

— Quer uma xícara de chá?

— Não, obrigada — respondo, me sentindo nervosa de repente.

— Você disse que queria conversar comigo, não foi?

— É. — Sem aviso, começo a chorar e, com raiva de mim mesma, vasculho minha bolsa à procura de um lenço de papel.

— Sente-se, por favor. É óbvio que você tem alguma coisa em mente.

— É. — Dou a mesma resposta, me sentando no sofá.

Ele puxa uma cadeira e se senta à minha frente.

— Leve o tempo que precisar.

— Eu vi a Jane naquela noite — digo de repente, torcendo o lenço de papel nas mãos.

— É, eu sei, numa festa. Eu me lembro de Jane ter comentado comigo.

— Não, não estou me referindo a essa noite. Eu a vi na noite em que ela foi... — A palavra "assassinada" fica presa em minha garganta. — Na noite em que ela foi morta. Peguei a Blackwater Lane e passei pelo carro dela, no acostamento.

Alex fica em silêncio por tanto tempo que começo a pensar que entrou em choque ou algo assim.

— Você contou para a polícia? — pergunta ele, por fim.

— Contei. Fui eu quem ligou para dizer que Jane estava viva quando passei por ela.

— Você viu mais alguma coisa?

— Não, só a Jane. Mas não sabia que era ela. Estava chovendo muito, e não deu para discernir seu rosto. Tudo que consegui ver foi que era uma mulher. Só fui saber que era ela no dia seguinte.

Ele expira ruidosamente, e seu hálito paira no ar entre nós.

— Você não viu ninguém no carro com ela?

— Não. Se tivesse visto, teria contado à polícia.

— Então você não parou?

Incapaz de olhar em seus olhos, abaixo a cabeça.

— Pensei que o carro dela estivesse enguiçado, então parei. Achei que ela ia sair e vir até mim, mas não saiu. Estava chovendo muito, então esperei que ela piscasse o farol ou que buzinasse para dizer que precisava de ajuda. Só que ela não fez nada disso, por isso acabei presumindo que já tivesse chamado alguém. Sei que eu devia ter descido do carro e corrido até ela para checar se estava tudo bem, mas eu estava com muito medo. Pensei que pudesse ser uma armadilha. Então, decidi que o melhor a fazer seria ligar para a polícia ou para o reboque. Estava pertinho da minha casa. Se eu fosse embora naquele momento, podia pedir a alguém que desse uma olhada nela. Mas, quando cheguei à minha casa, acabei me esquecendo de ligar. Aí, na manhã seguinte, quando soube que uma mulher havia sido assassinada, eu me senti... bem, não sei bem como descrever como eu me senti... Não conseguia acreditar que tinha me esquecido de ligar para a polícia... Ficava pensando o tempo todo que, se tivesse ligado, ela talvez estivesse viva hoje. A culpa que senti foi tão grande que não consegui contar isso para mais ninguém, nem para o meu marido. Achava que, se as pessoas ficassem sabendo, iriam apontar o dedo para mim e me culpar pela morte dela, por não ter feito nada para ajudá-la. E elas estariam certas. Então, quando soube que a mulher

assassinada era Jane, eu me senti péssima. — Tento conter as lágrimas.
— Posso não ter assassinado Jane, mas me sinto tão responsável pela morte dela quanto a pessoa que a matou.

Eu me preparo para a ira dele, mas Alex apenas balança a cabeça.

— Você não pode pensar assim — afirma ele.

— Sabe o que é pior? — continuo. — Depois fiquei pensando que, se tivesse saído do carro, eu podia ter morrido também. E aí fiquei aliviada por não ter saído. Que tipo de pessoa eu sou?

— Alguém que não é má — responde ele, gentilmente. — Você é só um ser humano.

— Por que você está sendo tão gentil comigo? Por que não está com raiva?

Ele se levanta.

— Era isso que você queria? — pergunta, baixando o olhar para mim. — Foi para isso que veio até aqui? Quer que eu diga que você é responsável pela morte da Jane e que é uma péssima pessoa? Porque, se quiser ouvir isso, veio ao lugar errado.

Faço que não com a cabeça.

— Não foi por isso que vim até aqui.

— Então o que você quer?

— Não sei mais quanto tempo consigo viver com toda essa culpa.

— Você *precisa* parar de se culpar.

— Nunca vou conseguir fazer isso.

— Olhe, Cass, se você quer o meu perdão, eu não tenho problema nenhum em te perdoar. Não culpo você por não ter parado. Se fosse o contrário, duvido que Jane teria parado para te ajudar. Ela também teria ficado com medo.

— Mas talvez ela tivesse se lembrado de pedir a alguém que checasse se eu estava bem.

Ele pega uma foto das gêmeas; elas são só sorrisos e cachos louros na imagem.

— Vidas demais já foram destruídas pela morte da Jane — declara ele, baixinho. — Não deixe que a sua seja mais uma.

— Obrigada — agradeço, com as lágrimas nos olhos mais uma vez. — Muito obrigada mesmo.

— Sinto muito que você esteja tão angustiada. Será que agora posso, pelo menos, fazer um chá para você?

— Não quero incomodar.

— Eu estava indo preparar uma para mim quando você chegou, então não é incômodo nenhum.

Quando ele volta com o chá, já consegui me recompor. Ele pergunta sobre minha vida, então lhe conto que sou professora — não menciono que não estou trabalhando no momento. Conversamos sobre as filhinhas dele, e Alex admite que está achando difícil ser pai em tempo integral, porque sente falta do trabalho que tinha antes. Ele me conta que, na semana passada, quando seus colegas o convidaram para almoçar, tinha sido a primeira vez desde a morte de Jane que ele havia sentido vontade de ver alguém.

— E como foi? — pergunto.

— Eu não fui porque não tinha ninguém para tomar conta das meninas. Os avós delas moram muito longe para vir tão em cima da hora, e eles já ajudam muito nos fins de semana. Mas ainda é difícil para os pais da Jane, sabe... ver as meninas. Elas são tão parecidas com a mãe...

— Não tem ninguém na cidade que possa ajudar você?

— Não, não tem.

— Eu ficaria feliz em poder ajudar, se você precisar — me ofereço. Ele parece surpreso. — Desculpe, isso foi uma ideia estúpida. Você nem me conhece...

— Bom, obrigado por se oferecer, de qualquer forma.

Viro a xícara de chá, terminando de tomar o restante da bebida. Tenho ciência do momento desconfortável entre nós.

— É melhor eu ir andando — digo, me levantando. — Obrigada por me ouvir.

— Espero que esteja se sentindo melhor.

— Estou. Estou, sim.

Alex me acompanha até a porta, e sinto um desejo súbito de me abrir com ele e contar sobre as ligações que venho recebendo.

— Quer me dizer mais alguma coisa? — pergunta ele.

— Não, está tudo bem — respondo, pois não posso incomodá-lo mais do que já incomodei.

— Tchau, então.

— Tchau.

Caminho devagar em direção ao portão, pensando que perdi a oportunidade de falar. Não há a menor chance de eu aparecer na porta dele outra vez sem ser convidada.

— Quem sabe não nos vemos no parque qualquer dia desses! — grita Alex.

— Quem sabe — respondo, me dando conta de que ele estava me observando. — Tchau.

Estou em casa por volta das quatro. Já é tarde demais para tomar o remédio, então decido não entrar. Vou ficar no jardim até Matthew chegar. Não vou contar a ele que saí hoje; se contar, vou ter de mentir sobre onde estive e, se eu mentir, talvez a mentira acabe voltando para me assombrar. Posso não me lembrar do que disse a ele.

O calor me deixa com sede, então entro relutante em casa, me lembrando de desligar o alarme ao cruzar a porta, e me dirijo à cozinha. Quando abro a porta, paro no vão. Meus olhos vasculham o cômodo. Sinto um frio na espinha. Tudo parece estar em ordem, mas sei que tem algo errado. Sei que, desde que saí hoje de manhã, algo mudou.

Volto lentamente para o hall de entrada e fico o mais imóvel possível, prestando atenção ao menor ruído. Não há nada, só silêncio, mas sei que isso não significa que estou sozinha. Pego o telefone na base que fica em cima da mesinha da entrada e saio de casa pela porta da frente, fechando-a ao sair. Eu me afasto da minha própria casa, tomando o cuidado para não sair da área de alcance do telefone e, com os dedos trêmulos, ligo para Matthew.

— Posso te ligar daqui a pouco? — pergunta ele. — Estou em reunião.

— Acho que alguém esteve na nossa casa — digo, com cautela.

— Espere um minuto.

Ouço Matthew pedir desculpas a alguém e o barulho de uma cadeira sendo arrastada no chão. Então, alguns segundos depois, ele está de volta à linha.

— O que foi que aconteceu?

— Alguém entrou na nossa casa — repito, tentando esconder minha agitação. — Saí para dar uma volta e, quando cheguei, percebi que alguém tinha estado na cozinha.

— Como?

— Não sei — respondo, frustrada por estar parecendo louca mais uma vez.

— Está faltando alguma coisa? Fomos roubados? É isso que você está tentando dizer?

— Não sei se fomos roubados. Só sei que alguém entrou na nossa casa. Você pode vir para cá, Matthew? Não sei o que fazer.

— Você armou o alarme quando saiu?

— Armei.

— Então como alguém entrou sem que ele disparasse?

— Não sei.

— Algum sinal de arrombamento?

— Não sei. Não fiquei tempo suficiente para descobrir. Olhe, nós estamos perdendo tempo. E se ele ainda estiver aqui? Você não acha que seria melhor chamar a polícia? — Hesito por um instante. — O assassino da Jane ainda está solto.

Ele fica em silêncio e sei que foi estupidez da minha parte mencionar isso.

— Você tem mesmo certeza de que alguém entrou na nossa casa? — pergunta ele.

— É claro que tenho. Não iria inventar isso. E pode ser que ele ainda esteja lá dentro.

— Então é melhor chamar a polícia. — Consigo perceber sua relutância. — Eles vão chegar mais rápido que eu.

— Mas você vem?

— Vou. Vou sair agora.

— Obrigada.

Ele retorna a ligação um minuto depois para me dizer que a polícia está a caminho. Apesar de chegarem rápido, também chegam em silêncio, e, por isso, sei que Matthew não mencionou a palavra assassino para eles. Uma viatura para em frente ao portão, e reconheço a policial da vez que fiz o alarme disparar sem querer.

— Sra. Anderson? — pergunta ela, descendo a pista de acesso, vindo minha direção. — Sou a policial Lawson. Seu marido me pediu que desse uma passada aqui. Pelo que entendi, a senhora acha que pode ter alguém na sua casa, é isso?

— Sim — respondo imediatamente. — Saí para dar uma volta e, quando cheguei, percebi que alguém tinha estado na cozinha.

— Viu algum sinal de arrombamento? Vidro no chão, esse tipo de coisa?

— Só fui até a cozinha, então não sei.

— E a senhora acha que ainda pode ter alguém lá dentro?

— Não sei. Não fiquei lá muito tempo. Saí no mesmo instante e liguei para o meu marido.

— Posso entrar pela porta da frente? A senhora tem a chave?

— Tenho — respondo, entregando-lhe a chave.

— Fique aqui, por favor, Sra. Anderson. Aviso quando for seguro entrar.

Ela entra na casa, perguntando em um tom alto se tem alguém ali dentro. Pelos cinco minutos seguintes, tudo fica em silêncio. Por fim, ela sai da casa.

— Fiz uma busca minuciosa e não encontrei nada que sugira a presença de algum intruso. Não há sinal de arrombamento, todas as janelas estão fechadas e tudo parece estar em ordem.

— Tem certeza? — pergunto, nervosa.

— Quer entrar e dar uma olhada? Para verificar se não tem nada faltando, esse tipo de coisa.

Eu a sigo pela casa e verifico todos os cômodos. Mesmo não vendo nada fora do lugar, sei que alguém esteve aqui.

— Eu simplesmente sinto — respondo, impotente, quando ela me pede que explique como sei disso.

Descemos outra vez até a cozinha.

— Que tal a gente tomar uma xícara de chá? — sugere a policial Lawson, sentando-se à mesa.

Quando vou ligar a chaleira, paro onde estou, sem me mexer.

— Minha caneca — digo, me virando para ela. — Deixei minha caneca aqui na bancada quando saí, e ela sumiu. Foi por isso que percebi que alguém esteve aqui. Minha caneca não está onde eu a deixei.

— Talvez esteja na lava-louça.

Abro a máquina e encontro minha caneca na prateleira interna.

— Sabia que não estava ficando louca! — exclamo, triunfante. Ela olha para mim, em dúvida. — Eu não a coloquei aqui. Deixei ali na bancada.

Vejo a porta abrindo, e Matthew entra.

— Está tudo bem? — pergunta ele, olhando nervoso para mim.

A policial Lawson se levanta para falar com ele enquanto minha cabeça funciona a todo vapor, refletindo se é possível que eu tenha me enganado, se é possível que eu tenha deixado a caneca em cima da bancada mesmo. Mas tenho certeza de que não estou enganada.

Volto a atenção para a policial Lawson, que acabou de relatar a Matthew que não encontrou qualquer vestígio de arrombamento ou da presença de alguém na casa.

— Mas alguém esteve aqui, sim — insisto. — Minha caneca não foi parar dentro da lava-louça sozinha.

— Como assim? — pergunta Matthew.

— Deixei minha caneca em cima da bancada e, quando voltei, ela estava dentro da máquina — explico, mais uma vez.

Ele me lança um olhar resignado.

— Você deve ter esquecido que colocou lá dentro, só isso. — Ele se vira para a policial Lawson. — De vez em quando, minha mulher tem uns lapsos de memória e não consegue lembrar algumas coisas.

— Tudo bem — diz ela, olhando para mim com compaixão.

— Isso não tem nada a ver com a minha memória! — exclamo, irritada. — Eu não sou idiota. Sei o que fiz e o que deixei de fazer!

— Mas, às vezes, você não sabe, não é? — indaga Matthew, com todo o cuidado.

Abro a boca para me defender, mas, na mesma hora, desisto. Se ele quisesse, poderia listar inúmeros exemplos das vezes que não fui capaz de recordar o que fiz. No silêncio que se segue, me dou conta de que, mesmo que eu insista até ficar sem fôlego, eles nunca vão acreditar que deixei a caneca em cima da bancada.

— Sinto muito que tenha vindo até aqui sem necessidade — digo, secamente.

— Não tem problema nenhum. Melhor prevenir do que remediar — responde a policial Lawson, com gentileza.

— Acho que vou me deitar um pouco.

— Boa ideia. — Matthew sorri para mim com uma expressão encorajadora. — Vou subir em um instante.

Depois que a policial Lawson vai embora, fico esperando Matthew vir falar comigo. Como ele não faz isso, vou à sua procura. Ele está no jardim, bebericando uma taça de vinho como se não tivesse nada no mundo com o que se preocupar. Sou dominada pela raiva.

— Que bom que você não se incomoda com o fato de alguém ter entrado na nossa casa — esbravejando, olhando incrédula para ele.

— Ah, Cass, deixe de besteira. Se a única coisa que a pessoa fez foi colocar uma caneca dentro da lava-louça, não é exatamente uma ameaça, não é mesmo?

Não consigo identificar se ele está sendo sarcástico, já que nunca havia mostrado esse lado para mim. Uma voz dentro da minha cabeça me avisa: *Cuidado, não vá longe demais!* Mas não consigo controlar a raiva que sinto.

— Você só vai acreditar em mim no dia que voltar para casa e me encontrar com a garganta cortada, não é?

Ele coloca a taça de vinho em cima da mesa.

— Acha mesmo que é isso que vai acontecer? Que alguém vai entrar nessa casa e matar você?

Algo dentro de mim explode.

— Não importa o que eu penso, porque ninguém presta a menor atenção no que digo mesmo!

— E a gente tem culpa? Não existe o menor fundamento para nenhum dos seus medos, nenhum mesmo.

— Ele falou comigo!

— Quem?

— O assassino!

— Cass. — Ele solta um gemido.

— Falou, sim! E esteve dentro da nossa casa! Será que você não entende, Matthew? Tudo mudou!

Ele balança a cabeça em sinal de desespero.

— Você está doente, Cass, você tem demência precoce e está paranoica. Será que não pode só aceitar isso?

A crueldade em suas palavras me deixa atordoada. Não consigo pensar em nada para dizer, então lhe dou as costas e entro em casa. Na cozinha, paro para engolir dois dos meus comprimidos, dando a ele tempo suficiente para vir atrás de mim. Mas Matthew não aparece, então eu subo, troco de roupa e me deito na cama.

Terça-feira, 22 de setembro

Quando abro os olhos, já é de manhã, e, de repente, as lembranças da noite anterior me atingem. Viro a cabeça em direção a Matthew, me perguntando se ele tentou me acordar para se desculpar pelas palavras ofensivas quando veio se deitar. Mas o lado da cama em que ele dorme está vazio. Olho para o relógio: são oito e meia. Minha bandeja do café da manhã está em cima da mesa, o que significa que ele já saiu para trabalhar.

Eu me sento na cama, na esperança de ver um bilhete apoiado no copo de suco, mas, além da bebida, me deparo apenas com uma tigela de cereais, uma pequena jarra de leite e meus dois comprimidos matinais. Estou tão apreensiva que fico até enjoada. Por mais que Matthew diga que nunca vai me largar, que estará sempre comigo, esse lado novo e mais sério de sua personalidade me deixou confusa. Entendo que deve ser assustador conviver com uma mulher que fica insistindo que está sendo perseguida por um assassino, mas será ele que não devia pelo menos tentar entender meus temores antes de desprezá-los? Quando paro para pensar, me dou conta de que Matthew nunca conversou comigo para perguntar, de verdade, por que acho que o assassino está atrás de mim. Se tivesse feito isso, eu poderia ter admitido que passei pelo carro de Jane aquela noite.

A solidão faz com que as lágrimas transbordem dos meus olhos. Pego o suco para me ajudar a engolir os comprimidos, desesperada para entorpecer a dor. Mas não consigo parar de chorar, nem mesmo quando o sono começa a me dominar. A única coisa que sinto é um desespero terrível e muito medo do que o futuro possa reservar para mim. Se eu tiver demência e Matthew me deixar, tudo que terei serão anos numa casa de repouso, onde alguns dos meus amigos irão me visitar por obrigação, uma obrigação que terminará no minuto em que eu não conseguir mais lembrar quem eles são. Quando penso nisso, minhas lágrimas se intensificam e se transformam em soluços de tristeza.

Ao acordar, algum tempo depois, soltando gemidos terríveis, a cabeça a ponto de explodir, sinto como se minha dor emocional tivesse se manifestado fisicamente. Tento abrir os olhos, mas não consigo. Parece que meu corpo está pegando fogo. Levo a mão à cabeça e percebo que ela está molhada de suor.

Consigo ver que algo está muito errado, então me levanto da cama, mas minhas pernas não suportam o peso, e caio no chão. O sono tenta me dominar novamente, mas minha intuição me diz para não ceder. Então me esforço para tentar me mexer. Mesmo assim, parece algo impossível, e a única coisa em que consigo pensar através da neblina que envolve meu cérebro é que tive um derrame ou algo parecido.

Meu instinto de sobrevivência fala mais alto, e sei que preciso pedir ajuda o mais rápido possível. Fazendo um imenso esforço para ficar de quatro, engatinho em direção à escada e vou despencando pelos degraus até chegar ao corredor. Estou a ponto de perder a consciência tamanha dor, mas, com um esforço sobre-humano, me arrasto pelo chão até a mesinha do telefone. Quero ligar para Matthew, mas sei que tenho de chamar uma ambulância primeiro, então ligo para a emergência e, quando uma mulher atende, digo a ela que preciso de ajuda. Minha voz está tão arrastada que morro de medo de ela não conseguir entender o que estou dizendo. Mas ela pergunta meu nome, e respondo que me chamo Cass, então quer saber de onde estou ligando. Só consigo dar o nosso endereço antes de o telefone escorregar da minha mão e se estatelar no chão.

*

— Cass, Cass, você está me ouvindo? — A voz é tão fraca que é fácil ignorar. Mas ela fica voltando com tanta insistência que acabo abrindo os olhos.
— Ela está consciente. — Ouço alguém dizer. — Está acordando.
— Cass, meu nome é Pat. Preciso que fique comigo, está bem? — Um rosto entra em foco em algum lugar acima de mim. — Vamos levar você para o hospital daqui a pouquinho, mas preciso saber se foi isso que você tomou. — Ela levanta a caixa de comprimidos que o Dr. Deakin me receitou e, reconhecendo-os, assinto ligeiramente com a cabeça.
Sinto mãos me pegando, me levantando, e então o ar frio atinge meu rosto por alguns breves segundos enquanto sou carregada até a ambulância.
— Matthew? — pergunto, debilmente.
— Ele vai estar no hospital — responde uma voz. — Sabe me dizer quantos você tomou, Cass?
Estou prestes a perguntar o que ela quer dizer com isso quando começo a vomitar muito. Quando chegamos ao hospital, estou tão fraca que nem consigo sorrir para Matthew ao vê-lo se colocar ao meu lado e me encarar com o rosto pálido de preocupação.
— Você poderá vê-la mais tarde — diz uma enfermeira.
— Ela vai fica bem, não vai? — pergunta Matthew, angustiado, e me sinto pior por ele do que por mim mesma.

Sou submetida a vários exames, e o tempo passa como um borrão. Só quando a médica começa a me fazer perguntas é que me dou conta de que ela acha que tive uma overdose.

Olho para ela, horrorizada.

— Overdose?

— É.

Balanço a cabeça.

— Não, eu nunca faria isso.

Posso ver pelo olhar dela que não acredita em mim. Confusa, peço para ver Matthew.

— Graças a Deus que você está bem — diz ele, segurando minha mão com uma expressão angustiada. — Fui eu, Cass? Foi o que eu falei? Sinto muito se foi isso. Eu nunca teria sido tão duro se tivesse passado pela minha cabeça que você poderia fazer uma coisa dessas.

— Não tentei me matar — protesto, chorosa. — Por que todo mundo fica insistindo nisso?

— Mas você falou para a paramédica que tomou os comprimidos.

— Não, não falei. — Tento me sentar. — Por que eu iria mentir?

— Fique calma, Sra. Anderson. — A médica olha para mim, séria. — Você ainda está muito mal. Por sorte, não precisamos fazer lavagem estomacal, já que você vomitou a maior parte dos comprimidos na ambulância, mas ainda precisa ser monitorada pelas próximas vinte e quatro horas.

Agarro o braço de Matthew.

— Ela deve ter me entendido errado. A paramédica me mostrou o remédio que o Dr. Deakin me receitou e me perguntou se tinha sido aquilo que eu havia tomado. Respondi que sim porque eles *são* os comprimidos que eu tomo. Não quis dizer que tomei vários.

— Sinto dizer que nossos exames indicaram que tomou, sim — retruca a médica.

Lanço um olhar de súplica para Matthew.

— Tomei os dois que você levou para mim no café da manhã, mas não tomei mais nenhum depois disso, juro. Não cheguei nem a descer.

— Os paramédicos encontraram essas caixas na sua casa — interrompe a médica, entregando um saco plástico a Matthew. — Você saberia dizer se tem algum faltando? Achamos que ela não tomou tantos, talvez uma dúzia, mais ou menos.

Matthew abre a primeira das duas caixas.

— Ela só começou essa há dois dias, e tem oito comprimidos faltando. Como ela toma quatro por dia: dois de manhã e dois à noite, então está certo — explica ele, mostrando a caixa para a médica. Em seguida, verifica o conteúdo da segunda embalagem e continua: — Quanto à outra caixa, está cheia, como deveria estar. Então não sei onde ela teria conseguido mais comprimidos.

— É possível que a sua mulher tenha feito um estoque do remédio?

Incomodada por estar sendo excluída da conversa, estou prestes a lhes lembrar que estou aqui quando me recordo de súbito da pequena pilha de comprimidos na minha gaveta.

— Não, eu teria notado se estivesse faltando algum — responde Matthew. — Sou eu que costumo dar os comprimidos a ela... antes de sair para o trabalho. Assim, sei que ela não vai se esquecer de tomar. — Ele faz uma pausa. — Não sei se você sabe, contei para uma das enfermeiras, mas existe uma possibilidade de a minha mulher ter demência precoce.

Enquanto eles conversam sobre minha possível doença, tento lembrar se por acaso peguei os comprimidos da gaveta sem saber o que estava fazendo. Não quero acreditar que fiz isso, mas, quando penso em quão infeliz e sem esperança estava me sentindo, em como queria esquecer tudo, não parece impossível que, depois de tomar os dois comprimidos que Matthew levou para mim, eu tenha enfiado a mão dentro da gaveta e pegado os outros também. Será que minha vida havia se tornado tão insuportável que, inconscientemente, quis dar um fim nela?

Enfraquecida pelo que passei, o pouco de energia que ainda me resta se esvai de mim. Exausta, deito a cabeça outra vez no travesseiro e fecho os olhos, lutando contra as lágrimas que caem pelos cantos.

— Cass, você está bem?

— Estou cansada — murmuro.

— Acho melhor deixarmos sua mulher descansar — declara a médica.

Sinto os lábios de Matthew em minha bochecha.

— Volto amanhã — promete ele.

Segunda-feira, 28 de setembro

No fim das contas, tive de admitir que tomei os comprimidos porque a prova estava lá, na minha corrente sanguínea. Admiti que tinha alguns escondidos em minha gaveta, mas insisti que não os havia estocado com o intuito de me matar. Expliquei que só os coloquei ali porque, nos dias em que Matthew estava em casa comigo, eu não sentia necessidade de tomá-los. Então me perguntaram por que eu não contei isso para ele, e acabei tendo de explicar que não queria que meu marido soubesse quão forte era o efeito do remédio sobre mim. Mas Matthew continuava cético. Ele achava que eu não estava sendo completamente honesta; até onde sabia, eu conseguia fazer várias coisas sob o efeito do medicamento. Então me corrigi dizendo que mal sabia o que estava fazendo. A única coisa boa foi que, como não havia tomado muitos comprimidos, consideraram o incidente um pedido de ajuda em vez de tentativa real de suicídio.

Quando Matthew me levou para casa na noite seguinte, a primeira coisa que fiz foi subir para o quarto e olhar dentro da gaveta. Os comprimidos haviam sumido.

Sei que ele não acredita que eu não tinha intenção de tomá-los, ainda que não tenha dito isso diretamente. Mas parece que o episódio foi mais um golpe para o nosso relacionamento, que já não vai bem. E a culpa não é de Matthew; não consigo imaginar como tudo isso deve estar sendo difícil para ele. No começo do verão, ele tinha uma mulher que era um pouco avoada e, agora, ao final da estação, tem uma mulher desvairada, paranoica e suicida.

Mesmo eu tendo lhe dito que não precisava, Matthew insistiu em tirar o restante da semana de folga. Na verdade, eu até gostaria que ele tivesse ido trabalhar; queria poder pensar no rumo que minha vida estava tomando. Minha overdose acidental fez com que eu me desse conta de quanto a vida é preciosa, e eu estava decidida a recuperar o controle dela enquanto ainda era possível. Para começar, decidi não tomar os novos comprimidos azuis que me receitaram e disse a Matthew que preferia tentar me virar sem eles. Eu precisava voltar a viver no mundo real.

Com tudo o que havia acontecido, esqueci que tinha combinado de sair com a Rachel — mas, provavelmente, mesmo se estivesse tudo bem, eu teria me esquecido de qualquer maneira. Então não estava nem perto de ficar pronta quando ela apareceu na minha porta na sexta à noite.

— Me dê só dez minutinhos... — pedi, feliz em vê-la. — Matthew pode preparar um chá para você enquanto espera.

Matthew me lançou um olhar surpreso.

— Você não está pensando mesmo em sair, está?

— Por que não? — Franzi o cenho. — Não sou uma inválida.

— É claro que não, mas depois do que aconteceu... — Ele se virou para Rachel. — Você ficou sabendo que a Cass foi hospitalizada, não ficou?

— Não, eu não tinha a menor ideia disso. — Rachel parecia chocada. — Por quê? O que aconteceu?

— Conto no jantar — respondi, apressada, e olhei para Matthew, desafiando-o a me proibir de sair. — Você não se importa de ficar sozinho hoje, não é?

— De jeito nenhum, é só que...

— Eu estou bem.

— Tem certeza, Cass? — perguntou Rachel, em dúvida. — Se você andou doente...

— Uma noite fora é exatamente o que estou precisando — declarei com firmeza.

Dez minutos depois, já estávamos no carro, e aproveitei o percurso até Browbury para contar a Rachel sobre minha overdose acidental. Ela ficou horrorizada com o poder que o remédio tinha de me levar a fazer uma coisa tão perigosa, mesmo que inconscientemente, mas pareceu feliz quando lhe garanti que não tinha a menor intenção de tomar mais nenhum remédio. Felizmente, Rachel não insistiu no assunto e, pelo restante da noite, conversamos sobre outras coisas.

Então, no sábado — dez semanas desde que minha vida começou a desmoronar —, Matthew me serviu chá na caneca que havia causado tanta comoção na tarde de segunda, e me peguei pensando sobre aquele dia. Em minha cabeça, podia ver claramente a caneca em cima da bancada e, embora minha mente nem sempre seja confiável, eu estava convicta de que não a colocara na lava-louça antes de sair da cozinha. Sendo assim, quem a havia colocado lá dentro? Matthew é a única pessoa, além de mim, que tem a chave da casa, mas ele é tão metódico que sempre enche a máquina de trás para a frente, e ela estava praticamente vazia. Então não tinha como ter sido ele. De qualquer maneira, ele teria dito se tivesse vindo em casa durante o dia. A verdade é que quem costuma encher a máquina da frente para trás sou eu. E, se não consigo me lembrar de ter tomado vários comprimidos, não é tão impossível que tenha colocado minha caneca na lava-louça sem perceber.

De alguma maneira, conseguimos sobreviver ao fim de semana. Matthew parecia estar cheio de dedos comigo, como se eu fosse uma bomba-relógio prestes a explodir. Ele não chegou a suspirar de alívio hoje de manhã quando pôde usar o trabalho como desculpa para fugir, mas sei que foi difícil para ele bancar a babá, mesmo que eu fique muito mais lúcida sem os comprimidos. Mas aquela overdose acidental o deixou tenso, e ele não conseguia relaxar em casa, preocupado com a possibilidade de eu fazer alguma idiotice.

Assim que ele sai para o trabalho, eu me levanto. Não quero estar em casa quando o telefone tocar. Sei que posso ignorar as ligações, mas também sei que, se fizer isso, ele vai continuar ligando até eu atender, e vou acabar ficando nervosa. E hoje preciso estar calma, porque vou a Heston para falar com o marido de Jane.

Meu plano é chegar no começo da tarde, quando é mais provável que as gêmeas estejam dormindo, então paro em Browbury no caminho. Tomo um café da manhã tranquilo e uso o restante do tempo para comprar roupas novas, já que nada mais cabe em mim.

Alex não parece muito surpreso em me ver parada em sua porta outra vez.

— Sabia que você iria voltar — diz ele, me conduzindo para dentro da casa. — Percebi que tinha mais alguma coisa incomodando você.

— Você pode me mandar ir embora, se quiser. Mas espero que não faça isso porque, se não puder me ajudar, não sei quem mais pode.

Ele me oferece uma xícara de chá, mas, de repente, me sinto nervosa com o que vou dizer, então recuso.

— Então, o que posso fazer por você? — pergunta ele enquanto me conduz até a sala de estar.

— Você vai pensar que sou louca — aviso, me sentando no sofá. Ele não diz nada, então respiro fundo. — Certo, lá vai. No dia que liguei para a polícia para contar que tinha visto Jane ainda viva, eles vieram a público pedir que eu entrasse em contato de novo. No dia seguinte, alguém me ligou, mas não disse nada. Na hora, nem me preocupei, mas então recebi outra ligação no dia seguinte, e mais duas no terceiro dia, e aí comecei a ficar assustada. Eu não teria achado estranho se a pessoa ficasse apenas respirando do outro lado da linha. Só que, sempre que atendo, há só um silêncio, mas sei que tem alguém ali.

Meu marido acha que deve ser uma empresa de telemarketing, mas comecei a ficar apavorada com as ligações porque... bem, acho que quem está me ligando é a pessoa que matou a Jane.

Ele faz um barulho, um grunhido de surpresa, mas não diz nada, então continuo.

— Não teria sido difícil para ele me rastrear. Quando parei no acostamento, fiquei lá por alguns minutos, então é possível que tenha visto a placa, mesmo naquela chuva. Quanto mais ligações eu recebia, mais angustiada fui ficando. A minha suspeita é a de que ele acha que, de algum jeito, consegui vê-lo no carro e talvez esteja tentando me dar um aviso para não procurar a polícia. Só que a única pessoa que vi foi a Jane. Tentei ignorar os telefonemas, mas ele continua ligando até que eu atenda. Então percebi que ele só liga quando meu marido está fora, e isso me fez pensar que a minha casa estava sendo vigiada.

"Fiquei tão assustada que insisti em instalar um alarme, mas ainda assim ele conseguiu entrar e deixar um cartão de visitas na cozinha: uma faca enorme, igualzinha a das fotos divulgadas pela polícia. No dia seguinte, pensei que ele estivesse no jardim, então me escondi na sala. Tive que ser submetida à medicação, e isso acabou comigo, mental e fisicamente, mas era a única forma que eu tinha de lidar com as ligações. Aí, na segunda-feira passada, quando voltei para casa depois de vir até aqui, percebi que ele havia entrado lá quando eu não estava. Apesar de não ter dado falta de nada, consegui sentir a presença dele. E tinha tanta certeza que liguei para a polícia, mas eles não encontraram nenhum vestígio de arrombamento. Isso até acharmos dentro da lava-louça a caneca que eu havia deixado em cima da bancada antes de sair. Para mim, aquilo foi uma vitória; era a prova de que alguém havia invadido na minha casa. Mas é claro que, quando eu disse isso, todo mundo olhou para mim como se eu fosse louca."

Faço uma pausa para recuperar o fôlego.

— O negócio é que é provável que eu tenha demência precoce e faço tanta confusão que as pessoas já não acreditam mais em mim.

Mas sei que ele entrou lá em casa na segunda-feira. E agora estou morrendo de medo ser a próxima vítima. Então, o que quero saber é: o que devo fazer? A polícia acha que estou imaginando coisas, então, se eu disser que o assassino está atrás de mim, ninguém vai acreditar. Também não tenho como provar que estou recebendo ligações, para início de conversa. Estou parecendo louca, não estou? — acrescento, sem esperança.

Ele não responde, e imagino que esteja pensando em uma forma de se livrar de mim sem me ofender.

— Eu venho *mesmo* recebendo ligações — insisto, olhando para ele, encostado na estante, pensando no que havia acabado de lhe contar. — Preciso muito que você acredite em mim.

— Eu acredito.

Olho para Alex desconfiada, em dúvida se não está apenas tentando me agradar.

— Por quê? Quer dizer, ninguém mais acreditou.

— É só a minha intuição, eu acho. De qualquer forma, por que você iria inventar uma coisa dessas? Você não parece ser o tipo de pessoa desesperada por atenção. Se fosse, já teria procurado a polícia e a imprensa.

— Mas tudo isso poderia ser fruto da minha imaginação.

— Só de você estar cogitando essa possibilidade já faz com que isso seja pouco provável.

— Então você acredita mesmo que estou recebendo ligações do assassino da Jane? — pergunto, porque preciso de sua confirmação.

— Não. Acredito que você esteja recebendo essas ligações, mas não acho que quem está ligando seja o assassino de Jane.

— Não venha me dizer que também acha que é uma empresa de telemarketing — retruco, sem me dar ao trabalho de esconder minha decepção.

— Não, é óbvio que tem algo por trás disso. Com certeza alguém está tentando deixar você perturbada.

— Então por que não poderia ser o assassino?

— Porque isso não tem lógica. Olhe, o que você conseguiu ver quando passou pelo carro da Jane? Se tivesse enxergado o interior do carro com clareza, teria visto que era ela. Mas você disse que não a reconheceu.

— É verdade, não consegui discernir os traços dela — confirmo. — Tive a impressão de que era uma mulher loura, mas foi só.

— Então, se você tivesse visto alguém do lado dela, o máximo que teria sido capaz de dizer era se a pessoa era negra ou branca.

— Sim, mas o assassino não sabe disso. Vai ver que acha que consegui ver o rosto dele.

Alex agora se senta ao meu lado.

— Mesmo se estivesse sentado ao lado dela, no banco do carona? A polícia acha que ele entrou no carro antes de a Jane chegar ao acostamento. Bem, se isso for verdade, ele não estaria no banco de trás, não acha?

— Não — respondo. E me pego imaginando como deve ter sido para ele ouvir todos aqueles boatos sobre sua mulher ter um amante.

— Tem mais uma falha no seu raciocínio. Se ele realmente acha que você tem informações cruciais que possam denunciá-lo, por que deixar você viva? Por que ainda não matou você? Ele já matou uma vez, então por que não iria acabar com a vida de outra pessoa?

— Mas, se não é ele quem está ligando — começo, desnorteada —, então quem poderia ser?

— É isso que você precisa descobrir. Mas tenho certeza de que não é o assassino de Jane que está por trás dessas ligações. — Ele estende a mão e segura a minha. — Você precisa acreditar em mim.

— Você não faz ideia do quanto eu quero isso. — Meus olhos ficam marejados. — Você sabe o que aconteceu na terça de manhã? Tive uma overdose. Não foi premeditada. Nem me dei conta de que tinha engolido tantos comprimidos, mas acredito que fiz isso porque, inconscientemente, sabia que minha vida estava insuportável.

— Se eu pudesse ter poupado você de qualquer coisa, teria feito isso — afirma ele, baixinho. — Mas não fazia a menor ideia de que o assassinato da Jane podia ter tanto impacto na vida de uma pessoa que não fosse da nossa família.

— É estranho — digo, lentamente. — Devia me sentir aliviada agora que acho que não faz sentido que as ligações sejam do assassino. Bom, se fossem, pelo menos eu saberia quem está me ligando. Agora pode ser qualquer um.

— Sei que isso não é exatamente o que você quer ouvir, mas é mais provável que seja alguém que você conhece.

Eu o encaro, horrorizada.

— Alguém que eu conheço?

— Papai? — Uma das filhinhas dele aparece no vão da porta de camiseta e fralda, segurando um coelhinho de pelúcia.

Alex se levanta e a pega no colo enquanto eu me apresso em enxugar as lágrimas.

— Louise ainda está dormindo? — pergunta ele, lhe dando um beijo.

— Loulou dormindo — responde ela, assentindo com a cabeça.

— Você se lembra da moça que te deu o lenço de papel no parque?

— O seu joelho já sarou? — pergunto. Ela estica a perna para me mostrar. — Que maravilha. Sumiu. — Sorrio para ela, então desvio o olhar para o marido de Jane. — É melhor eu ir andando. Obrigada mais uma vez.

— Espero ter ajudado.

— Ajudou. Ajudou, sim. — Eu me viro para a menina. — Tchau, Charlotte.

— Você lembrou — diz ele, contente, antes de se levantar para me acompanhar até a porta. — Por favor, pense no que eu disse.

— Vou pensar, sim. Pode deixar.

— Se cuide.

São tantas as emoções que sinto agora que acho impossível dirigir. Por isso, procuro um banco no parque e me sento ali por um tempo. Uma parte do medo que carreguei comigo durante as últimas dez semanas, desde aquela primeira ligação, desapareceu. Embora tanto Rachel quanto Matthew tenham me dito que minha suspeita não fazia sentido, eles não sabiam que eu havia visto Jane aquela noite, então não tinham como entender meus temores. Mas o marido de Jane, sim. Quando penso no que ele me disse — sobre ser improvável que a pessoa que está por trás das ligações seja o assassino —, acho difícil encontrar falhas. Mas e quanto à sua teoria de que é alguém próximo a mim que está ligando?

O medo retorna, ainda mais forte do que antes, se alojando dentro de mim, como se estivesse expulsando o ar dos meus pulmões para abrir mais espaço para si mesmo. Minha boca fica seca, e nomes vão brotando em meu cérebro. Pode ser qualquer um. O marido de uma das minhas amigas, o cara gente boa que vai à nossa casa de vez em quando limpar as janelas, o homem da empresa de alarmes, nosso novo vizinho, um dos pais da escola. Repasso mentalmente todos os homens que conheço e acabo suspeitando de todos. Não me pergunto por que qualquer um deles faria uma coisa dessas. O que me pergunto é: por que não? Qualquer um deles poderia ser um psicopata.

Com medo de que Alex apareça com as filhas e me encontre sentada aqui como uma *stalker*, vou embora do parque. Eu deveria ir para casa, mas... E se eu descobrir que alguém conseguiu entrar lá outra vez? Já conseguiram desarmar o alarme antes. Mas como? Alguém que tenha conhecimento técnico para fazer isso. O homem da empresa de alarmes? Penso na janela que encontrei aberta depois que ele saiu aquele dia. Talvez ele tivesse mexido nela para que pudesse entrar e sair quando quisesse. Será que é ele que está me ligando?

Relutante em voltar para casa, sigo até Browbury e encontro uma cabeleireira que pode me atender sem hora marcada. Só quando estou sentada em frente ao espelho, sem nada para fazer a não ser encarar meu próprio reflexo, é que me dou conta do dano que os últimos dois meses me causaram. Estou esquelética, e a cabeleireira pergunta se estive doente recentemente, porque meus fios mostram sinais de estresse. Decido não contar a ela que posso ter demência precoce e que tive uma overdose poucos dias antes.

Fico tanto tempo no salão que Matthew já está em casa quando chego. A porta se escancara assim que paro na entrada.

— Graças a Deus! Onde você estava? — pergunta ele, com cara de desesperado. — Estava preocupado com você.

— Fui a Browbury fazer umas compras e cortar o cabelo — respondo, com calma.

— Bem, da próxima vez deixe um bilhete, ou ligue para avisar que vai sair. Você não pode sair vagando por aí, Cass.

O comentário me atinge como um tapa.

— Eu não saí vagando por aí!

— Você sabe o que eu quis dizer.

— Não, não sei. E não vou começar a dar satisfação de todos os meus passos, Matthew. Nunca fiz isso antes e não vou começar agora.

— Antes você não tinha demência precoce. Eu amo você, Cass, então é normal que fique preocupado. Pelo menos compre outro celular para a gente poder se falar.

— Tudo bem — concordo, compreendendo sua preocupação. — Vou comprar um amanhã, prometo.

Terça-feira, 29 de setembro

Quando o telefone toca, na manhã seguinte, penso no que Alex disse sobre ser alguém que eu conheço por trás daquelas ligações. Por isso, atendo.

— Quem é você? — pergunto, curiosa em vez de assustada. — Você não é quem eu estava pensando que fosse, então quem é você?

Coloco o telefone no gancho me sentindo estranhamente vitoriosa, mas, para meu desespero, ele liga novamente no mesmo instante. Fico ali, parada, em dúvida se devo atender ou não, sabendo que, se eu ignorar a chamada, ele vai continuar insistindo. Mas não quero ceder, não quero ficar ali em silenciosa submissão, não mais. Já perdi muitas semanas da minha vida assim. Se quiser que isso mude, preciso começar a me impor.

Com medo de perder a coragem, vou até o jardim para não ficar ouvindo o toque do telefone. Penso em tirar o fone do gancho, mas não quero irritá-lo ainda mais. Outra opção é passar o dia fora e só voltar quando Matthew estiver em casa. Mas estou de saco cheio de ser obrigada a sair do conforto do meu lar. Preciso de algo que me mantenha ocupada.

Meus olhos recaem sobre as tesouras de poda, que ainda estão exatamente onde as deixei há dois meses, na véspera do churrasco que fizemos com Hannah e Andy, no parapeito da janela, junto com as luvas, então resolvo cuidar do jardim. Demoro cerca de uma hora para dar um jeito nas rosas e, em seguida, capino a grama até a hora do almoço. Fico impressionada com o fato de que a pessoa que está me ligando tenha tanto tempo sobrando assim. A essa altura, ele já deve ter entendido que não vou atender o telefone. Tento imaginar que tipo de homem ele é, mas sei que concebê-lo como uma pessoa solitária que tem dificuldade de se relacionar seria um erro. Cairia num estereótipo, na verdade. Ele pode ser um cidadão exemplar, um chefe de família, um homem de muitos amigos e que tem uma vida. A única coisa de que tenho certeza agora é que ele é alguém que conheço, e isso me deixa com menos medo do que eu deveria ter.

É preocupante pensar que, se não fosse pelo assassinato, eu jamais teria deixado aquilo ir tão longe, para início de conversa. Teria achado graça da cara dele, dito que era patético e que, se não parasse de me incomodar, eu chamaria a polícia. Só não fiz isso porque achei que fosse o assassino e fiquei tão transtornada de medo que não consegui agir. Só de pensar que ele conseguiu mexer com a minha cabeça por tanto tempo e que saiu impune disso me deixa decidida a desmascará-lo.

As ligações vão ficando menos frequentes e, por volta de uma da tarde, o telefone para de tocar, como se a pessoa tivesse decidido fazer uma pausa para o almoço. Ou talvez tenha sofrido uma lesão por esforço repetitivo de tanto apertar meu número. Preparo meu almoço, feliz por ter conseguido ficar tanto tempo sozinha em casa. Mas, lá pelas duas e meia, começo a ficar inquieta. Ele não ligou nem mais uma vez, e, embora eu esteja decidida a fazer com que a pessoa mostre as caras, ainda não estou pronta para essa revelação.

Decido estar preparada para o caso de ele vir me visitar, então sigo até o minigalpão no jardim e pego uma enxada, um ancinho e, o mais importante de tudo, um aparador de cerca viva e vou para a frente da casa, onde me sinto mais segura. Estou retirando as flores mortas de um canteiro quando nosso novo vizinho, o ex-piloto, passa por mim e, desta vez, me cumprimenta. Estou me sentindo tão bem depois da conversa de ontem com Alex que, agora, consigo perceber que aquele homem parece triste, e não sinistro. Retribuo seu cumprimento.

Fico cuidando do jardim por mais uma hora, atenta ao telefone. Quando termino, arrasto uma das espreguiçadeiras para a lateral da casa e decido descansar ali até Matthew chegar. No entanto, não consigo relaxar. Quero retomar as rédeas da minha vida, mas sei que não vou conseguir fazer isso se não descobrir quem anda me atormentando. E, para tanto, preciso de ajuda.

Vou até o hall de entrada e ligo para Rachel.

— Será que podemos nos encontrar depois que você sair do trabalho?
— Está tudo bem? — pergunta ela.
— Sim, só queria a sua ajuda com uma coisa.
— Que intrigante! Posso encontrar você em Castle Wells, se quiser, mas só consigo chegar depois das seis e meia. Pode ser?

Hesito, porque não vou a Castle Wells desde o dia em que não consegui encontrar meu carro no estacionamento. Mas não posso fazer Rachel vir a Browbury sempre, sendo que ela trabalha a dez minutos de Castle Wells.

— No Spotted Cow? — digo.
— Vejo você lá então.

Deixo um bilhete para Matthew, avisando que saí para comprar um celular novo, e dirijo até Castle Wells. Não quero estacionar no edifício-garagem de novo, então procuro uma vaga num dos estacionamentos pequenos e vou caminhando até a parte mais movimentada da cidade, onde fica a maioria das lojas. Quando passo pelo Spotted Cow, olho pela janela para ver se já está cheio e avisto Rachel sentada a uma mesa no meio do salão. Estou me perguntando por que ela chegou tão cedo, uma hora antes do combinado, quando alguém se aproxima da mesa dela e se senta. É John.

Chocada, me abaixo no mesmo instante e volto depressa pelo caminho por onde vim, me afastando do Spotted Cow, aliviada por nenhum dos dois ter me visto.

Rachel e John. Minha cabeça dá voltas. Nunca imaginei os dois juntos. Será que é isso mesmo? Eles estão juntos? Tento me lembrar da linguagem corporal deles. Os dois pareciam confortáveis um com o outro, isso era nítido. Mas seriam eles um casal? Quanto mais penso nisso, mais a ideia parece fazer sentido. Os dois são inteligentes, bonitos e divertidos. Consigo imaginá-los saindo à noite, dando gargalhadas juntos e bebendo muito, então uma onda de tristeza toma conta de mim. Por que nenhum dos dois me contou nada? Principalmente Rachel?

Desacelero o passo ao me dar conta de que não consigo achar legal a ideia de eles estarem juntos. Amo Rachel de todo o meu coração, mas John parece ser meigo demais para ela. E é muito jovem também. Odeio perceber que não aprovo o relacionamento deles e fico contente por já estar sabendo disso e não ser pega desprevenida, caso ela resolva me contar mais tarde. Mas e se eles não estiverem mais juntos? E se marcaram um encontro só para conversar? Nesse caso, é provável que Rachel nunca me conte nada. Pensando bem, ela nunca me contou muito sobre os homens com quem sai, provavelmente porque nunca fica tanto tempo com eles.

Quando percebo que não há muitas lojas que vendam celular na direção para a qual estou indo, atravesso a rua e volto para o centro, mas evito o Spotted Cow. Um pouco mais adiante, vejo a Baby Boutique e fico vermelha de vergonha quando me lembro do dia em que fingi que estava grávida. Assim que passo na frente da loja, me pego empurrando a porta, sem conseguir acreditar que estou entrando para me confessar. Afinal, se pretendo retomar o controle da minha vida, preciso que ela esteja em ordem. Então eu me aproximo do balcão, aliviada por a loja estar vazia e por encontrar a mesma vendedora daquele dia.

— Não sei se você se lembra de mim — começo. Ela se vira, curiosa. — Estive aqui há uns dois meses e comprei um pijaminha.
— Sim, é claro que eu me lembro — concorda ela, sorrindo. — Nossos bebês vão nascer mais ou menos na mesma época, não é?
Ela olha para minha barriga, depois me encara, consternada, ao notar a ausência de qualquer protuberância.
— Sinto muito — gagueja ela.
— Tudo bem — digo, apressada. — Acabei descobrindo que não estava grávida, no fim das contas. Achei que estivesse, mas foi alarme falso.
A expressão dela agora é solidária.
— Foi gravidez psicológica? — pergunta, e como acredito que conquistei o direito de manter pelo menos um pouco da minha dignidade intacta, respondo que aquilo devia estar relacionado ao meu forte desejo de ser mãe. — Tenho certeza de que logo, logo vai acontecer. — Ela tenta me consolar.
— Tomara.
— Espero que não fique chateada... mas achei que foi um pouco prematuro comprar um carrinho naquele momento. Não sei exatamente o que podemos fazer, mas, se eu perguntar à nossa gerente, tenho certeza de que ela vai concordar em comprá-lo de volta por um preço um pouco menor.
— Ah, não vim tentar devolver o carrinho — digo, tranquilizando-a, ao perceber que é isso que ela acha que vim fazer aqui. — Estou muito feliz em ficar com ele. Só queria dar um oi.
— Que bom, então.
Eu me despeço dela e sigo em direção à porta, impressionada com quanto me sinto bem.
— Aliás, foi aquele carrinho mesmo, não foi? O azul-marinho?
— Sim — respondo, sorrindo.
— Graças a Deus. Acho que a pessoa que encomendou teria me matado se eu tivesse feito confusão.

Saio da loja com as palavras dela ecoando em meus ouvidos. *A pessoa*. Será que eu tinha entendido errado? Será que ela se referia ao casal que estava na loja aquele dia? Vai ver que, depois que saí de lá, ela ficou em dúvida sobre qual carrinho eu havia escolhido e tentou confirmar com eles. Só que ela havia dito *a pessoa*, no singular, e, de qualquer forma, eles eram só um casal de clientes que por acaso estava na loja também. De quem ela estava falando, afinal?

Embora a verdade seja muito óbvia, custo a acreditar nela. A única pessoa que sabia que eu estive naquela loja aquele dia era John. Não quero acreditar que foi ele quem mandou o carrinho para mim porque teria de perguntar: por quê?

Minha cabeça está a mil agora, e atravesso a rua em direção ao café aonde fui com John depois que esbarrei com ele saindo da Baby Boutique. Peço um café e me sento a uma mesa próxima à janela com os olhos fixos na loja em frente, tentando compreender o que pode ter acontecido.

Pode ter sido até algo inocente. John sempre teve uma queda por mim, então talvez tenha ido à loja aquele dia e comentado com a vendedora sobre minha sugestão de presente para o bebê da amiga. A moça pode ter mencionado, sem querer, que eu estava grávida — bom, ela achava que eu estava grávida. Feliz por mim, ele resolveu me dar um presente. Mas certamente não teria escolhido algo tão caro quanto um carrinho de bebê. E, se era presente, por que não havia mandado um cartão, para que eu soubesse de quem era? E por que, quando nos encontramos, certo tempo depois, em Browbury, ele não comentou nem sobre a gravidez nem sobre o carrinho? Será que ficou com vergonha de ter mandado o presente? Nada disso fazia sentido.

Meu coração dispara quando penso que aquilo pode não ter nada de inocente. Será que John estava me seguindo aquele dia? Será que estava me seguindo no dia em que me abordou em Browbury? Pensando nisso agora, foi estranho esbarrar com ele duas vezes em menos de dez dias. Será que mandou o carrinho para a minha casa com a intenção de me assustar? John não tinha como saber que eu poderia achar que eu mesma havia mandado entregar o carrinho lá em casa porque, naquela época, ele não tinha ideia de que eu estava apresentando sinais de demência. Só contei a ele sobre a doença durante nosso almoço em Browbury. E por que ele faria qualquer uma dessas coisas? *Porque ele ama você*, sussurra uma voz em minha mente, fazendo meu coração bater de maneira quase dolorosa. Será que me ama o bastante para me odiar?

Fico enjoada quando percebo que, ao que tudo indica, é John quem está por trás daquelas ligações. Ele sabia que eu andava nervosa desde o assassinato de Jane e, quando mencionei quanto achava nossa casa isolada, John disse que havia outras casas por perto. Só que ele nunca esteve em minha casa, então como poderia saber? De súbito, começo a sentir tanta raiva dele que tenho de me conter para não ir correndo ao Spotted Cow e confrontá-lo na frente de Rachel. Porque, antes de tomar uma atitude, preciso ter certeza absoluta de tudo.

Não consigo parar de pensar nessa possibilidade. Analiso-a sob todos os ângulos, mas, ainda que eu não queira que seja verdade, todos os fatos evidenciam que finalmente encontrei o culpado.

Em julho, quando gritei com a pessoa no telefone pedindo que me deixasse em paz, John, que estava do outro lado da linha, no mesmo instante assumiu sua verdadeira *persona* e se mostrou surpreso. Só que era ele o tempo todo. Naquele dia, eu lhe pedi desculpas e lhe contei que uma empresa de telemarketing andava me perturbando. Ele fingiu que havia me ligado para me convidar para um drinque com a Connie e nossos outros colegas de trabalho. Eu disse que não sabia se conseguiria ir porque Matthew estaria de folga nos dois dias seguintes. E, nesse período, não recebi nenhum telefonema. Até o *timing* se encaixava; como estávamos de férias, ele teve o verão inteiro para me aterrorizar. Porém, isso tudo soa muito insano. Se alguém tivesse me dito hoje de manhã que John estava por trás daquelas ligações, eu teria rido na cara da pessoa.

Então algo me ocorre de repente, e é como se eu tivesse sido atingida por uma marreta: na noite do assassinato de Jane, John não foi à casa de Connie. Ele e Jane jogavam tênis juntos — ele mesmo havia me confirmado isso. Será que eram amantes? Será que John tinha ido se encontrar com ela naquela noite? Será que seria capaz de matar Jane? A resposta tem de ser não. Então, eu me lembro de sua namorada, a mulher que nenhum de nós jamais conheceu, que havia simplesmente saído de cena.

E quanto a Rachel? Se ela e John estiverem juntos, minha amiga pode estar correndo um grande perigo. Mas pode ser também que ela seja cúmplice dele. Fico subitamente sem ar. São tantas as possibilidades que passam pela minha cabeça que fico tentada a ir direto para casa sem nem mesmo dar as caras no Spotted Cow. Olho no relógio: tenho cinco minutos para decidir.

Por fim, escolho ir ao encontro com a Rachel. Aproveito a caminhada para me preparar para todas as possibilidades: a de que John esteja com ela; a de que não esteja; a de que Rachel me conte sobre o relacionamento deles; a de que não conte absolutamente nada. E, se ela não disser nada, será que eu deveria contar sobre meus temores em relação a John? Mas até mesmo aos meus próprios ouvidos eles soam sem sentido, exagerados.

Quando chego ao pub, o lugar está tão cheio que fico feliz por Rachel ter chegado mais cedo, senão não conseguiríamos uma mesa.

— Não dava para escolher uma mesa mais tranquila? — tento fazer graça quando vejo que estamos cercadas por um grupo enorme de estudantes franceses.

— Acabei de chegar — responde ela, me dando um abraço. — Já foi uma baita sorte conseguirmos uma mesa.

Algo se agita dentro de mim ao ouvir sua mentira.

— Vou pegar nossos drinques — declaro. — O que você vai querer?

— Só uma tacinha de vinho, por favor. Estou dirigindo.

Enquanto vou ao bar, tenho a oportunidade de pensar no motivo pelo qual marquei esse encontro. Já não quero mais a ajuda dela para descobrir quem está me ligando, pois agora estou convencida de que é John. A não ser que eu tenha distorcido tudo o que aquela vendedora disse, e ele não tenha culpa nenhuma.

— Então, sobre o que você quer conversar? — pergunta ela quando me sento.

— Matthew.

— Por que, o que aconteceu?

— Nada. É só que o Natal está chegando, e queria fazer algo especial para ele. Matthew tem aturado tanta coisa ultimamente; queria poder fazer alguma coisa para agradecer. Será que você tem alguma ideia do que eu posso fazer? Você é tão boa com esse tipo de coisa.

— Mas ainda falta um tempinho para o Natal. — Rachel franze o cenho.

— Eu sei, mas a minha cabeça não anda muito boa nos últimos tempos. Então pensei que você poderia me ajudar a planejar algo... Assim eu teria alguém para me lembrar.

Ela solta uma risada.

— Está certo. Que tipo de coisa você estava imaginando? Um fim de semana fora? Um passeio de balão? Saltar de paraquedas? Um curso de culinária?

— Todas essas ideias são ótimas, exceto, talvez, o curso de culinária.

Durante a meia hora seguinte, Rachel me dá várias ideias, e digo sim para todas porque minha cabeça está em outro lugar.

— Você não pode dar tudo isso a ele — comenta ela, exasperada.

— Se bem que, considerando que dinheiro não é problema para você, imagino que poderia, sim.

— Bem, com certeza tenho várias opções agora — afirmo, agradecida. — E você? Alguma novidade?

— Não, o mesmo de sempre — responde ela, com uma careta.

— Você acabou não me contando sobre aquele cara de Siena.

— Alfie. — Ela se levanta. — Desculpe, preciso ir ao banheiro, não vou demorar.

Durante sua ausência, decido que, de alguma forma, vou tentar tocar no nome de John para ver se ela comenta alguma coisa. Mas, quando volta, Rachel não se senta de novo.

— Você se importaria se eu te abandonasse? — pergunta. — Vou ter um dia cheio amanhã e preciso ir para casa.

— Sem problema, pode ir. — Fico surpresa com sua partida repentina. — Eu iria com você, mas preciso de um café antes de voltar dirigindo para casa.

Ela se inclina e me dá um abraço de despedida.

— A gente termina de colocar o papo em dia no fim de semana — promete.

Eu a observo com curiosidade enquanto ela se afasta abrindo caminho pela multidão de estudantes franceses. Nunca aconteceu de Rachel me abandonar em um lugar e ir embora com tanta pressa antes. Será que ela foi se encontrar com John? Talvez ele esteja esperando por ela em outro pub, quem sabe. Quando ela chega à porta, uma das estudantes francesas grita alguma coisa, e me dou conta de que está tentando chamar a atenção de Rachel.

— Madame, madame! — grita ela. Mas Rachel já saiu, e a jovem de repente começa a brigar com um dos garotos ao seu lado.

Desvio minha atenção e me viro para uma garçonete que está passando para pedir um café.

— Com licença. — Levanto a cabeça e vejo a jovem francesa à minha frente com um pequeno telefone preto na mão. — Me desculpe, mas meu amigo pegou isso na bolsa da sua amiga.

— Não, esse celular não é dela — afirmo, olhando para o aparelho. — Ela tem um iPhone.

— *Oui*. Meu amigo ali — ela se vira e aponta para o rapaz com quem estava brigando antes — pegou dentro da bolsa dela.

— E por que ele faria isso? — Fecho a cara.

— Foi um *défi*, uma aposta. Foi uma coisa muito feia. Tentei devolver quando ela estava indo embora, mas ele não queria me dar. Só que agora está comigo, então vou deixá-lo com você.

Olho para o garoto de quem ela falava. Ele sorri para mim e, juntando a palma das mãos, faz uma mesura curta, como se pedisse desculpas.

— Ele é terrível, não é?

— É, sim — concordo. — Mas acho que esse celular não é da minha amiga. Talvez ele tenha pegado na bolsa de outra pessoa.

Ela grita algo para ele, e os dois têm uma rápida conversa em francês. Todos ao redor deles parecem assentir em concordância. Então a garota se vira outra vez para mim.

— *Oui* — diz ela. — Sim. É dela, sim. Ela passou por ele rápido, e ele enfiou a mão na bolsa dela. — A jovem olha para mim com ansiedade. — Se quiser, posso deixar com o rapaz do bar.

— Não, tudo bem — digo, pegando o telefone. — Obrigada. Vou entregar a ela. Espero que seu amigo não tenha pegado nada na minha bolsa — comento, fechando a cara.

— Não, não — ela se apressa em responder.

— Bem, obrigada — agradeço novamente. E ela volta à mesa dos amigos.

Viro o telefone em minha mão, ainda nada convencida de que o aparelho pertença a Rachel. Parece um daqueles modelos pré-pagos mais básicos que existem. Será que foi John que o deu para ela? Tenho a sensação de que tudo está desmoronando ao meu redor e não sei mais em quem posso confiar. Não consigo nem confiar em mim mesma.

Abro o telefone e entro na lista de contatos. Só tem um número registrado. Hesito por um instante, me perguntando se devo ligar. Eu me sinto uma *stalker*. Nem tenho certeza se o telefone é mesmo de Rachel. De qualquer maneira, não vou falar nada, só escutar a voz de quem atender.

Apreensiva, ligo para o número. Alguém atende a chamada no mesmo instante.

— Por que você está me ligando? A gente não tinha combinado de se falar só por mensagem?

Mesmo se eu quisesse falar, não teria conseguido. De repente, até respirar me pareceu impossível.

O barulho que os estudantes franceses fazem ao se levantar para ir embora me traz de volta à realidade. Olho para o telefone em minha mão e me dou conta de que, devido ao choque, me esqueci de desligá-lo. De qualquer forma, a ligação caiu. Com meus pensamentos a todo vapor, tento refletir se, durante os poucos minutos em que fiquei na linha, deu para ouvir algo incriminador. É provável que a pessoa do outro lado tenha conseguido ouvir apenas o barulho do lugar, e não as batidas frenéticas do meu coração. E ainda existe a possibilidade de que ele tenha desligado muito antes disso ao perceber que havia algo errado.

Quando meu café chega, eu o tomo correndo. Matthew deve estar se perguntando onde estou; não mencionei Rachel no bilhete que deixei para ele, só disse que ia sair para comprar um celular. Sigo apressada para o carro e escondo o telefone de Rachel no fundo do porta-luvas. Quero estar em casa o mais rápido possível, mas nada no mundo vai me fazer voltar pela Blackwater Lane, então piso fundo no acelerador, pensando no que vou dizer a Rachel quando ela ligar — porque tenho certeza de que ela vai ligar.

— Eu vi seu bilhete, mas não esperava que fosse voltar tão tarde — resmunga Matthew quando entro na cozinha. Ele me dá um beijo.

— Desculpe, fui tomar um drinque com a Rachel. — A cozinha está fria em comparação com o exterior, e sinto um leve cheiro de torrada no ar.

— Ah, está explicado. Comprou o celular?

— Não, não sabia direito qual modelo escolher, mas prometo que amanhã eu compro.

— Podemos dar uma olhada em alguns pela internet, se quiser — sugere ele. — Aliás, a Rachel te ligou. Pediu para você retornar assim que chegasse.

Meu coração bate acelerado.

— Daqui a pouco eu ligo para ela. Preciso tomar um banho primeiro, está quente demais lá fora.

— Parecia bem urgente.

— Ah, então é melhor eu ligar de uma vez.

Vou ao corredor para pegar o telefone fixo e volto para a cozinha.

— Vinho? — pergunta Matthew, enquanto digito o número. A garrafa já está aberta, então assinto com a cabeça, o fone no ouvido.

— Alô. Cass? — É a primeira vez que ouço Rachel tão agitada assim, embora ela esteja fazendo de tudo para disfarçar.

— Matthew disse que você me ligou.

— Liguei, sim. Você sabe se alguém encontrou um celular depois que saí do pub? Acho que o deixei cair em algum lugar.

— Como assim? Estou falando com você agora no seu celular... — retruco, apelando para a sensatez.

— Não era meu, o telefone. Era de uma amiga. Talvez tenha caído da minha bolsa...

Uma amiga. A palavra martela em minha mente.

— Você já ligou para o Spotted Cow para ver se alguém o encontrou?

— Liguei, mas não acharam nada.

— Espere um instante: era um preto, pequeno?

— Era, esse mesmo. Você sabe onde está?

— Já deve estar na metade do canal da Mancha a essa altura. Sabe aqueles estudantes franceses que estavam sentados perto da gente? Bem, depois que você saiu, eles começaram a brincar com um telefone. Estavam atirando o aparelho de um lado para o outro. Não prestei muita atenção porque achei que pertencia a um deles.

Posso sentir o pânico em seu silêncio.

— Tem certeza?

— Tenho. Estavam debochando do celular porque era um desses modelos bem básicos. Você acha que pode ser o telefone da sua amiga? — pergunto, em dúvida. — Ninguém mais usa aquilo.

— Sabe se eles ainda estão no pub? Os estudantes franceses?

Sinto um prazer selvagem ao pensar nela correndo de volta até Castle Wells.

— Ainda estavam lá quando saí. Parecia que iam ficar a noite toda — afirmo, sabendo que eles estarão bem longe no momento em que ela chegar ao pub, pois já estavam indo embora quando saí de lá.

— Então é melhor eu ir logo. Vou ver se consigo pegá-lo de volta.

— Boa sorte, espero que dê tudo certo.

Coloco o telefone em cima da mesa, aliviada por ter me saído tão bem.

— Que história foi essa? — pergunta Matthew, franzindo o cenho.

— Rachel perdeu um telefone no pub, e uns estudantes franceses o pegaram. Ela está voltando para lá agora para tentar recuperá-lo.

— Entendi — diz ele, assentindo com a cabeça.

— O que você quer comer hoje? Que tal um bife?

— Na verdade, o Andy me convidou para tomar uma cerveja no pub. Você não se importa, não é?

— Não, pode ir. Vai comer por lá?

— Vou, sim. Não se preocupe.

Estico os braços acima da cabeça, me espreguiçando, e solto um bocejo.

— Acho que vou aproveitar para deitar cedo, então.

— Vou tomar cuidado para não te acordar quando chegar — promete ele, pegando as chaves do carro no bolso.

Observo Matthew enquanto ele caminha em direção à porta.

— Te amo — grito para ele.

— Te amo mais — responde ele, se virando com um sorriso para mim.

Espero o carro sair da garagem, então aguardo mais uns instantes, só por garantia. Em seguida, vou correndo até meu carro e pego o celular que Rachel disse que era de uma amiga.

Assim que entro em casa de novo, vou até a sala de estar e me sento no sofá. Estou tremendo tanto que mal consigo abrir o telefone. Entro nas mensagens e vejo a última que ela recebeu, um pouco antes de sair do Spotted Cow.

Terça-feira 19:51
Aguente firme
Fim à vista, prometo

Rolo até a mensagem anterior a essa, a última que Rachel mandou, provavelmente quando foi ao banheiro.

Terça-feira 19:50
Alarme falso, ela não tinha nada de interessante pra contar
Saindo agora, muito de saco cheio.
Começando a me perguntar se isso vai acabar algum dia

Vejo, então, as mensagens trocadas poucos minutos antes.

Terça-feira 18:25
Avise o que rolar

Terça-feira 18:24
Missão cumprida, sementinhas da dúvida plantadas
Pedi pra ele falar com a diretora, então vamos torcer pra dar sorte e elas criarem raízes
Esperando ela chegar

Em seguida, leio o restante das mensagens de hoje, começando com a primeira enviada esta manhã.

Terça-feira 10:09
Temos um problema
Quando liguei hoje ela disse que sabia que não era o assassino

Terça-feira 10:09
Mas que merda. Como assim?

Terça-feira 10:10
Também não parecia assustada

Terça-feira 10:10
O que vc vai fazer?

Terça-feira 10:10
Ligar de novo
Cansar ela, como antes

Terça-feira 10:52
Como estão as coisas?

Terça-feira 10:53
Ela não quer atender

Terça-feira 10:53
Ela não saiu? Tem certeza?

Terça-feira 10:53
Quase certeza

Terça-feira 10:53
Continue tentando

Terça-feira 10:54
Pode deixar

Terça-feira 16:17
Nem te conto! Ela acabou de me ligar, quer conversar
Alguma ideia?

Terça-feira 16:19
Deve ser por causa das ligações de hoje
Descubra tudo o que puder

Terça-feira 16:21
Combinei com ela em CW
Já vou estar lá com J então mato dois coelhos com uma cajadada só

Por fim, me dou conta de que vou ler tudo mais rápido se começar com a primeira mensagem enviada naquele celular. Vejo que foi no dia 17 de julho, na noite em que peguei a Blackwater Lane e vi Jane em seu carro.

17 jul 21:31
Recebendo direitinho?

17 jul 21:31
Sim ☺

17 jul 21:31
Perfeito. Não esquece: sem ligações
Só mande mensagem do trabalho ou quando souber que ela não está por perto
É importante que o telefone esteja sempre com vc
Entro em contato todas as noites quando ela estiver dormindo

17 jul 21:18
Vai ser difícil não te ver nos próximos meses

17 jul 21:18
Pense no dinheiro
Se ela tivesse dividido com vc, a gente não ia precisar ir tão longe
Agora vamos ficar com tudo

17 jul 21:18
Isso vai dar certo, não vai?

17 jul 21:19
Claro. Olha como já está dando certo
Ela acha que já está esquecendo as coisas
E isso não foi nada ainda
Espere pra ver quando a gente começar a mexer com a cabeça dela de verdade

17 jul 21:19
Tomara que vc esteja certo. Mais tarde mando mensagem sobre o presente da Susie
Se ela cair, a vitória é certa

*

18 jul 10:46
Bom dia!
Só pra avisar que ela está indo te encontrar

18 jul 10:46
Estou preparada
Ela comentou alguma coisa sobre o presente da Susie?

18 jul 10:47
Não, mas parecia tensa

18 jul 10:47
Vamos torcer pra mensagem ter funcionado
Soube da história da mulher que foi morta aqui perto?

18 jul 10:47
Soube. Que horrível
Avise como foi

18 jul 12:56
Ai, meu Deus. Foi tudo perfeito!
Achei melhor te avisar que ela está indo pra casa

18 jul 12:56
Já? Achei que iam almoçar juntas

18 jul 12:56
Ela perdeu o apetite ☺

18 jul 12:57
Funcionou tão bem assim?

18 jul 12:57
Não podia ter sido melhor, ela desmoronou completamente

18 jul 12:58
Ela acreditou mesmo que esqueceu qual era o presente?

18 jul 12:58
Eu disse que foi ela que sugeriu
Foi o máximo ver ela fingir que lembrava!
O dinheiro está no lugar? Pq ela vai lá conferir

18 jul 12:58
160 na gaveta

18 jul 12:59
Perfeito!

Demoro quase uma hora para ler todas as mensagens e retornar ao ponto onde comecei, à última mensagem enviada por Rachel do banheiro feminino do Spotted Cow. Enquanto vou lendo, minha visão fica embaçada por causa das lágrimas. Algumas mensagens parecem ter sido gravadas em meu cérebro, mesmo que eu já tenha passado para a seguinte há muito tempo. Elas são suficientes para me colocarem frente e frente com a verdade, uma verdade que tenho medo de enfrentar porque sei que vai acabar comigo. Mas, quando me lembro do que sofri nos últimos três meses e de que consegui sobreviver, percebo que sou mais forte do que imagino.

Fecho os olhos e me pergunto quando foi que Matthew e Rachel começaram a ter um caso. Eles se conheceram um mês depois de Matthew aparecer em minha vida, eu acho. Eu já estava apaixonada por ele e desesperada para que Rachel o aprovasse, mas os dois não se deram bem. Ou foi o que pareceu na época. Talvez eles tenham tido uma conexão instantânea e foram indiferentes um com o outro para escondê-la. Talvez tenham se tornado amantes não muito tempo depois, antes até de meu casamento com Matthew. É horrível pensar na possibilidade de que meu relacionamento tenha sido apenas uma farsa, uma armadilha para que ele e Rachel colocassem as mãos no meu dinheiro. Prefiro acreditar que Matthew realmente me amava, que sua ganância surgiu depois e que foi Rachel quem plantou essa semente na cabeça dele. Mas, por ora, não tenho como saber se foi assim que aconteceu.

Eu me levanto devagar. Tenho a sensação de que envelheci cem anos nas últimas duas horas. O telefone de Rachel continua em minhas mãos, e sei que preciso escondê-lo antes que Matthew volte. É claro que ele não está com Andy; está ajudando Rachel a procurar o pequeno telefone preto que contém todas essas provas incriminadoras. Olho ao meu redor e de repente reparo nas orquídeas enfileiradas no parapeito da janela. Meu celular continua escondido debaixo de uma das plantas. Vou até lá, ergo outra planta de dentro do vaso, coloco o celular no fundo e ponho a orquídea de volta. Então, vou para o quarto.

*

Só quando ouço o barulho do carro de Matthew chegando é que me dou conta de que estou correndo perigo. Se Rachel e Matthew conseguiram rastrear os estudantes franceses, vão saber que estou com o celular. Jogo as cobertas para o lado e pulo da cama, mal conseguindo acreditar que vim me deitar em vez de levar o telefone para a polícia. Mas eu estava tão confusa, tão arrasada, que não pensei direito. Agora é tarde demais. Sem meu celular e com o telefone fixo lá embaixo, não tenho como ligar para a polícia.

Ouço a porta do carro bater e corro para o banheiro à procura de alguma coisa com que possa me defender. Escancaro o armário; meus olhos pousam sobre uma tesourinha de unha, mas não me parece uma arma adequada. O barulho da chave de Matthew na fechadura me faz entrar em pânico, então agarro uma lata de laquê e corro de volta para o quarto. Pulo na cama, escondo o laquê debaixo do travesseiro e abro a tampa. Então, virada para a porta, fecho os olhos e finjo estar dormindo enquanto seguro a lata, escondida, com firmeza.

Enquanto isso, as mensagens vão passando em minha mente.

20 set 11:45
Estou entediada

20 set 11:51
Pq vc não dá um pulo aqui pra ver a cafeteira em ação?
Já coloquei a nova

20 set 11:51
Sério?
Achei que a gente não fosse se ver

20 set 11:51
Topo abrir uma exceção
Também preciso que vc dê uma investigada

20 set 11:51
Em quê?

20 set 11:52
Preciso saber pq ela fica bem nos fins de semana, mas vive apagada durante a semana

20 set 11:52
Ok. Que horas?

20 set 11:53
14h

20 set 23:47
Muito arriscado me beijar na entrada hoje

20 set 23:47
Valeu a pena
Descobriu alguma coisa?

20 set 23:47
Ela não toma os remédios nos fins de semana
Não quer que vc saiba que deixam ela muito grogue
Então esconde eles na gaveta
Ou seja, só toma os 2 que vc coloca no suco de laranja

20 set 23:49
Ela disse qual gaveta?

20 set 23:49
Cabeceira

20 set 23:49
Aguenta aí, vou olhar

20 set 23:53
Tem razão, achei 11
Tive uma ótima ideia

20 set 23:53
Vc está me deixando excitada

20 set 23:54
Vou usar eles pra uma overdose

20 set 23:54
Não!!! Vc não pode fazer isso!!!

20 set 23:54
Faço parecer tentativa de suicídio. Pra pensarem que ela está desequilibrada

20 set 23:55
E se ela morrer?

20 set 23:55
Isso ia resolver nosso problema
Mas ela não vai morrer.
Vou pesquisar direitinho, não se preocupe

Ouço seus passos suaves na escada e, conforme Matthew se aproxima, meu coração bate mais acelerado; é como o rufar de um tambor anunciando sua chegada. Quando ele para ao pé da cama, as batidas atingem um *crescendo*, e não consigo acreditar que Matthew não seja capaz de ouvi-las ou de notar meu corpo tremendo por baixo do edredom. Não é possível que não consiga sentir meu pavor da mesma forma que consigo senti-lo ali, olhando para mim. Será que ele sabe que estou com o celular? Ou será que estou segura, pelo menos por mais uma noite? A espera é insuportável. Quando fica impossível não saber, eu me mexo ligeiramente e abro um pouco os olhos.

— Você chegou — murmuro, sonolenta. — Foi divertido com o Andy?

— Sim, foi. Ele mandou um beijo. Volte a dormir, vou tomar um banho.

Obedientemente, fecho os olhos, e ele sai do quarto. Enquanto seus passos se perdem no corredor, continuo repassando as mensagens em minha mente.

21 set 16:11
Temos um problema
Ela sabe que vc esteve na casa mais cedo

21 set 16:11
Como?

21 set 16:11
Não sei, liguei pra polícia

21 set 16:12
Como assim? Pq?

21 set 16:12
Pq ela queria que eu ligasse
Ia ficar estranho se eu dissesse que não
Indo pra casa agora, espero conseguir te dar cobertura

21 set 23:17
Me dê notícias quando puder
Superpreocupada, preciso saber o que rolou hoje

21 set 23:30
Fica tranquila, tudo certo

21 set 23:30
Como ela soube que fui aí?

21 set 23:30
Vc colocou a caneca dela na máquina de lavar louças
Ela percebeu

21 set 23:31
Coloquei? Não lembro

21 set 23:31
Quem é que tem demência mesmo?

21 set 23:31
Vc está muito animadinho pra quem quase foi pego

21 set 23:31
Acabou sendo até bom

21 set 23:32
Como assim?

21 set 23:32
Depois que a polícia saiu eu falei que ela estava paranoica e que tinha demência precoce
Ela ficou furiosa e tomou 2 comprimidos

21 set 23:33
E daí?

21 set 23:33
E daí que vou colocar os 13 da gaveta no suco de laranja amanhã de manhã
+ 2 que ela toma
Total 15
+ 2 já na corrente sanguínea
Deve ser o suficiente

21 set 23:34
Vc está dizendo que isso vai rolar mesmo?

21 set 23:34
Chance boa demais pra não aproveitar
É agora ou nunca

21 set 23:34
Vai funcionar?

21 set 23:35
Falo da briga que tivemos
Vc pode dizer que ela estava deprimida quando se encontraram ontem
Diz que ela contou dos comprimidos na gaveta, mas que vc nunca achou que ela fosse tomá-los

21 set 23:36
Ela não vai morrer com 15 comprimidos, né?

21 set 23:36
Não, só vai ficar mal
Vou pra casa na hora do almoço fingindo que quero fazer as pazes
Se a gente tiver sorte, encontro ela inconsciente e chamo a ambulância

*

22 set 08:08
Pronto
Saindo pro trabalho, mas volto em umas duas horas

22 set 08:09
E se ela não tomar o suco?

22 set 08:08
Ela vai fazer outra tentativa de suicídio

22 set 11:54
Acabaram de me ligar do hospital
Indo pra lá agora

22 set 11:54
Isso quer dizer que funcionou?

22 set 11:55
Parece que sim. Ela mesma ligou pra ambulância
Te aviso

 De repente, percebo que não ouço o barulho do chuveiro. Matthew não está no banheiro. Meu coração dispara de medo. Onde ele está? Concentro-me na escuridão silenciosa e escuto um murmúrio grave vindo do quarto da frente. Ele e Rachel devem estar apavorados, temendo que o telefone caia nas mãos da polícia e que o golpe deles seja descoberto. Será que o pânico é suficiente para que me matem? Ou, pelo menos, para que me forcem a tomar mais comprimidos para simular outra tentativa de suicídio, mas, dessa vez, bem-sucedida?
 Deitada na cama, esperando Matthew voltar, sem soltar a lata de laquê, sinto mais medo do que jamais senti na vida. Principalmente agora que sei sobre a faca.

08 ago 23:44
Foi incrível no médico hoje

08 ago 23:44
Medicação?

08 ago 23:44
Sim, mas diz ela que não vai tomar
Preciso fazer ela mudar de ideia

08 ago 23:45
Acho que posso ajudar

08 ago 23:45
Como?

08 ago 23:45
Com uma faca de cozinha enorme
Igual à usada no assassinato

08 ago 23:46
???
Onde vc conseguiu isso?

08 ago 23:46
Londres
Pensei que podia colocar em algum lugar pra ela achar
Dar um susto nela

08 ago 23:46
Não é uma boa ideia, ela vai ligar pra polícia
Fora as impressões digitais
Acho que não vai funcionar

08 ago 23:47
Funciona se a gente planejar direito

08 ago 23:47
Vou pensar

*

09 ago 00:15
Já pensei

09 ago 00:17
Está aí?

09 ago 00:20
Agora sim! Bolou alguma coisa?

09 ago 00:20
Sim, mas é muito difícil explicar por mensagem
Vou te ligar

09 ago 00:20
A gente não concluiu que ligar é muito arriscado?

09 ago 00:21
Tempos difíceis, medidas desesperadas etc.

09 ago 20:32
Deixei a porta dos fundos aberta
Faça como a gente planejou e dê o fora bem rápido
Espero que a gente não esteja fazendo besteira

09 ago 20:33
Confie em mim, vai dar tudo certo ☺

09 ago 23:49
Oi

09 ago 23:49
Graças a Deus! Ouvi o grito dela, doida pra saber o que aconteceu!

09 ago 23:50
Nem acredito que deu certo. Ela ficou histérica

09 ago 23:50
Ainda bem que a polícia não veio

09 ago 23:51
Fiz ela acreditar que estava vendo coisas

09 ago 23:51
Não falei?
Tive que deixar a faca no galpão, espero que tudo bem

09 ago 23:52
Sem problemas
Nunca se sabe. Vai que a gente precisa dela de novo um dia

E se, neste exato momento, Rachel estiver convencendo Matthew a ir até o minigalpão para pegar a faca e me matar? Se ele cortar o meu pescoço, vão achar que o assassino de Jane voltou a atacar. Matthew falaria das ligações que andei recebendo e faria uma cena dizendo que não tinha acreditado em mim quando contei que o assassino estava me perseguindo. Rachel seria o álibi de Matthew. Ela diria que marcou um encontro no parque com ele porque, depois que encontrou comigo no pub, ficou preocupada com meu estado. A faca usada para me matar nunca seria encontrada, da mesma forma que a faca que tirou a vida de Jane nunca foi. E eu ficaria conhecida como Cass Anderson, a segunda vítima do assassino do bosque.

Ouço a porta do quarto de hóspedes se abrir. Prendo a respiração, esperando para ver se consigo descobrir para qual direção ele irá agora: será que vai descer as escadas e seguir para o jardim, ou pegar o corredor e vir para o quarto? Se ele descer, será que terei tempo suficiente para correr até a sala de estar, tirar o celular de Rachel do vaso de orquídea e sair de casa antes de ele voltar para o quarto? Será melhor fugir a pé ou de carro? Se eu pegar o carro, o barulho do motor vai alertá-lo. Se fugir a pé, até onde será que consigo chegar antes de ele notar que não estou mais na cama? Quando ouço seus passos no corredor, vindo em direção ao quarto, fico até fraca de tão aliviada por não precisar tomar nenhuma decisão. A não ser que ele já esteja com a faca, a não ser que ele a tenha pegado no minigalpão antes de entrar em casa.

Sinto sua presença no quarto e preciso de todo controle para não pular da cama e tascar um jato de laquê em seus olhos; atacar antes de ser atacada. Mas meu dedo está tremendo tanto que duvido que eu seria capaz de mirar no lugar certo. Então fico ali parada ao me dar conta de que não conseguiria detê-lo. Ouço um farfalhar enquanto ele troca de roupa e me forço a respirar com calma, como alguém em um sono profundo. Se ele se deitar na cama e perceber que estou trêmula, vai ficar desconfiado. E, esta noite, minha vida depende da minha capacidade de me manter calma.

Quarta-feira, 30 de setembro

Quando amanhece, mal consigo acreditar que ainda estou viva. Matthew demora uma eternidade para ir para o trabalho, me deixando aflita. Assim que ele sai, me visto depressa e desço até a cozinha, esperando o telefone tocar. Tenho total consciência de que, hoje, mais do que qualquer outro dia, preciso fazer tudo certo. Hoje, mais do que nunca, preciso ser quem ele quer que eu seja.

Pensei que não fosse ter mais medo agora que sei quem é a pessoa que vive me ligando, mas saber do que ele é capaz me deixa ainda mais assustada. Só que isso funciona a meu favor quando o telefone toca, perto das nove horas. Como falei com ele ontem e perguntei quem era, sei que terei de dizer alguma coisa hoje também, ou ele vai se perguntar por que minha recente autoconfiança desapareceu da noite para o dia. Então, desta vez, pergunto novamente quem ele é e, antes de desligar, peço que me deixe em paz, na esperança de ter colocado o tom certo de medo na voz.

Tenho muito trabalho a fazer hoje se quiser desmanchar aquela teia de mentiras e de traições, por isso vou direto à casa de Hannah, torcendo para que ela não tenha saído. Por sorte, seu carro está na garagem.

Ela parece surpresa em me ver e me pergunta, ligeiramente envergonhada, se estou melhor. Tenho a forte sensação de que Matthew contou a ela sobre a tentativa de suicídio, mas não tenho tempo de perguntar exatamente qual foi a história que chegou aos seus ouvidos, então apenas respondo que estou quase cem por cento, na esperança de que isso seja o suficiente. Hannah me convida a entrar e tomar um café, mas digo que estou com pressa. Tenho certeza de que ela está se perguntando por que vim visitá-la.

— Hannah, você se lembra daquele churrasco que fizemos lá em casa, no final de julho? — pergunto.

— Claro que lembro — responde ela. — Nós comemos aqueles bifes marinados que o Matthew comprou no mercado. Estavam deliciosos. — Seus olhos brilham com a lembrança.

— Então... minha pergunta pode parecer um pouco sem sentido, mas por acaso eu convidei vocês para irem lá em casa quando nós nos esbarramos em Browbury?

— Sim. Você disse que queria chamar a gente para um churrasco.

— Tudo bem, mas eu cheguei a marcar com você? Quer dizer, eu disse que era para vocês aparecerem no domingo?

Ela pensa por um instante, enlaçando a própria cintura com os braços finos.

— Acho que foi no dia seguinte que você nos convidou, não? Foi, isso mesmo, lembro que Matthew disse que você tinha pedido a ele que telefonasse para nós porque estava ocupada no jardim.

— Eu me lembro agora — afirmo, tentando soar aliviada. — É que tenho tido uns problemas de memória, e várias coisas estão me escapando. Às vezes não tenho certeza se esqueci mesmo ou se elas não aconteceram como achei que tivessem acontecido. Isso não deve fazer muito sentido, não é?

— De um jeito meio estranho, faz — diz ela, sorrindo.

— Por exemplo, venho me torturando por causa do seu convite para jantar, há umas duas semanas, porque não me lembrava de você ter nos convidado...

— Foi porque falei com o Matthew. — Ela me interrompe. — Eu tinha deixado um recado na secretária eletrônica da sua casa e no celular, mas, como você não retornou, liguei para ele.

— Aí ele se esqueceu de me dizer que você tinha me pedido que trouxesse a sobremesa.

— Eu não pedi — explica ela. — Ele que se ofereceu.

Para que as perguntas não pareçam sem fundamento, conto a ela que talvez tenha demência precoce e peço que não diga a ninguém por enquanto, pois ainda estou tentando me acostumar com a ideia. Então vou embora.

24 jul 15:53
Ela quer se encontrar em Bb, pareceu chateada
Alguma ideia do motivo?

24 jul 15:55
Homem da empresa de alarmes deixou ela nervosa, talvez seja isso
Vc pode ir?

24 jul 15:55
Sim, disse pra gente se encontrar às 6

24 jul 15:55
Avise se tiver alguma coisa que pudermos usar

24 jul 23:37
Oi, como foi o encontro?

24 jul 23:37
Bem, nada pra contar, disse que o homem do alarme a assustou

24 jul 23:37
Ela te contou que esbarrou com a Hannah?

24 jul 23:38
Sim

24 jul 23:38
Disse que falou pra eles virem pra um churrasco
Não disse quando
Estou pensando em usar isso

24 jul 23:38
Como?

24 jul 23:38
Não sei direito
Aliás, disse pra ela que vou pra plataforma

24 jul 23:39
E como foi?

24 jul 23:39
Não ficou nada feliz
Eu disse que já tinha avisado, então ela acha que esqueceu
Escrevi no calendário caso ela verifique
Sou ótimo em forjar as coisas

24 jul 23:39
Bom saber!

*

25 jul 23:54
Oi. Como foi o seu dia?

25 jul 23:54
Bom, mas estou com saudade de vc. É tão difícil ☹

25 jul 23:54
São só dois meses
Tive uma ótima ideia pro churrasco com H&A
Preciso que vc ligue aqui pra casa às 10 amanhã fingindo ser o Andy

25 jul 23:54
?

25 jul 23:55
É só entrar na brincadeira

*

26 jul 10:35
Valeu, Andy!

26 jul 10:35
Haha funcionou?

26 jul 10:35
Comprando linguiças pro churrasco agora mesmo

26 jul 10:36
Ela acreditou mesmo que convidou eles?

26 jul 10:36
Sim!

26 jul 10:37
Não acredito que seja tão fácil

26 Jul 10.37
☺

Quando saio da casa de Hannah, vou até a empresa de alarmes no bairro industrial e me dirijo à recepção. Atrás de um balcão meio bagunçado, uma senhora olha para mim.
— Em que posso ajudar? — pergunta ela, com um sorriso.
— Meu marido e eu contratamos a instalação de um alarme aqui há uns dois meses. Será que eu poderia ter uma cópia do contrato? Acho que perdi o nosso.
— Sim, é claro. — Ela me encara com um olhar inquisitivo.
— Anderson — respondo sua pergunta silenciosa.
A mulher digita meu nome no computador.
— Aqui está.
Ela se estica para pegar o papel que sai da impressora e o entrega a mim.
— Obrigada.
Eu o analiso por um instante e noto a data de instalação marcada para sábado, 1º de agosto. E a assinatura de Matthew ao pé da página.

20 jul 23:33
Adivinha só? Ela me disse no jantar que quer um alarme
Já pediu pra alguém vir aqui fazer um orçamento na sexta

20 jul 23:33
Desculpe! Foi culpa minha, fiquei falando que a sua casa era isolada
Falei pra ela que vcs precisam de um alarme. Não achei que ela fosse levar a sério

20 jul 23:34
Se a gente instalar um, vai dificultar as coisas

20 jul 23:34
Não se vc me der a senha ☺

*

27 jul 08:39
Bom dia!

27 jul 08:40
Achei que vc poderia ligar. Indo pra plataforma?

27 jul 08:41
Não, no bairro industrial esperando a empresa de alarmes abrir

27 jul 08:41
Pq?

27 jul 08:41
Vou contratar a instalação do alarme e fazer ela achar que foi ela

27 jul 08:42
Como vc vai fazer isso?

27 jul 8:42
Falsificando a assinatura dela num contrato falso

27 jul 8:43
Vc consegue?

27 jul 8:44
É moleza. Já disse que sou bom em forjar coisas, falsificar...
A empresa de alarmes já vai abrir. Dou notícias

27 jul 10:46
No trem para Aberdeen. Mandei instalar o alarme no sábado de manhã
Preciso estar lá, mas preciso que ela saia, alguma ideia?

27 jul 10:47
Vou pensar
Boa viagem

*

29 jul 09:36
As ligações estão deixando ela muito assustada!
Não quer ficar sozinha, então falei pra ela ir pra um hotel

29 jul 09:36
Quem pode, pode

29 jul 09:37
Seremos vc e eu um dia, prometo
É uma boa solução pra ela estar fora do caminho no sábado quando o alarme for instalado
Mas preciso que vc faça uma coisa para mim

29 jul 09:38
Diga

29 jul 09:38
Ligue lá pra casa mais tarde e deixe um recado
Finja que é da empresa de alarmes e que quer confirmar a instalação na sexta

29 jul 09:39
Vc não quer dizer sábado?

29 jul 09:39
Não, sexta. Confie em mim, sei o que estou fazendo.
Faça isso amanhã

29 jul 09:40
Ok

*

31 jul 16:05
Oi, já voltou da plataforma?

31 jul 16:34
Acabei de voltar. Em casa, mas indo pro hotel
Falei pra ela que encontrei o homem do alarme esperando na porta
Levando o contrato falso pra provar que foi ela que encomendou

31 jul 16:35
Espero que ela acredite

31 jul 16:35
Vai acreditar

31 jul 19:13
Acreditou

31 jul 19:14
Ela deve achar que está ficando louca!

31 jul 19:14
Não é esse o plano?

Quando saio da empresa de alarmes, vou até Castle Wells. A vendedora da Baby Boutique está ocupada atendendo um cliente, então aguardo, tentando controlar minha ansiedade.

— Vou adivinhar — começa ela ao me ver esperando. — Você mudou de ideia e resolveu devolver o carrinho?

— De jeito nenhum — nego, de modo tranquilizador. — Mas tem uma coisa que eu queria saber. Quando estive aqui ontem, você comentou que a pessoa que encomendou o carrinho teria matado você se por acaso tivesse mandado o modelo errado.

— Isso mesmo. — Ela assente com a cabeça.

— Então, como foi isso? — pergunto. — Só estou curiosa porque foi muito inesperado. Simplesmente chegou do nada.

— Eu realmente sugeri que a entrega fosse mais para perto do nascimento porque... bem, tudo pode acontecer. Mas ela queria que fosse entregue logo.

— Como a pessoa encomendou? Ela disse que queria comprar um presente para mim e pediu sugestões?

— Mais ou menos. Ela entrou logo depois que você saiu e disse que era sua amiga. Perguntou se você tinha se interessado por alguma coisa em especial, então comentei que você já tinha comprado um pijaminha. Foi aí que o casal que estava aqui brincou dizendo que você também tinha gostado do carrinho. Ela falou que era perfeito e o comprou na mesma hora. — A vendedora olha para mim, nervosa.

— Fiquei achando que tinha falado demais porque ela pareceu chocada quando comentei que nossos bebês iam nascer mais ou menos na mesma época, mas ela garantiu que você já tinha contado para ela e que só estava surpresa de você ter me contado.

— É que fiquei tão empolgada com a possibilidade de estar grávida que contei para duas amigas e não tenho a menor ideia de qual delas me deu o carrinho porque não tinha nenhum cartão com ele. Será que você podia me dizer o nome dela? Eu queria agradecer o presente.

— É claro. Espere um segundo que vou dar uma olhada no sistema. Só preciso do seu nome, por favor.

— Cassandra Anderson.

— Ah, sim, está aqui. Ah, mas não tem nome. Ela não preencheu essa parte.

— Você se lembra de como ela era?

A vendedora para um instante para pensar.

— Hum... Um pouco alta, tinha cabelos escuros e cacheados. Desculpe, acho que isso não ajuda muito.

— Não, pelo contrário, sei exatamente quem é. Ótimo, agora vou poder agradecer o presente. — Faço uma pequena pausa. — Aliás, você se lembra de ter falado com o meu marido?

— Seu marido? Não, acho que não.

— Ele ligou para cá no dia que o carrinho foi entregue. Acho que foi numa sexta-feira. Ele pensou que tivesse sido um engano.

— Sinto muito, mas não me lembro disso, não. Tem certeza de que ele falou comigo? Durante a semana, fico sozinha aqui.

— Devo ter entendido errado. — Abro um sorriso para ela. — Obrigada, de qualquer forma. Você ajudou muito.

04 ago 11:43
Ela acabou de pedir que eu vá encontrar com ela em CW.
Parecia chateada

04 ago 11:50
Liguei e não falei nada de novo hoje
Vc vai?

04 ago 11:51
Vou, mas estou enrolada no trabalho, então espero que seja rápido
Depois te conto como foi

04 ago 14:28
Melhor notícia do mundo: ela acha que é o assassino que está ligando pra ela

04 ago 14:29
O quê???
Talvez ela esteja doida mesmo

04 ago 14:29
Nosso trabalho fica mais fácil se ela chegar lá por conta própria
Também consegui confirmar a história do churrasco
Disse que ela me contou que tinha convidado H&A para irem no domingo

04 ago 14:30
Bom trabalho

04 ago 14:31
Preciso voltar pro trabalho. Nos falamos depois

04 ago 14:38
Nem te conto

04 ago 14:39
Pensei que vc tivesse que voltar pro trabalho

288

04 ago 14:39
Quando estava voltando pro estacionamento, vi a Cass saindo da baby boutique

04 ago 14:39
Baby boutique?
O que ela estava fazendo lá?

04 ago 14:40
Vc acha que eu sei?

04 ago 14:40
Consegue descobrir?

04 ago 14:40
Estou mesmo sem tempo

04 ago 14:40
Arrume tempo
Pq ela iria a uma loja de bebês?
Talvez dê pra gente usar isso
Precisamos usar qualquer coisinha que der contra ela

04 ago 14:41
Ok

04 ago 15:01
Vc não vai acreditar

04 ago 15:01
Até que enfim
Pq demorou tanto?

04 ago 15:02
Pare de ser rabugento
Tenho ótimas notícias

04 ago 15:02
Diga

04 ago 15:02
Vc vai ser papai!

04 ago 15:03
Que porra é essa???

04 ago 15:03
Tem certeza que fez vasectomia?

04 ago 15:03
É claro que tenho!
O que está acontecendo?

04 ago 15:03
Sei lá
Ela disse pra vendedora que está grávida
Então encomendei um carrinho de bebê pra vcs

04 ago 15:03
??

04 ago 15:04
Parece que ela ficou apaixonada por ele
Vamos fazer ela pensar que encomendou, igual ao alarme

04 ago 15:04
Não sei se vai funcionar duas vezes

04 ago 15:04
Vale a tentativa
Se não der certo, é só culpar a loja pela confusão
Mas vou precisar que vc esteja em casa sexta na hora da entrega

04 ago 15:05
Ok, tiro dois dias de folga
Banco o marido preocupado
Preciso pensar em como usar a história do carrinho

04 ago 15:06
Queria que vc pudesse passar dois dias comigo ☹

04 ago 15:06
Nosso dia vai chegar
Aliás, dei um pulo em casa e troquei a senha do alarme
Vamos torcer pra ela disparar ele

04 ago 15:07
Ela vai ter um dia de merda

04 ago 15:07
Tomara que seja o primeiro de muitos ☺

04 ago 23:37
Como foi com o alarme?

04 ago 23:38
Queria que vc tivesse visto

A polícia veio aqui

04 ago 23:38
Sério que ela acreditou que digitou a senha errada?

04 ago 23:38
Nem questionou

04 ago 23:38
É como roubar doce de criança

04 ago 23:39
Incrível, não é?

*

06 ago 23:45
Tudo certo pra chegada do carrinho amanhã?

06 ago 23:47
☺

06 ago 23:47
Vai usar a história da gravidez?

06 ago 23:47
Se eu conseguir

*

07 ago 23:46
Obrigado pelo carrinho

07 ago 23:46
Que bom que vc gostou
Como foi?

07 ago 23:47
Muito engraçado
Rolou uma confusão enorme
Ela comprou um minigalpão pra mim. Queria fazer surpresa
No começo achou que o carrinho era o galpão, então cada um falava de uma coisa

07 ago 23:47
?

07 ago 23:47
Não se preocupe, correu tudo bem
Ela disse que não encomendou carrinho nenhum, então fingi que liguei pra loja
Aí joguei a história da gravidez na cara dela. Disse que a mulher da loja me deu parabéns

07 ago 23:48
O que ela falou?

07 ago 23:48
Que a mulher da loja pensou que ela estivesse grávida, então ela entrou na onda

07 ago 23:48
Muito esquisito! E o carrinho?

07 ago 23:49
Acha que deve ter comprado mesmo

07 ago 23:49
Não é possível!
Ela está mesmo perturbada

07 ago 23:49
O melhor foi que consegui convencer ela a ir ao médico
Consulta amanhã

07 ago 23:50
Ela não vai gostar de saber que vc já falou com ele sobre ela
E se ele não passar nenhum remédio?

07 ago 23:50
Vai passar. Disse pra ele que ela está paranoica e muito nervosa
Vamos torcer pro comportamento dela confirmar isso

Da Baby Boutique vou para a escola onde trabalhava. Chego no intervalo do almoço. Penso em John e fico até vermelha de tão culpada que me sinto quando lembro como fui rápida em acusá-lo, inclusive de ter matado Jane. No entanto, ainda não sei até que ponto ele é inocente: ele estava com Rachel, não estava? O rosto de Jane surge em minha mente, e aquela tristeza de sempre volta. Mas não posso pensar nela agora, ainda não.

Empurro a porta que dá para a recepção da escola. Os corredores estão vazios e, ao caminhar por ali, percebo que sinto falta daquilo tudo. Quando paro em frente à porta da sala dos professores, respiro fundo e entro.

— Cass! — Connie se levanta de um pulo, derrubando sua salada no chão, e me dá um abraço apertado. — Ah, meu Deus, como é bom ver você! Tem ideia do quanto sentimos sua falta?

Outros colegas se amontoam ao meu redor, perguntando como estou e dizendo que estão felizes em me ver. Depois de lhes garantir que estou bem, pergunto onde estão John e Mary.

— John está na cantina, e Mary, na sala dela — responde Connie.

Cinco minutos depois, estou indo falar com a diretora. Ela parece tão feliz em me ver quanto todos os outros, e isso me deixa mais tranquila.

— Queria me desculpar por ter deixado vocês na mão — explico.
— Em primeiro lugar com relação ao treinamento de professores.

— Bobagem — diz ela, elegante como sempre em um terninho azul-marinho com uma camisa cor-de-rosa por baixo. — Seu marido nos avisou com bastante antecedência, então não teve nenhum problema. Só foi uma pena não ter conseguido ver você quando passei na sua casa para entregar as flores. Seu marido disse que você estava dormindo.

— Eu devia ter mandado um bilhete agradecendo. — Tento parecer culpada, pois não quero que ela saiba que Matthew nunca me entregou as flores.

— Não seja boba. — Mary lança um olhar cauteloso para mim. — Preciso dizer que você está com uma cara ótima. Não esperava que parecesse tão bem. Tem certeza mesmo de que não se sente disposta para voltar? Sentimos sua falta.

— Eu adoraria voltar — respondo, melancólica. — Mas, como você sabe, tenho andado doente. Na verdade, acho que você deve ter notado que andei meio estranha no semestre passado.

Ela balança a cabeça.

— Infelizmente nunca notei nada. Se eu soubesse que você estava se sentindo tão pressionada, teria tentado ajudar. Queria que você tivesse me procurado para conversar.

— Mas você não percebeu que eu não estava bem? Não comentou isso com o meu marido?

— A única coisa que comentei com o seu marido quando ele ligou para falar do seu afastamento foi que você era a funcionária mais organizada e eficiente da minha equipe.

— Meu marido contou por que eu resolvi não voltar?

Ela olha para mim.

— Disse que você teve um colapso nervoso.

— Acho que ele exagerou um pouco.

— Foi exatamente o que pensei. Até porque o seu atestado médico só menciona estresse.

— Será que posso dar uma olhada nele?

— É claro. — Ela vai até o arquivo e passa rápido pelas pastas. — Aqui está.

Pego a folha e a estudo por um instante.

— Será que eu poderia tirar uma cópia disso?

Ela não pergunta o motivo, e não dou mais nenhuma informação.

— Vou providenciar uma cópia agora mesmo — afirma.

16 ago 23:52
Boas notícias
Fiz o que vc sugeriu e peguei o bosque quando estávamos indo para Chichester
Ela teve uma crise
Chamei o médico, e ele disse que ela tem que tomar o remédio com regularidade

16 ago 23:52
Até que enfim!

16 ago 23:52
Tem mais
Ela disse que não quer voltar pro trabalho
Acho que estamos na reta final

16 ago 23:53
Graças a Deus
Hora da última fase
Acha que dá pra eu entrar na casa amanhã?

16 ago 23:53
Vou tentar apagá-la com o remédio
Mas tenha cuidado

*

17 ago 10:45
Estou na sua casa, ela está completamente apagada
Quantos você deu pra ela?

17 ago 10:49
2 no suco de laranja + 2 receitados
Estava me perguntando pq ela não atendeu o telefone
Onde ela está?

17 ago 10:49
Apagada na frente da televisão
Comprei umas coisas do canal de compras

17 ago 10:49
Pq?

17 ago 10:50
Pra fazer ela achar que comprou
Vc disse que ela comprou brincos pra mim, então pq não fazer isso?

17 ago 10:50
Não exagere

17 ago 10:50
☺

*

20 ago 14:36
Vc está na casa?

20 ago 14:36
Estou, dei uma arrumadinha
Com sorte ela vai pensar que foi ela
Senão vc diz que foi vc antes de sair pra trabalhar pra ela se sentir mal

24 ago 23:49
Liguei pra diretora hoje e contei do colapso nervoso
Disse pra não esperar que ela volte

24 ago 23:49
O que ela falou?

24 ago 23:49
Que se sente mal por não ter percebido
Quer atestado médico

*

26 ago 15:09
Como vai a vida?

26 ago 15:10
Preferia estar em Siena
Não entregaram a máquina, agora disseram terça
Acabei de passar umas camisas pra vc

26 ago 15:10
Obrigado
Te levo a Siena assim que isso tudo acabar
Aliás, obrigado pelo troço pra batatas

26 ago 15:11
Que bom que gostou
Vc vai receber mais alguma coisa em dois dias

*

28 ago 17:21
Como vão as coisas?

28 ago 17:37
Diretora quer trazer flores

28 ago 17:38
O que vc disse?

28 ago 17:38
Que tudo bem, mas vou dizer que C está muito mal pra falar com ela e jogo as flores fora
Peguei atestado com médico, mas só fala do estresse

28 ago 17:38
Droga

28 ago 17:38
Nenhuma menção a colapso nervoso
Vou falsificar uma carta pedindo exame pra demência

28 ago 17:39
Ela é tão fácil de ser manipulada que vai acreditar
Espero que não se importe, mas comprei umas pérolas para mim

28 ago 17:39
Vc merece

31 ago 23:49
Como foi seu dia?

31 ago 23:50
O mesmo de sempre
Ela não falou sobre te encontrar pro almoço amanhã

31 ago 23:50
Ótimo, significa que esqueceu
Preciso estar na sua casa pra entrega da máquina de lavar roupa
Aí finjo que apareci pra saber pq ela não foi

01 set 15:17
Como foi?

01 set 15:18
A máquina chegou às 11, ela dormiu o tempo todo
Então toquei a campainha pra saber pq ela não apareceu pra almoçar
Até achei que ela não ia abrir

01 set 15:18
Como ela estava?

01 set 15:18
Mal dava pra entender o que falava
Está muito perturbada, falou muito sobre o assassinato, sobre ter visto a faca
Parece doida de pedra

01 set 15:19
Ótimo
Planejando dizer a ela hoje que está mesmo

01 set 23:27
Vc falou?

01 set 23:28
Sim. Ela ainda estava completamente fora do ar quando cheguei em casa
Então aproveitei e pedi pra ela colocar roupa na máquina
Ela não conseguiu, mostrei a carta do médico pra ela, com pedido de exame para saber se ela tem demência

01 set 23:29
Como ela reagiu?

01 set 23:29
O que vc acha?

Saio da sala de Mary logo depois, prometendo mandar notícias. Assim que passo pela entrada principal, escuto alguém me chamar. Eu me viro e vejo John correndo em minha direção.

— Não me diga que você ia embora sem falar comigo — diz ele, em tom de repreensão.

— Não quis atrapalhar o seu plantão na cantina — minto, porque ainda não tenho certeza se ele é amigo ou inimigo.

John olha para mim, intrigado.

— Como você está?

— Estou bem.

— Que ótimo.

— Você não parece convencido — comento.

— Não esperava ver você tão bem-disposta assim tão cedo, só isso.

— Por que não?

Ele parece envergonhado.

— Bem, não depois de tudo o que você passou.

— Como assim?

— A Rachel me contou — começa ele, desconcertado.

— O que foi que ela te contou?

— Que você teve uma overdose.

Assinto com a cabeça, devagar.

— Quando ela te disse isso?

— Ontem. Ela ligou para cá me procurando e perguntou se nós podíamos nos encontrar para um drinque quando terminasse o expediente. Eu quase disse que não, porque fiquei com receio de que ela desse em cima de mim outra vez, mas ela falou que queria conversar sobre você. Então aceitei o convite.

— Continue — peço.

— Nós nos encontramos em Castle Wells, e ela me contou que você teve uma overdose na semana passada e que foi levada às pressas para o hospital. Fiquei péssimo. Eu devia ter insistido quando Matthew disse que eu não podia visitar você.

— Quando foi isso? — pergunto, franzindo o cenho.

— Depois que a Mary nos contou que você tinha decidido não voltar para o trabalho. Não consegui acreditar. Quando a gente se esbarrou em Browbury, você não comentou nada sobre largar o emprego. Tive a sensação de que havia algo errado. Aquilo não fazia sentido. Mary disse que você estava sofrendo de estresse, e eu sabia que estava perturbada com a história do assassinato da Jane. Talvez tenha sido idiotice da minha parte, mas achei que poderia te convencer a mudar de ideia. Mas Matthew disse que você estava doente demais para receber visita e, quando Rachel me contou sobre a overdose, não consegui entender como conseguiu chegar a esse ponto em tão pouco tempo. — Ele faz uma pausa. — Você teve mesmo uma overdose, Cass?

Balanço a cabeça no mesmo instante.

— Mas não foi intencional. Exagerei na dose do meu remédio sem me dar conta do que estava fazendo.

Ele parece aliviado.

— Rachel me pediu que contasse a Mary. Disse que achava que ela deveria saber o que tinha acontecido.

— E você contou?

— Não, é claro que não. Não cabe a mim fazer isso. — Ele hesita por um instante. — Sei que você e a Rachel são muito próximas, mas não tenho certeza se ela é uma boa amiga para você. Achei muito desleal da parte dela me contar isso. Você precisa abrir o olho, Cass.

— Vou prestar atenção — concordo, assentindo com a cabeça. — Se ela ligar de novo para você nos próximos dias, não conte que nos encontramos, está bem?

— Pode deixar — promete ele. — Se cuide, Cass. A gente vai se ver de novo?

— Claro — respondo, sorrindo para ele. — Estou te devendo um almoço, lembra?

Vou embora da escola feliz com tudo o que consegui descobrir até agora. Penso em procurar o Dr. Deakin, mas duvido que consiga uma consulta tão em cima da hora e, de qualquer forma, já é o suficiente saber que, na opinião dele, só estou sofrendo de estresse. Será que ele ainda pensaria assim se soubesse que tive uma overdose? Mas pelo menos tenho o celular de Rachel com as mensagens que provam que foi tudo coisa de Matthew, e não minha.

Por ora, não posso me permitir pensar no que teria acontecido comigo se esse celular não tivesse chegado às minhas mãos. Também não posso ficar pensando que as duas pessoas que eu mais amava no mundo me traíram. Tenho medo de ser completamente dominada pela dor e não me sentir capaz de fazer o que estou decidida a fazer, o que resolvi fazer desde que ouvi a voz de Matthew quando liguei para o único número gravado no celular de Rachel: desfazer a teia de mentiras que eles teceram. Eu não precisava ter falado com Hannah hoje de manhã, ou com a funcionária da empresa de alarmes, ou com a vendedora da Baby Boutique, ou com Mary, porque está tudo aqui, no celular. Mas, quando acordei hoje, ainda não conseguia realmente acreditar no que os dois tinham feito. E eles mexeram tanto com minha cabeça nos últimos dois meses que comecei a me perguntar se tinha imaginado tudo aquilo ou se talvez tivesse entendido errado o que havia lido. Não ousei ler as mensagens de novo com medo de excluí-las sem querer ou de que Rachel ou Matthew aparecessem de surpresa e me vissem com o telefone. Portanto, meu passeio me permitiu confirmar que aquilo tudo era mesmo verdade.

Também fez com que eu me desse conta de quanto facilitei as coisas para eles. Agora me parece incrível que eu não tenha questionado nada: o alarme que eu supostamente mandei instalar, o carrinho de bebê que chegou do nada ou a máquina de lavar roupa que não consegui usar. Atribuí tudo o que aconteceu à minha memória debilitada. Até mesmo aquela confusão do carro no estacionamento.

12 ago 23:37
Precisamos melhorar nossa estratégia

12 ago 23:39
Pq?

12 ago 23:39
Ela abriu um champanhe mais cedo
Disse que está se sentindo bem melhor, falou em termos um bebê

12 ago 23:39
Coitada da infeliz
Ligo pra ela amanhã pra ver o que ela diz

*

13 ago 09:42
Acabei de ligar pra ela. Não atendeu
Já fez a ligação?

13 ago 09:42
Ainda não. Ia ligar agora
Vamos torcer pra que isso faça com que ela fique perturbada de novo

13 ago 09:42
Quer que eu passe na sua casa mais tarde?

13 ago 09:43
Quero. Mas tome cuidado

13 ago 09:43
Sempre tomo

13 ago 14:31
Alguma coisa acontecendo?

13 ago 14:32
Não. Ela está apagada na frente da TV

13 ago 14:32
Ótimo, então minha ligação deixou ela com medo

13 ago 15:30
Posso ir? Preciso ir a Castle Wells

13 ago 15:54
Desculpe, estava em reunião
Acho que sim
Não deixe ninguém te ver. Afinal, vc deveria estar em Siena

13 ago 15:54
Estou de peruca loura e calça de moletom, lembra?

13 ago 15:54
Queria poder te ver

13 ago 15:54
Não queria, não

13 ago 16:48
Adivinhe quem veio a Castle Wells?
Estava saindo quando ela chegou no edifício-garagem
Seguindo ela agora. Tenho uma ideia
Vc tem uma chave reserva do carro dela?

13 ago 16:49
Tenho, em casa. Pq?

13 ago 16:50
Sabe que ela tem pavor de não encontrar o carro
Podemos fazer isso acontecer

13 ago 16:51
Como?

13 ago 16:51
Se vc puder sair, podia vir aqui e colocar o carro dela em outro andar
Ela estacionou no 4º

13 ago 16:51
Vc é um gênio
Saindo agora, espero chegar a tempo

13 ago 16:51
Te mantenho informado

13 ago 17:47
Cheguei. Onde ela está?

13 ago 17:47
Passeando pela cidade

13 ago 17:47
Troco o carro dela de vaga?

13 ago 17:48
Acho que sim
Acho que ela não deve demorar muito
Coloque no último andar

13 ago 17:48
Ok

13 ago 18:04
Ela está voltando. Já trocou?
Acabou de esbarrar com aquela garota do trabalho dela, Connie, eu acho

13 ago 18:04
Sim, sentado no carro no último andar
Fique de olho pra eu tirar o carro se ela subir aqui
Vá falando o que está rolando

13 ago 18:14
Tão engraçado ver isso
Ela está procurando em todos os lugares
No 5º andar agora
Dá até pena dela

13 ago 18:14
Acha que ela sobe aqui?

13 ago 18:16
Não, está descendo de novo

13 ago 18:19
O que está acontecendo?

13 ago 18:21
No térreo, acho que vai na admin avisar que não está conseguindo achar o carro

13 ago 18:21
Posso colocar no 4º de novo?

13 ago 18:21
Sim!

13 ago 18:24
Já colocou no lugar?
Ela está subindo com um funcionário do estacionamento, esperando elevador

13 ago 18:25
Sim, mas não exatamente no mesmo lugar, duas vagas depois

13 ago 18:25
Acho que não faz diferença
Melhor vc ir andando

13 ago 18:26
Já saí
Vou ligar e perguntar onde ela está, fingindo que estou em casa

13 ago 23:48
Oi. Como foi?

13 ago 23:49
Digamos que
Ela não vai abrir mais nenhum champanhe tão cedo

13 ago 23:49
☺

Sinto uma fome de repente e percebo que não como nada desde a hora do almoço de ontem. Então paro num posto de gasolina e compro um sanduíche e uma bebida. Como depressa, impaciente para voltar para casa. Pego a rodovia, pretendendo seguir por esse caminho, mas, cinco minutos depois, sem saber direito por que, me pego dobrando à esquerda, em direção à estrada que cruza o bosque, a que me levará para casa pela Blackwater Lane. Não me preocupo muito com isso e decido deixar o destino me guiar. Afinal de contas, ele permitiu que o celular viesse parar nas minhas mãos. Quais eram as chances de o estudante francês pegá-lo na bolsa de Rachel enquanto ela passava apressada por ele? Quais eram as chances de uma das amigas dele ter uma crise de consciência e entregá-lo a mim? Nunca fui uma pessoa muito religiosa, mas com certeza, ontem, alguém em algum lugar resolveu cuidar de mim.

Blackwater Lane não se parece em nada como da última vez que passei por aqui dirigindo. As árvores que ladeiam a estrada são uma confusão de cores de outono, e o fato de não haver outros carros por perto dão a ideia de uma estrada pacífica, em vez de ameaçadora. Quando chego ao acostamento onde vi o carro de Jane, reduzo a velocidade e paro. Desligo o motor, abaixo o vidro da janela e fico ali sentada por um tempo, deixando a leve brisa entrar no carro. Sinto que Jane está comigo. Embora o assassino ainda não tenha sido pego, pela primeira vez desde que ela morreu, me sinto em paz.

Minha intenção era voltar para casa, tirar o telefone de Rachel do vaso de orquídea e entregá-lo à polícia, mas, se fui trazida para cá, é porque deve haver algum motivo. Assim, fecho os olhos e penso em Jane e em como Matthew e Rachel tão levianamente usaram aquele assassinato para mexer com a minha cabeça.

18 jul 15:15
Tudo bem?

18 jul 15:16
Tudo. Pq vc está me chamando nesse horário?

18 jul 15:16
Estou na rua. Disse pra ela que ia pra academia
Preciso manter as aparências
Não quero que ela pergunte pq parei de ir

18 jul 15:16
Queria que vc estivesse vindo me ver, como antigamente

18 jul 15:16
Eu também. Vc não imagina o tamanho da minha saudade

18 jul 15:16
Acho que consigo imaginar ☺
E a gente não vai se ver hoje à noite

18 jul 15:16
Melhor assim, pq eu ia querer te beijar
Mas pq não?

18 jul 15:17
Susie cancelou a festa
Sabe a mulher que foi morta? Trabalhava na nossa empresa

18 jul 15:17
Sério?

18 jul 15:17
Acabei de ligar pra C pra contar, ela teve um ataque
Parece que almoçou com ela recentemente

18 jul 15:18
O quê? Tem certeza? Com a mulher que morreu?

18 jul 15:18
É. Elas se conheceram naquela festa de despedida que a C foi comigo há um mês, mais ou menos
Aí elas combinaram de almoçar
Jane Walters

18 jul 15:19
Eu lembro! Encontrei Cass no restaurante depois do almoço
Ela disse que ia encontrar uma amiga nova, Jane

18 jul 15:19
Essa

18 jul 15:19
Meu Deus, agora que ela vai ficar transtornada mesmo
Já anda nervosa com um assassino à solta por aí

18 jul 15:20
Ótimo. Quem sabe a gente não aproveita isso?

18 jul 23:33
Não sabia que vc tinha discutido com a mulher que morreu
Cass me contou

18 jul 23:34
Ela roubou a minha vaga

18 jul 23:34
Então ela teve o que mereceu

18 jul 23:35
Credo. Vc é mesmo um filho da mãe sem coração!

18 jul 23:35
Não quando o assunto é vc
Vc sabe que é a mulher certa pra mim, não sabe?

18 jul 23:35
☺

*

24 jul 23:40
O assassinato mexeu mesmo com ela.
Não quer ficar sozinha quando estou fora
Falei pra ela te chamar pra vir pra cá

24 jul 23:40
Obrigada!

24 jul 23:40
A gente precisa que as coisas pareçam reais
Vc diz que não, é claro

24 jul 23:41
Não acredito que ela está tão assustada

24 jul 23:41
Que bom pra gente que está

*

28 jul 09:07
Bom dia!

28 jul 09:07
Quanta animação. O que aconteceu?

28 jul 09:08
C ligou pra perguntar se liguei pra ela agora
Ela parecia nervosa, aí eu respondi que não

28 jul 09:08
Só isso?

28 jul 09:08
A mesma coisa aconteceu ontem, só que não fui eu
Falei que não era nada e disse que deve ter sido telemarketing

28 jul 09:08
Continuo sem entender

28 jul 09:09
Pensei em fazer isso amanhã de novo. E no dia seguinte
Fazer ela pensar que tem um stalker

28 jul 09:09
Brilhante!

28 jul 09:09
Achei que vc ia gostar

*

05 ago 23:44
Teve um bom dia?

05 ago 23:57
Foi mal, estava no banho

05 ago 23:57
Que delícia

05 ago 23:58
☺ Meu dia até que foi bom, e o seu?

05 ago 23:58
Nada de empolgante, mas fiquei pensando
Será que ligo amanhã, já que vou ficar em casa?

05 ago 23:58
Se não ligar, ela vai saber que é vc

05 ago 23:59
Ou pode achar que ela/a casa está sendo vigiada

05 ago 23:59
Paranoia é bom, então faça isso

Fico tão irritada ao pensar nessas mensagens que decido pensar numa forma de vingar Jane. Repasso cada detalhezinho do que aconteceu desde aquela noite fatídica. E, de repente, sei exatamente o que fazer.

Saio do acostamento e dirijo com pressa para casa, rezando para não encontrar nem o carro de Matthew nem o de Rachel na pista de acesso à nossa garagem. Não há sinal de nenhum dos dois, mas olho à minha volta prestando atenção enquanto salto do carro. Então, abro a porta e entro em casa. Quando estou desligando o alarme, o telefone começa a tocar. Atendo depois de ver pelo número que é Matthew.

— Alô?

— Até que enfim! — A agitação dele é nítida. — Você saiu?

— Não, estava no jardim. Por quê? Você ligou?

— É. Tentei ligar algumas vezes.

— Desculpe, resolvi limpar o outro lado do jardim, perto da cerca viva. Entrei agora para tomar um chá.

— Você não vai sair de novo, vai?

— Não pretendia. Por quê?

— Pensei em sair mais cedo... ficar um tempo com você.

Meu coração dispara.

— Acho ótimo — digo, mantendo a calma.

— A gente se vê daqui a pouco então.

Desligo o telefone. Minha mente está acelerada, e eu me pergunto por que ele resolveu tirar a tarde de folga. Talvez ele, ou Rachel, tenha conseguido localizar os estudantes franceses que estavam no pub ontem à noite e já saiba que peguei o celular. Se os estudantes estiverem hospedados na faculdade de Castle Wells, não seria difícil descobrir o paradeiro deles hoje. Tive sorte até aqui, mas, apesar do que falei para Rachel, não posso contar que já estejam a caminho da França.

Corro até o jardim, torcendo para que Matthew não tenha tirado a faca do lugar onde Rachel a colocou aquele dia. As almofadas das cadeiras do jardim já foram guardadas para o inverno, empilhadas de maneira organizada no fundo do minigalpão. Tiro-as da frente e encontro não a faca, mas uma máquina de café expresso. Levo um total de cinco segundos para me dar conta de que se trata da que ficava em nossa cozinha, a máquina em que a cápsula era introduzida sem precisar levantar uma alavanca. Continuo procurando e, debaixo de uma velha mesa de jardim, coberta com um lençol, encontro uma caixa com a foto de um micro-ondas na frente. Dentro dela está nosso antigo micro-ondas, o modelo anterior ao que está na bancada da cozinha agora.

Sinto vontade de berrar de raiva; foi tão fácil para Matthew me enganar. Mas tenho medo de não conseguir parar, tenho medo de que todas as emoções que venho guardando dentro de mim desde ontem, quando coloquei as mãos no celular de Rachel, transbordem e me impeçam de continuar. Assim, desconto minha ira no micro-ondas, chutando-o várias vezes, primeiro com o pé direito, depois com o esquerdo. E, quando a raiva passa e tudo o que me resta é uma tristeza profunda, sigo em frente com o que tenho de fazer.

Demoro mais alguns minutos para encontrar a faca, enfiada num vaso de plantas no fundo do minigalpão e enrolada num pano de prato que reconheço como sendo de Rachel, porque tenho um idêntico, um presente de sua viagem a Nova York. Talvez não seja a faca usada no assassinato de Jane, mas ainda me sinto mal só de olhar. Sem tocar nela, eu a embrulho de novo bem depressa e a coloco onde a encontrei. *Esta noite, tudo vai acabar,* digo para mim mesma, *esta noite, tudo vai estar acabado.*

Entro em casa novamente e fico ali parada por um momento, me perguntando se realmente serei capaz de fazer aquilo. E, como só existe uma maneira de descobrir, caminho até o hall de entrada, pego o telefone e ligo para a polícia.

— Vocês poderiam vir aqui, por favor? — peço. — Moro perto do lugar onde aconteceu o assassinato e acabei de encontrar uma faca de cozinha enorme escondida no meu galpão.

Eles chegam antes de Matthew, exatamente como eu queria. Dessa vez, são dois agentes: a policial Lawson, que eu já conhecia, e seu colega, o policial Thomas. Eu me certifico de parecer abalada, mas não histérica. Digo a eles onde vi a faca, e o policial Thomas vai direto até o minigalpão.

— Não pode ser a arma usada no assassinato da Jane Walters que vocês vêm procurando, não é? — pergunto para a policial Lawson, nervosa, sugerindo algo que talvez não tenha ocorrido a ela. — Ela não foi encontrada ainda, foi?

— Sinto muito, mas não posso responder a essa pergunta — responde ela.

— É que a gente se conhecia.

A policial Lawson olha para mim, surpresa.

— A senhora conhecia Jane Walters?

— Fazia pouco tempo. Começamos a conversar numa festa, depois almoçamos juntas.

Ela pega seu caderninho.

— Quando foi isso?

— Humm... deve ter sido umas duas semanas antes da morte dela.

A policial Lawson franze o cenho.

— Pedimos ao marido de Jane uma lista de todos os amigos dela, mas o nome da senhora não constava lá.

— Como eu disse, eu era uma amiga recente.

— E como ela estava quando vocês se encontraram para almoçar?

— Bem. Normal.

Somos interrompidas pelo policial Thomas, que vem trazendo a faca com cuidado, segurando-a, com luvas, ainda parcialmente embrulhada no pano de prato.

— Foi isso que encontrou? — pergunta ele.

— Foi.

— A senhora pode nos contar como a encontrou?

— Posso, claro. — Respiro fundo. — Estava cuidando do jardim e precisava de vasos para plantar uns bulbos. Sabia que encontraria alguns no galpão, porque é lá que Matthew, meu marido, os guarda. Peguei um grande, e tinha um pano de prato no fundo. Quando peguei o pano, senti que havia alguma coisa embrulhada nele. Comecei a desembrulhar e, quando vi a lâmina serrilhada e percebi que era uma faca, fiquei com tanto medo que a guardei de volta. Me lembrei logo da que vi na televisão, a que o assassino usou para matar a Jane Walters, sabe? Então a coloquei de volta onde estava e liguei para vocês.

— Reconhece o pano de prato? — pergunta a policial Lawson.

Assinto devagar.

— Uma amiga trouxe para mim de Nova York.

— Mas nunca tinha visto a faca antes.

Hesito.

— Acho que talvez tenha visto, sim.

— Fora da televisão, quero dizer — corrige a policial Lawson, gentilmente.

Não a culpo por me achar meio burrinha depois do fiasco do alarme e do episódio da caneca. E, por ora, isso me convém porque, se eu deixar escapulir algumas informações que possam... bem... incriminar Matthew, não vai parecer intencional.

— Sim, fora da televisão — confirmo. — Foi cerca de um mês atrás, num domingo. Entrei na cozinha para colocar a louça na máquina de lavar antes de ir dormir e a vi em cima da bancada.

— Essa faca? — indaga o policial.

— Acho que sim. Foi muito rápido. Foi só o tempo de eu chamar o Matthew... E ela sumiu.

— Sumiu?

— É, já não estava mais lá. No lugar dela, tinha uma faquinha de cozinha. Mas eu sabia que tinha visto uma faca bem maior e fiquei muito assustada. Quis ligar para vocês, mas o Matthew insistiu que era coisa da minha cabeça.

— Pode nos contar exatamente o que viu naquela noite, Sra. Anderson? — indaga a policial Lawson, pronta para anotar tudo em seu caderninho.

Assinto com a cabeça.

— Como eu disse, fui até a cozinha para colocar a louça na máquina de lavar e, quando me abaixei para colocar os pratos lá dentro, vi uma faca imensa na bancada. Nunca tinha visto uma faca como aquela antes, pois não temos nenhuma parecida. E fiquei com tanto medo que só consegui pensar em sair da cozinha o mais rápido possível. Então corri para o hall de entrada e comecei a berrar chamando o Matthew...

— Onde estava o marido da senhora nesse momento? — pergunta ela.

Abraço meu próprio corpo, fingindo que estou nervosa. Ela sorri para mim de maneira encorajadora, então respiro fundo.

— Ele tinha ido se deitar antes de mim, então estava lá em cima e desceu correndo. Quando contei que tinha visto uma faca enorme na bancada da cozinha, vi logo que ele não acreditou em mim. Pedi que ligasse para vocês porque tinha visto uma foto da faca que o assassino usou para matar a Jane e a que apareceu na minha casa era igualzinha, então fiquei apavorada pensando que o assassino pudesse estar escondido no jardim, ou até na minha casa. Mas Matthew disse que queria ver a faca primeiro, então desceu até a cozinha e me chamou para dar uma olhada. E aí, quando fui ver, a faca enorme havia sumido e só tinha uma faquinha no lugar dela.

— Ele entrou na cozinha ou só ficou no vão da porta?

— Não lembro direito. Acho que ele ficou no vão da porta, mas, nesse momento, eu já estava um pouco histérica.

— O que foi que o marido da senhora fez em seguida?

— Ele fez questão de demonstrar que estava vasculhando a cozinha em busca da faca, mas eu sabia que ele só estava tentando me agradar. Aí, quando não encontrou nada, disse que eu devia ter me enganado.

— E a senhora concordou com isso?

Nego com a cabeça, vigorosamente.

— Não.

— O que a senhora acha que aconteceu então?

— Acho que eu tinha visto mesmo a faca grande, mas alguém acabou entrando pela porta dos fundos, enquanto eu explicava para Matthew o que tinha acontecido, e a trocou por uma faquinha de cozinha. Sei que parece bobagem, mas foi o que pensei na hora e ainda acredito nisso.

A policial Lawson assente com a cabeça.

— Pode nos dizer onde a senhora e seu marido estavam na noite de dezessete de julho?

— Claro. Era o último dia de aulas do ano letivo; sou professora em Castle Wells e fui a um bar de vinhos com alguns colegas da escola onde eu trabalhava. Teve uma tempestade aquela noite.
— E o seu marido?
— Estava aqui, em casa.
— Sozinho?
— Sim.
— A que horas a senhora chegou?
— Acho que lá pelas onze e quarenta e cinco.
— E o seu marido estava aqui?
— Estava dormindo no quarto de hóspedes. Matthew me ligou quando eu estava saindo de Castle Wells para dizer que estava com enxaqueca e que ia dormir no quarto de hóspedes. Ele não queria que eu o acordasse quando chegasse.
— Ele disse mais alguma coisa?
— Pediu que eu não viesse pela Blackwater Lane. Falou que ia cair um temporal e que eu devia pegar a estrada principal.

Ela e o policial Thomas trocam um olhar significativo.

— Então, quando a senhora chegou, ele estava dormindo no quarto de hóspedes.
— Sim. Não fui conferir porque a porta estava fechada e não quis acordá-lo, mas ele só podia estar lá. — Olho para eles com uma expressão confusa. — Quer dizer, onde mais estaria?
— Como ele estava no dia seguinte, Sra. Anderson? — Agora é o policial Thomas que faz a pergunta.
— Normal, como sempre. Saí para fazer compras e, quando voltei, ele estava no jardim. Tinha feito uma fogueira.
— Uma fogueira?
— É, estava queimando alguma coisa. Ele disse que eram galhos, mas achei um pouco estranho. Tinha caído uma tempestade no dia anterior, então os galhos ainda deviam estar molhados demais para pegar fogo. Ele falou que tinham ficado embaixo de uma lona, só que

Matthew não costuma fazer isso, porque a gente usa esses galhos na lareira. Mas ele disse que aqueles eram do tipo errado.

— Do tipo errado?

— É, que faziam fumaça demais ou algo do tipo. — Paro de repente. — Achei que tinha sido por isso que ficou com um cheiro meio esquisito.

— Como assim?

— Não sei. Não ficou aquele cheirinho normal de fogueira, sabe? Quando a gente queima madeira. Mas talvez tenha sido por causa da chuva.

— Ele chegou a mencionar o assassinato de Jane Walters?

— O tempo todo — respondo, abraçando meu próprio corpo. — Isso me deixou muito perturbada, principalmente porque eu sentia que conhecia a Jane.

O policial Thomas franze o cenho, e a policial Lawson balança a cabeça de maneira quase imperceptível, como se fosse um aviso para que ele não me interrompa.

— Ele parecia obcecado com o caso. Tive que pedir para desligar a televisão várias vezes.

— Seu marido conhecia Jane Walters? — pergunta a policial Lawson, estudando meu rosto. Ela olha para o policial Thomas e explica: — A Sra. Anderson almoçou com Jane Walters duas semanas antes de ela morrer.

— Não, tudo o que ele sabia sobre ela foi o que eu contei. No dia que Jane e eu almoçamos juntas, ele foi me buscar, mas os dois não se encontraram. Jane o viu pela janela, e lembro que ela pareceu muito surpresa — comento, achando graça da recordação.

— De que maneira?

— Ela parecia meio chocada. Muita gente tem uma reação parecida porque ele é... bem, muito bonito.

— Então o marido da senhora não conhecia Jane Walters? — insiste o policial Thomas, parecendo desapontado.

— Não, mas minha amiga Rachel Baretto, sim. Foi por causa dela que conheci a Jane. Rachel me levou a uma festa de despedida de um colega dela da Finchlakers, e Jane estava lá. — Faço uma pausa. — Rachel ficou muito mal quando soube da morte de Jane porque tinha arrumado uma briga com ela no dia em que foi assassinada.

— Uma briga? — O policial Thomas de repente se exalta. — Ela contou o que aconteceu?

— Disse que foi por causa de uma vaga num estacionamento.

— Por causa de uma vaga num estacionamento?

— É.

— Se ela trabalhava com Jane Walters, com certeza foi interrogada — interrompe a policial Lawson.

— Foi — confirmo, assentindo com a cabeça. — Eu me lembro porque ela disse que se sentiu mal de não ter contado sobre a briga. Ficou com medo de acharem que ela era a culpada.

— Culpada?

— É.

— De quê?

— Acredito que estava se referindo ao assassinato. Então eu disse que isso não seria motivo para matar alguém. — Lanço um olhar ansioso para a policial. — A não ser que a briga não tenha sido por causa da vaga.

A policial Lawson pega o celular e digita alguma coisa.

— Por que a senhora diz isso?

Pela janela da cozinha, olho para o jardim, banhado pelo sol do final de verão.

— Bem, se a briga *foi* por causa da vaga, então por que ela não contou nada para a polícia? — Balanço a cabeça. — Sinto muito, não devia ter dito isso. É que estou meio chateada com a Rachel no momento.

— Por quê?

— Porque ela está tendo um caso. — Baixo os olhos e fito minhas mãos. — Com o meu marido.

Ninguém diz nada por um breve momento.

— Há quanto tempo isso está acontecendo? — pergunta a policial Lawson.

— Não sei, descobri há pouco tempo. Há umas duas semanas, Rachel apareceu aqui de surpresa, e vi os dois se beijando no hall da entrada — conto, satisfeita em poder usar algo que descobri pelas mensagens contra eles, mesmo que isso signifique que eu havia acabado de mentir para a polícia.

Os dois policiais se entreolham.

— A senhora contou ao seu marido o que viu? — pergunta o policial Thomas. — Exigiu uma explicação?

— Não, ele não teria me levado a sério, teria dito que eu estava vendo coisas, assim como fez quando falei que vi a faca. — Hesito por um instante. — De vez em quando, me pergunto se... — Eu paro. Até onde posso ir para me vingar de Matthew pelo que ele fez?

— Se? — encoraja-me a policial Lawson.

Penso em Matthew sendo algemado, e isso me traz uma sensação boa.

— Às vezes, me pergunto se Jane sabia do caso dos dois — continuo. — Às vezes, me pergunto se, quando ela o viu pela janela do restaurante, ficou chocada porque o reconheceu. Não sei, talvez já o tivesse visto com a Rachel. — Para me certificar de que estão acompanhando meu raciocínio, descrevo a situação de maneira bem clara. — Quando encontrei a faca no galpão, agora há pouco, não sabia o que pensar. De início, achei que o assassino a tivesse escondido lá e pensei em ligar para Matthew perguntando o que fazer. Então lembrei que ele não acreditou quando contei que vi a faca na cozinha. Foi aí que liguei para vocês. — Meus olhos já estão cheios de lágrimas. — Mas agora não sei se agi certo porque sei o que vocês estão pensando, sei que suspeitam que Matthew seja o assassino, que ele matou Jane porque ela sabia sobre o caso dele com a Rachel e estava com medo de ela me contar. Só que isso não pode ser verdade, não pode ser ele!

Matthew chega naquele exato momento. O *timing* dele é perfeito.

— O que está acontecendo? — pergunta, entrando na cozinha. Matthew olha para mim. — Você fez o alarme disparar outra vez? — Ele se vira para a policial Lawson. — Sinto muito por terem vindo aqui à toa novamente. É bem provável que minha mulher tenha demência precoce.

Abro a boca para dizer que fui diagnosticada com estresse e só, mas a fecho rapidamente porque, a essa altura, isso já não tem importância.

— Não estamos aqui por causa do alarme — explica a policial Lawson.

Ele coloca a bolsa no chão, franzindo a testa.

— Bem, se não estão aqui por causa do alarme, posso saber do que se trata?

— O senhor já viu isso antes? — O policial Thomas estende o pano de prato com a faca.

Todos nós notamos que ele hesita por um instante.

— Não. Por que, o que é isso?

— É uma faca, Sr. Anderson.

— Meu Deus! — Matthew parece chocado. — Onde a encontrou?

— No seu jardim, no galpão.

— No galpão? — Parece que ele não está acreditando. — E como isso foi parar lá?

— Estamos aqui justamente para descobrir isso. Acho melhor nós nos sentarmos.

— É claro. Por aqui.

Sigo todos até a sala de estar. Matthew e eu nos sentamos no sofá, e os policiais puxam duas cadeiras. Não sei se fazem isso de propósito, mas colocam as cadeiras bem na frente de Matthew, imprensando-o ali e me deixando fora de seu triângulo claustrofóbico.

— Posso perguntar quem encontrou a faca? — indaga Matthew.

— Foi a sua mulher — responde a policial Lawson.

— Estava procurando alguns vasos para plantar bulbos de flores — explico. — Eu a encontrei em um vaso grande, enrolada num pano de prato.

— Reconhece esse pano de prato? — O policial Thomas mostra-o a Matthew.

— Não, nunca o vi antes.

Solto uma risada nervosa.

— Isso só comprova que você raramente seca a louça — brinco, fingindo que estou tentando quebrar a tensão. — Temos um igualzinho. Rachel trouxe de Nova York para a gente.

— E quanto a essa faca, Sr. Anderson? — O policial Thomas pergunta novamente. — Já a viu antes?

— Não — responde Matthew, enfático, negando com a cabeça.

— Estava dizendo agora mesmo que é igualzinha à que vi na bancada naquele domingo à noite — conto a ele.

— Nós já conversamos sobre isso — diz Matthew, parecendo exausto. — O que você viu foi a nossa faca de cozinha, lembra?

— Não, não foi. Era uma faca muito maior.

— O senhor pode nos dizer onde estava na noite do dia dezessete de julho, numa sexta-feira, Sr. Anderson? — pergunta o policial Thomas.

— Não sei se consigo me lembrar de algo que aconteceu há tanto tempo — responde Matthew com uma risadinha. Mas ninguém acha graça do comentário.

— Foi a noite em que saí com o pessoal da escola — eu o ajudo, tentando ser prestativa. — A noite da tempestade.

— Ah, sim. — Matthew assente com a cabeça. — Eu estava aqui em casa.

— O senhor saiu em algum momento?

— Não, estava com enxaqueca e fui dormir.

— Onde?

— No quarto de hóspedes.

— Por que o senhor dormiu lá e não na sua própria cama?

— Porque não queria que a Cass me acordasse quando chegasse. Olhe, o que está acontecendo? Por que vocês estão me fazendo essas perguntas?

A policial Lawson o estuda por um instante.

— Só estamos tentando apurar os fatos, só isso — responde ela.

— Quais fatos?

— Uma arma que pode ter sido usada num crime foi encontrada no seu jardim, Sr. Anderson.

Matthew fica boquiaberto.

— Vocês não estão sugerindo que tive alguma coisa a ver com a morte daquela mulher, estão?

Com um olhar pensativo, o policial Thomas questiona:

— Quem seria essa mulher, Sr. Anderson?

— Você sabe muito bem de quem estou falando! — Sua máscara de bom moço começa a se rachar, e eu o observo, indiferente, me perguntando como um dia pude amar aquele homem.

— Como eu disse, estamos tentando apurar os fatos. Sr. Anderson, qual é a sua relação com Rachel Baretto?

A menção a Rachel o surpreende. Matthew levanta a cabeça bruscamente.

— Não a conheço muito bem. Ela é amiga da minha mulher.

— Então não está tendo um caso com ela.

— O quê? Não! Não suporto aquela mulher!

— Mas eu vi vocês dois se beijando — digo, baixinho.

— Não seja ridícula!

— Foi no dia que não consegui lembrar como usar a cafeteira, quando ela apareceu aqui de surpresa. Vi você beijando a Rachel assim que ela chegou — insisto.

— De novo, não — geme ele. — Você não pode continuar inventando coisas, Cass. — Mas vejo a dúvida em seus olhos.

— Talvez seja melhor continuarmos isso na delegacia — interrompe o policial Thomas. — Tudo bem para o senhor, Sr. Anderson?

— Não, não está tudo bem!

— Então eu sinto muito, mas serei obrigado a lhe dar uma advertência.

— Uma advertência?

Eu me viro para eles, demonstrando minha angústia.

— Vocês não acham mesmo que ele matou Jane Walters, acham?

— O quê? — Matthew está com cara de quem vai ter um ataque.

— A culpa é minha — admito, retorcendo as mãos. — Eles estavam me fazendo perguntas, e agora estou com medo de que tudo o que disse possa ser usado contra você!

Matthew olha para mim, horrorizado, enquanto o policial Thomas lhe diz quais são seus direitos. Quando termina, começo a soluçar como se meu coração estivesse aos pedaços e me dou conta de que não estou mais fingindo. Meu coração está mesmo estraçalhado — não só por causa de Matthew, mas também por causa de Rachel, que eu amava como se fosse minha irmã.

Os policiais o conduzem para fora de casa, e, assim que fecho a porta, seco as lágrimas. Ainda não terminei. Agora é a vez de Rachel.

Ligo para ela. Só pretendia falar com Rachel por telefone, mas, enquanto espero que atenda, decido pedir que venha me ver. Vai ser muito mais divertido lhe dizer o que tenho para dizer cara a cara. Vai ser muito mais gratificante ver a reação dela do que apenas ouvir.

— Rachel, você pode vir até aqui? — pergunto, chorosa. — Preciso muito conversar com alguém.

— Estou saindo do trabalho agora — diz ela. — Só devo conseguir estar aí em uns quarenta minutos, dependendo do trânsito. — Pela primeira vez, consigo detectar uma pontada de tédio em sua voz, e tenho certeza de que ela acha que vou começar a falar sem parar sobre o assassino estar me perseguindo.

— Obrigada — agradeço, soando aliviada. — Venha rápido, por favor.

— Vou fazer o possível.

Ela desliga, e eu a imagino enviando uma mensagem para Matthew. A essa altura, Rachel já deve ter comprado um telefone novo. Mas, agora, não vai conseguir entrar em contato com ele.

Uma hora depois, talvez por causa do trânsito, ou quem sabe para me deixar esperando, ela chega à minha casa.

— O que aconteceu, Cass? — pergunta ela, assim que abro a porta. — Aconteceu alguma coisa com o Matthew?

Ela parece preocupada, o que significa que eu estava certa. Deve ter tentado entrar em contato com Matthew desde que liguei para ela.

— Como você sabe? — pergunto, demonstrando surpresa.

— Bem, você disse que precisava conversar, então pensei que tivesse acontecido alguma coisa — explica ela, se enrolando. — E achei que podia ter a ver com Matthew.

— Você está certa, tem a ver com ele.

— Ele sofreu um acidente ou aconteceu alguma outra coisa séria? — Rachel não consegue esconder o pânico.

— Não, não foi nada disso. Mas acho melhor nos sentarmos.

Ela me acompanha até a cozinha e se senta à minha frente.

— Conte logo o que aconteceu, Cass.

— Matthew foi preso. A polícia veio aqui e o levou para ser interrogado na delegacia. — Olho para ela em desespero. — O que eu vou fazer, Rachel?

Ela me encara.

— Preso?

— É.

— Mas por quê?

Retorço as mãos.

— A culpa é minha. Anotaram cada coisinha que eu disse, e agora estou com medo de usarem tudo contra ele.

Rachel me fita, tensa.

— Como assim?

Respiro fundo.

— Hoje, quando eu estava fazendo umas coisas no jardim, encontrei uma faca no galpão.

— Uma faca?

— É — confirmo, feliz em ver que ela ficou pálida. — Levei um susto tão grande, Rachel. Foi horrível. Era igualzinha à da foto, sabe? A que foi usada pelo assassino da Jane. Não sei se te contei... você sabe como anda a minha memória... mas teve uma noite, quando você estava em Siena, que vi uma faca enorme na bancada da cozinha. Mas, quando chamei Matthew para ver, a faca tinha sumido. Então, quando achei a faca no galpão, pensei que o assassino pudesse tê-la escondido lá e liguei para a polícia...

— Por que você não ligou para o Matthew? — pergunta ela, me interrompendo.

— Porque ele não acreditou quando falei que vi a faca, e fiquei com medo de que duvidasse de mim de novo. De qualquer maneira, ele já estava vindo para casa.

— O que aconteceu então? Por que ele foi preso?

— Bem, dois policiais vieram até aqui e começaram a fazer um monte de perguntas... perguntaram inclusive onde ele estava na noite do assassinato...

De repente, ela parece amedrontada.

— Você está dizendo que eles realmente acham que o Matthew matou a Jane?

— Eu sei. Isso é loucura, não é? E o pior é que ele não tem um álibi. Eu estava em Castle Wells, no jantar de final de semestre com o pessoal da escola, e ele ficou aqui sozinho. Então, pode ter saído. Pelo menos é isso que parece que a polícia está pensando.

— Mas ele estava em casa quando você voltou, não estava?

— Estava, mas eu não o vi. Ele estava com enxaqueca e foi dormir no quarto de hóspedes para não acordar quando eu chegasse. Mas escute, Rachel, preciso perguntar uma coisa. Sabe o pano de prato que você trouxe para mim de Nova York? Aquele que tem um desenho da Estátua da Liberdade? Você disse que comprou um para você também. — Ela assente com a cabeça. — Para quem mais você deu?

— Para ninguém.

— Não é possível — insisto. — É muito importante que você se lembre, porque isso pode provar que Matthew é inocente.

— Como assim?

Respiro fundo.

— Encontrei a faca enrolada num pano de prato igualzinho àquele e, quando a polícia me perguntou se eu o reconhecia, tive que dizer que sim, que era uma coisa nossa. Eu me senti péssima, porque isso fez Matthew parecer ainda mais culpado. Só que, depois que a polícia foi embora, encontrei o meu pano de prato no armário, o que significa que quem quer que tenha matado a Jane tem um desse também. Então pense, Rachel. Porque isso pode provar a inocência do Matthew.

Consigo ver as engrenagens em sua cabeça trabalhando freneticamente, em busca de uma escapatória.

— Não me lembro — murmura ela.

— Você comprou um para você também, não foi? Tem certeza de que não deu para alguém?

— Não me lembro — repete ela.

Deixo escapar um suspiro.

— Ajudaria muito o trabalho da polícia se você lembrasse, mas não se preocupe. Eles vão conseguir descobrir. Vão procurar impressões digitais e DNA na faca, e, pelo que me disseram, é impossível que não encontrem nada. Aí Matthew vai ser inocentado porque não vai ter nenhuma prova contra ele. Mas pode ser que isso ainda demore uns dois dias e, pelo visto, podem mantê-lo detido por vinte e quatro horas. Mas pode levar mais tempo, se realmente suspeitarem do envolvimento dele no assassinato da Jane. — Meus olhos ficam marejados. — Não consigo nem pensar nele lá, sentado numa cela, sendo tratado como um criminoso.

Ela pega as chaves do carro de dentro do bolso.

— É melhor eu ir.

Observo seu rosto.

— Não quer tomar um chá?

— Não. Não posso.

Eu a acompanho até a porta.

— Aliás, você achou o telefone da sua amiga? Aquele que você perdeu no Spotted Cow?

— Não — responde ela, parecendo perturbada.

— Bem, nunca se sabe... Talvez ainda apareça. Talvez alguém o tenha entregado para a polícia a essa altura.

— Desculpe, preciso mesmo ir. Tchau, Cass.

Ela entra no carro com pressa. Espero Rachel dar a partida, então me aproximo do carro e bato na janela. Ela abaixa o vidro.

— Eu me esqueci de dizer. A polícia perguntou se eu conhecia Jane, e eu disse que a conheci naquela festa de despedida que fui com você. Então me perguntaram se você também a conhecia, e eu disse que não, mas contei que vocês discutiram por causa de uma vaga no dia que ela morreu, mas que foi só isso. O problema é que eles não pareceram acreditar muito no motivo da briga. Então, tente se lembrar sobre o pano de prato, está bem? Agora há pouco, quando liguei para eles para dizer que tinha encontrado o meu no armário, contei que a única outra pessoa que tinha um igual era você. — Faço uma pausa, deixando Rachel assimilar minhas palavras. — Você sabe como eles são. Vão usar qualquer coisinha contra você, se puderem.

É ótima a sensação de ver os olhos dela dardejando de um lado para o outro, tentando encontrar um lufar para onde correr. Ela passa a marcha com força e segue em disparada pelo portão.

— Tchau, Rachel — digo, baixinho, enquanto vejo o carro dela desaparecer na rua.

Volto para casa e ligo para a polícia para contar que acabei de encontrar meu pano de prato no armário. Lembro a eles que foi Rachel quem me deu o meu e que ela também tem um igual. Pergunto sobre Matthew e finjo ficar aflita com a notícia de que ele ficará detido esta noite. Assim que desligo, vou até a geladeira, pego uma garrafa de champanhe que sempre guardamos para visitas inesperadas e me sirvo uma taça.

Em seguida, tomo mais uma.

Quinta-feira, 1º de outubro

Na manhã seguinte, quando vejo que é dia primeiro de outubro, penso que pode ser um bom presságio, o dia certo para um novo começo. A primeira coisa que faço é dar uma olhada nas notícias. Quando descubro que um homem e uma mulher estão cooperando com a polícia nas investigações do assassinato de Jane Walters, não posso deixar de sentir certa satisfação por Rachel também ter sido presa.

Nunca pensei que fosse uma pessoa vingativa, mas torço para que ela esteja passando momentos terríveis na delegacia, sendo interrogada impiedosamente e tendo de responder a várias perguntas sobre seu relacionamento com Matthew, sobre a briga que teve com Jane e sobre o pano de prato no qual a possível arma do crime estava enrolada. Ela deve estar apavorada com a possibilidade de que suas impressões digitais sejam encontradas na faca. É claro que, assim que eu entregar seu celular secreto para a polícia, tanto Rachel quanto Matthew serão liberados porque a polícia vai ver que nenhum dos dois matou Jane, que Rachel havia comprado a faca em Londres só para pregar uma peça em mim, que aquela não era a arma do crime. Mas o que vai acontecer depois disso? Eles viverão juntos e felizes para sempre? Não me parece certo, e com certeza não é justo.

Meu dia hoje vai ser cheio, mas, antes de qualquer coisa, tomo um café da manhã tranquilo, curtindo a sensação boa de fazer isso sem estar preocupada com aqueles telefonemas.

Pretendo entrar com uma ordem judicial para que nem Matthew nem Rachel cheguem perto de mim depois que forem soltos, então faço uma busca no computador e descubro que posso pedir uma medida protetiva. Sabendo que vou precisar de assistência jurídica em algum momento, ligo para meu advogado e marco uma reunião com ele no final da manhã. Em seguida, ligo para um chaveiro e peço a ele que venha trocar as fechaduras das portas.

Enquanto ele faz isso, coloco os pertences de Matthew em sacos de lixo, tentando não pensar muito no que estou fazendo, no que aquilo significa. Mas, ainda assim, é emocionalmente exaustivo.

Ao meio-dia, sigo para Castle Wells levando o celular de Rachel na bolsa e passo uma hora e meia com meu advogado. Ele me diz uma coisa da qual ainda não tinha me dado conta: graças às mensagens, Matthew pode ser indiciado pela minha "overdose".

Quando saio de lá, vou até a casa de Rachel e deixo os sacos com os pertences de Matthew na porta dela. E, em seguida, vou à delegacia e peço para falar com a policial Lawson. Ela não está disponível, mas o policial Thomas está, então entrego-lhe o celular de Rachel e repito o que disse ao meu advogado: que eu o encontrei no meu carro hoje de manhã.

Física e mentalmente exausta, dirijo até a minha casa. Fico surpresa com a fome que estou sentindo, então esquento uma lata de sopa de tomate e a tomo com torradas. Depois de almoçar, perambulo pela casa, me sentindo perdida. Não sei como conseguirei seguir em frente depois de perder meu marido e minha melhor amiga. Estou tão triste, tão deprimida, que sinto uma vontade esmagadora de cair de joelhos e chorar até não poder mais. Mas não me permito fazer isso.

Ligo a televisão para assistir ao noticiário das seis, mas não há nenhuma notícia sobre Matthew e Rachel terem sido soltos. Logo em seguida, o telefone começa a tocar, e me dou conta de que nada mudou, que continuo sentindo o mesmo medo paralisante de antes. Durante o percurso até o hall, lembro a mim mesma que não tem como ser outra daquelas ligações, mas, quando tiro o fone da base e vejo que é de um número restrito, mal posso acreditar.

Meus dedos se atrapalham enquanto atendo à ligação.

— Cass? É o Alex.

— Alex? — Sou dominada pelo alívio. — Você me deu um susto! Sabia que o seu número aparece como restrito?

— É mesmo? Desculpe, não sabia. Olhe, espero que você não se importe por eu estar te ligando. Peguei o seu número no cartão que você me mandou. Mas é que acabei de receber uma ligação da polícia. Encontraram a pessoa que matou Jane. Acabou, Cass, finalmente acabou. — A voz dele está carregada de emoção.

Tento encontrar as palavras certas, mas estou em choque.

— Isso é maravilhoso, Alex. Estou tão feliz por você.

— Eu sei, ainda não consigo acreditar. Ontem, quando ouvi que duas pessoas estavam cooperando com a polícia na investigação, não quis ter esperanças.

— Então é uma delas? — pergunto, ainda que saiba que isso não é possível.

— Não sei, a polícia não deu detalhes. Estão mandando alguém aqui para falar comigo. Acho que não devia estar contando isso para ninguém, mas queria que você soubesse. Depois do que você me contou na segunda-feira, pensei que isso poderia te ajudar a ficar mais tranquila.

— Obrigada, Alex. Que notícia maravilhosa, de verdade. Você me mantém informada?

— É claro que sim. Bem, tchau, Cass. Espero que você consiga dormir melhor hoje à noite.

— Espero que você também.

Desligo o telefone, perplexa com o que acabei de ouvir. Se a polícia prendeu o assassino de Jane, Matthew e Rachel devem ter sido liberados. Quem terá confessado então? Será que o assassino teve uma crise de consciência quando soube que duas pessoas inocentes tinham sido presas pelo crime? Talvez alguém o estivesse acobertando — a mãe ou a namorada — e decidiu entregá-lo. Essa me parece ser a explicação mais lógica.

Estou tão tensa que mal consigo ficar parada. Onde estão Matthew e Rachel? Será que estão no apartamento dela agora? Será que encontraram os sacos de lixo com as roupas que deixei na porta de Rachel? Ou será que estão vindo para cá para pegar o restante das coisas de Matthew? O laptop, a mochila do trabalho, o barbeador — isso tudo ainda está aqui. Feliz por ter encontrado alguma coisa para fazer, saio pela casa juntando todos os pertences, colocando-os numa caixa, querendo estar preparada caso os dois apareçam aqui mesmo, porque não quero que entrem.

Já tarde da noite, não vou para o quarto. Queria que Alex ligasse novamente para revelar quem é o culpado. Ele já deve saber a identidade do assassino a essa altura. Eu deveria estar me sentindo mais segura agora que a pessoa foi presa, mas minha mente está encoberta de dúvidas. De repente, me sinto inquieta. Tenho a sensação de que as paredes vão me esmagar. Elas se fecham à minha volta e eu fico sem fôlego.

Sexta-feira, 2 de outubro

Quando acordo, me dou conta de que passei a noite no sofá. As luzes ainda estão acesas porque eu não quis ficar no escuro. Tomo um banho rápido, ansiosa com o que o dia me reserva. A campainha toca, me assustando. Penso logo que é Matthew, por isso não destranco a correntinha nova ao abrir a porta. Mas quem está ali é a policial Lawson. E tenho a sensação de que estou olhando para uma velha amiga.

— Posso entrar? — pergunta ela.

Eu a conduzo até a cozinha e lhe ofereço uma xícara de chá. Imagino que tenha vindo me avisar que Matthew e Rachel foram liberados ou para perguntar como o celular secreto de Rachel acabou em minhas mãos. Ou para me contar o que Alex já me adiantou ontem à noite, que prenderam o assassino de Jane.

— Vim aqui para dar notícias — começa ela enquanto pego as canecas no armário. — E para lhe agradecer. Sem a sua ajuda, nunca teríamos solucionado o assassinato de Jane com tanta rapidez.

Estou ocupada demais tentando demonstrar surpresa para realmente compreender o que ela me diz.

— Vocês descobriram quem matou a Jane? — pergunto, me virando para encará-la.

— Sim, temos uma confissão.

— Isso é maravilhoso!

— E foi a senhora quem nos conduziu a isso — continua ela. — Somos muito gratos.

Confusa, olho para ela.

— Como assim?

— Foi exatamente como a senhora suspeitava.

Exatamente como eu suspeitava? Atordoada, caminho até a mesa e afundo numa cadeira. *Matthew matou a Jane?* Sou tomada por uma onda de pavor.

— Não, não é possível — retruco, finalmente tendo consciência da minha voz. — Deixei um celular na delegacia ontem. Achei o aparelho no meu carro quando estava indo para uma reunião com o meu advogado e, quando o peguei, me dei conta de que era o celular que Rachel vinha usando para conversar com Matthew. Se você ler as mensagens deles...

— Eu li — interrompe-me a policial Lawson. — Todas elas.

Observo enquanto ela põe um saquinho de chá dentro de cada caneca que coloquei em cima da mesa. Se ela leu, deve saber que Matthew é inocente. Mas ela disse que foi *exatamente como eu suspeitava*. Meu estômago fica embrulhado quando penso em ter de contar a verdade: que envolvi Matthew no assassinato de Jane para me vingar dele pelo que fez comigo. Terei de negar tudo o que disse, e é provável que eu seja acusada de obstrução de justiça. No entanto, o que eu teria de negar? Não contei nenhuma mentira, na verdade. Não vi Matthew aquela noite, quando cheguei em casa, então é, *sim*, possível que ele não estivesse no quarto. Mas como ele poderia estar lá fora? Como pode ter sido ele que matou a Jane? Ele nem a conhecia. Por que confessaria ter cometido um assassinato se não era culpado? E, então, me vem à mente a expressão no rosto de Jane ao vê-lo pela janela do restaurante. Eu estava certa: ela o havia reconhecido. Ele conhecia Jane.

— Não posso acreditar nisso — digo, baixinho. — Não posso acreditar que Matthew tenha matado Jane.

A policial Lawson franze o cenho.

— Matthew? Não, não é Matthew o assassino.

Sinto minha cabeça rodar.

— Não é Matthew? Então quem é?

— A Srta. Baretto. Rachel confessou tudo.

Fico sem ar, e a cozinha vira um borrão diante dos meus olhos. Sinto meu rosto empalidecer, e imediatamente as mãos da policial Lawson estão segurando minha nuca e me ajudando lentamente a encostar a cabeça na mesa.

— Vai ficar tudo bem — garante ela, com a voz calma. — Respire fundo algumas vezes e a senhora vai se sentir melhor.

O choque faz meu corpo tremer.

— Rachel? — pergunto, com a voz rouca. — Rachel matou Jane?

— Sim.

O pânico que sinto é avassalador. Apesar de tudo o que sei que ela é capaz de fazer, não consigo acreditar no que escuto. É verdade que tentei incriminá-la, assim como fiz com Matthew, mas eu só queria lhe dar um susto.

— Não. Rachel, não. Não é possível que ela tenha feito isso. Não é possível. Ela não é assim, ela não seria capaz de matar uma pessoa! Vocês estão enganados, devem ter... — Apesar do ódio que sinto de Rachel pelo que fez comigo, estou tão apavorada que não consigo continuar.

— Infelizmente, ela confessou — rebate a policial Lawson, empurrando uma caneca em minha direção. Tomo um gole quente e doce de chá, as mãos tremendo tanto que derramo um gole e o líquido quente queima minha pele. — Durante o interrogatório ontem à noite, ela simplesmente desabou. Foi inacreditável. Por algum motivo, Rachel achava que já estava sob suspeita. A senhora tinha razão quando disse que ela e Jane não brigaram simplesmente por causa de uma vaga. E claro que, de qualquer forma, vamos encontrar vestígios do DNA dela na faca, tanto o dela quanto o de Jane...

Tenho a sensação de estar presa num pesadelo.

— O quê? A faca que encontrei no galpão é mesmo a arma do crime?

— Ela a limpou, é claro, mas encontramos resíduos de sangue nas ranhuras do cabo. Mandamos para a perícia, mas temos certeza de que pertence a Rachel.

— Mas... — É difícil conseguir acompanhar. — Ela disse que a comprou em Londres.

— E deve ter comprado mesmo, só que antes do assassinato, não depois. Ela não podia dizer a Matthew que já tinha uma faca, então fingiu que comprou para assustar a senhora. Depois a escondeu no seu jardim.

— Não consigo entender. — Meu queixo está tremendo, então aperto a caneca em minhas mãos, querendo me esquentar. — Quer dizer, por quê? Por que ela faria uma coisa dessas? Ela mal conhecia a Jane.

— Na verdade, elas se conheciam muito bem. — A policial Lawson senta-se ao meu lado. — Por acaso Rachel contava sobre a vida amorosa dela? Apresentava os namorados à senhora?

— Não. Na verdade, não. Conheci um ou dois ao longo dos anos, mas, pelo que sabia, Rachel nunca ficava muito tempo com ninguém. Ela sempre dizia que não era o tipo de mulher que queria se casar.

— Tem sido bem complicado juntar todas as peças — comenta a policial Lawson. — Já tínhamos algumas informações de quando interrogamos os colegas de Jane na Finchlakers, mas descobrimos o restante por Rachel, depois que ela confessou. A história é um tanto sórdida, na verdade. — Ela olha para mim, em dúvida se deve contar ou não, mas assinto com a cabeça, pedindo-lhe que continue. Como vou conseguir, algum dia, aceitar aquilo tudo se não souber os verdadeiros motivos? — Ok, vamos lá. Cerca de dois anos atrás, Rachel teve um caso com um funcionário da Finchlakers. Ele era casado e tinha três filhos pequenos. Acabou largando a mulher para ficar com Rachel, mas, quando ele se separou, ela perdeu o interesse. Então, ele e a mulher reataram. Mas aí Rachel quis voltar com ele. O homem deixou a mulher outra vez, e foi um desastre para a família. — Ela faz uma pausa. — Novamente, Rachel terminou o caso, mas, dessa vez, a ex-mulher dele não o aceitou de volta. O pior de tudo era que ela também trabalhava na Finchlakers e tinha que vê-lo todos os dias. Então, a mulher acabou entrando em depressão.

— Mas o que isso tem a ver com a Jane? — pergunto, tentando juntar os pedaços do quebra-cabeça em minha mente.

— A mulher era a melhor amiga dela, então Jane acabou se envolvendo na história toda. É claro que Jane odiava Rachel com todas as forças por ter destruído a família da amiga não uma, e sim duas vezes.

— É compreensível.

— Claro. Mas, como trabalhavam em setores diferentes, elas não se cruzavam com tanta frequência. No entanto, a imagem que tinha de Rachel ficou ainda pior quando, certa vez, a pegou transando com um cara no escritório tarde da noite. Jane bateu de frente com ela no dia seguinte, e, basicamente, mandou que fosse para um hotel da próxima vez ou a denunciaria.

— Não me diga que foi por isso que Rachel a matou — digo, com uma risada forçada. — Por medo de Jane denunciá-la.

— Não, as coisas só ficaram complicadas quando Jane se deu conta de que o homem com quem Rachel estava no escritório era Matthew. Desculpe — acrescenta ela ao notar minha expressão. — Se quiser que eu pare, é só avisar.

Nego com a cabeça.

— Tudo bem, preciso saber.

— Se tem certeza... Bem, a senhora se lembra do que nos contou? Que teve a impressão de que Jane havia reconhecido Matthew quando o viu pela janela do restaurante? Bem, a senhora estava certa, ela o reconheceu mesmo.

É difícil acreditar que uma história que inventei estava se mostrando verdadeira. É tão absurdo que tenho vontade de dar uma gargalhada.

— Imagine como Jane não deve ter se sentido quando percebeu que havia flagrado Rachel transando com o marido de sua nova amiga — continua a policial Lawson. — Indignada pela senhora, ela mandou um e-mail para Rachel, que estava em Nova York na época. Jane jogou na cara de Rachel que ela já tinha destruído um casamento antes e disse que não ia permitir que fizesse o mesmo com a senhora, ainda mais considerando que, teoricamente, vocês duas eram melhores amigas. Rachel a mandou cuidar da própria vida, mas, quando voltou de Nova York, as duas bateram boca no estacionamento da empresa. Jane ameaçou contar a verdade sobre o caso se Rachel não terminasse com Matthew imediatamente. Então, Rachel prometeu que iria acabar com tudo naquela noite mesmo. Mas Jane não confiava nela e, quando voltou ao restaurante depois da despedida de solteira da amiga, para usar o telefone de lá, não só ligou para o marido como também para Rachel. Naquele dia, quando as duas discutiram no estacionamento, Jane exigira o cartão de Rachel e anotara o celular dela no verso. Encontramos um monte de cartões de visita na bolsa de Jane, mas a maioria era de gente da Finchlakers, então o de Rachel não chamou a nossa atenção. De qualquer forma, como eu ia dizendo, Jane confrontou Rachel, que admitiu que ainda não havia terminado com Matthew, que precisava de mais tempo. Então Jane ameaçou vir até aqui e contar à senhora que os dois tinham um caso, já que iria passar por Nook's Corner a caminho de casa.

— Ela queria vir aqui às onze da noite? — pergunto. — Duvido muito que faria isso.

— Tem razão, é bem provável que só tenha dito isso para ameaçá-la. Mas foi o suficiente para que Rachel entrasse em pânico. Ela falou que, antes que Jane contasse qualquer coisa à senhora, ela precisava saber de algumas coisas... Rachel comentou sobre seu estado psicológico frágil, dizendo que Jane não podia simplesmente jogar aquilo na sua cara. Então sugeriu que elas se encontrassem no acostamento e que, se Jane ainda quisesse te contar a verdade depois de ouvi-la, ela a acompanharia para que as duas fizessem isso juntas. Jane concordou, então Rachel foi dirigindo até uma trilha que dá na Blackwater Lane, desceu do carro e caminhou até o acostamento. E, bem, sabemos o desfecho da história. Jane não acreditou que a senhora tinha problemas mentais, e elas começaram a discutir. Rachel afirmou que não tinha a menor intenção de matar Jane, que só levou a faca para assustá-la.

Lentamente, as coisas vão se encaixando. Quando parei no acostamento na noite da tempestade, Jane não estava à espera de ajuda, e sim de Rachel. Ela não sabia que era eu naquela hora. Se soubesse, teria saído debaixo daquele temporal, entrado no meu carro e me contado que, por mais estranho que pudesse parecer, estava indo até a minha casa. E, lá mesmo teria me contado que Rachel e Matthew estavam tendo um caso. Será que eu teria ido direto para casa confrontar Matthew, passando pelo carro de Rachel no caminho? Ou será que Rachel teria chegado antes, enquanto eu tentava digerir a notícia devastadora e matado nós duas? Isso é algo que nunca vou saber.

— Não consigo acreditar — resmungo, entorpecida. — Ainda não consigo acreditar que Rachel seria capaz de fazer uma coisa dessas. Mesmo que Jane tivesse me contado... E daí? Todo mundo saberia do caso deles, e Rachel conseguiria o que queria: ficar com Matthew.

A policial Lawson balança a cabeça.

— Como a senhora viu nas mensagens, não tinha a ver só com Matthew, também tinha a ver com dinheiro. Com o *seu* dinheiro. Rachel achava que o seu pai devia ter acrescentado alguma cláusula no testamento dele e deixado uma parte da herança para ela. Repetia o tempo todo que era como uma segunda filha para os seus pais, que era o que eles costumavam dizer. Então se sentiu traída quando a senhora ficou com a herança toda.

— Eu nem sabia sobre a herança. Só descobri quando minha mãe morreu.

— Sim, Rachel nos contou. E, enquanto a senhora era solteira, ela pensava que vocês poderiam, de alguma forma, compartilhar esse dinheiro. Mas, depois que se casou, e ela percebeu que não era mais prioridade na sua vida, o ressentimento aumentou. Então Rachel decidiu que a única forma de colocar as mãos no dinheiro que achava que era dela por direito foi por meio de Matthew. Sinto muito dizer isso, mas ela deliberadamente armou o caso deles. E, quando conseguiu fazer Matthew se apaixonar por ela, os dois bolaram um plano para que a senhora fosse declarada mentalmente desequilibrada. Assim, ele passaria a ter controle sobre o seu dinheiro. No dia que Jane e Rachel discutiram no acostamento, Matthew e Rachel iam dar início ao plano: o *timing* foi péssimo, por assim dizer. Se Jane tivesse contado sobre o caso dos dois, tudo que Rachel armou com tanto cuidado teria caído por terra.

As lágrimas transbordam dos meus olhos.

— Comprei uma casa na França. Rachel tinha ficado apaixonada por ela, então eu a comprei. Era para ser surpresa; ia dar de presente em seu aniversário de 40 anos. Não contei para Matthew porque achei que ele não ia gostar. Os dois não se davam muito bem... Bom, era o que eu achava na época. Se Rachel tivesse esperado... O aniversário dela é no final do mês.

Eu me sinto péssima. Devia ter imaginado que Rachel ficaria arrasada por ter sido excluída do testamento de papai. Como pude ser tão insensível? Sim, comprei o chalé para ela, mas só porque estávamos juntas quando passamos por ele e ela demonstrou interesse. Será que eu teria pensado em lhe dar alguma parte do dinheiro se não soubesse que se apaixonou pela casa? Talvez, sim. Espero que sim.

E por que será que não tinha dado o presente logo de cara, no instante em que o comprei, em vez de ficar guardando, como se fosse algo muito importante? Nos últimos dezoito meses, o chalé ficou vazio. Se tivesse dado antes, Rachel teria ficado contente. Talvez eu ainda estivesse com meu marido, e Jane ainda estivesse viva. Devia, pelo menos, ter contado a Matthew sobre o chalé. Se tivesse feito isso e os dois já estivessem tendo um caso, ele teria contado a Rachel. Então ela esperaria pacientemente até seu aniversário, e, quando já tivessem o chalé, Matthew me largaria e, muito provavelmente, tentaria ficar com uma parte do meu dinheiro no divórcio. Eu ainda teria perdido Matthew, mas Jane estaria viva.

Não sei como foi que descobri a verdade sobre o assassinato de Jane tão sem querer. Talvez tenha sido meu subconsciente. Talvez eu tenha entendido que a expressão de surpresa de Jane quando viu Matthew pela janela do restaurante naquele dia foi um lampejo de reconhecimento, e isso tenha ficado registrado em algum lugar do meu cérebro. Talvez compreendesse, de alguma forma, que o convite para tomarmos café na casa dela era mais do que uma sugestão para nos encontrarmos outra vez. Talvez, em algum lugar bem lá no fundo, eu soubesse que Matthew e Rachel estavam tendo um caso. Talvez, em algum lugar bem lá no fundo, eu soubesse que Jane ia me contar. Talvez tenha sido só sorte, apenas isso. Ou, talvez, quando parei naquele acostamento ontem e senti a presença de Jane, ela tenha me indicado o caminho da verdade.

*

Quase mais uma hora se passa até a policial Lawson se levantar para ir embora.

— Matthew sabe? — pergunto, ao caminharmos juntas até a porta. — Sobre Rachel?

— Não, ainda não. Mas vai saber em breve. — Ela se vira para mim, já do lado de fora. — A senhora vai ficar bem?

— Vou, sim, obrigada. Vou ficar bem.

Enquanto fecho a porta, sei que não vou ficar bem, não agora. Mas, um dia, vou me recuperar. Ao contrário de Jane, tenho a vida inteira pela frente.

Agradecimentos

Minha eterna gratidão a Camilla Wray, minha agente maravilhosa, que fez com que tantas coisas fossem possíveis, e ao restante da equipe da Darley Anderson; é um prazer imenso trabalhar com vocês. Agradeço também pela competência — eu não teria chegado onde cheguei sem vocês.

Um enorme obrigada à minha incrível editora, Sally Williamson, pela orientação e apoio inestimáveis e por estar sempre ali para mim. Agradeço, também, ao restante da equipe da HQ pelo entusiasmo e profissionalismo: vocês são os melhores! E, nos EUA, agradeço a Jennifer Weis, Lisa Senz, Jessica Preeg e todos da St Martin's Press por terem acreditado em mim.

Por fim, mas com certeza não menos importante, o agradecimento especial de praxe à minha família — minhas filhas, meu marido, meus pais e meus irmãos — por sempre se interessarem pelas minhas histórias. E aos meus amigos maravilhosos, tanto na Inglaterra quanto na França, que estão tão empolgados com a minha nova carreira quanto eu!

Este livro foi composto na tipografia Palatino
LT Std, em corpo 11/16, e impresso em
papel off-white no Sistema Cameron da
Divisão Gráfica da Distribuidora Record.